KB151599

한시에 담은
김해의 서정

한시에 담은
김해의 서정

엄경흠

역락

어린 시절 김해로 가는 길은 단순한 방문이 아니라 멀고도 이채로운 여행이었다. 구포다리를 건너면서 창밖으로 보이는 낙동강의 큰 물결과 김해평야는 내가 태어난 경상북도 예천군의 산골이나 당시 살던 부산시 동래구에서는 결코 볼 수 없었던 경이로움이요 신비로움이었다. 그도 그럴 것이 당시에는 김해로 가는 차편이 구포다리를 지나는 경로 하나 밖에 없었고, 대동이나 명지로 갈 때는 배를 타야했으며, 도시화가 거의 이루어지기 전이었기 때문이다. 지금은 수많은 다리와 도시철도, 경전철 등이 있어 하루에 몇 번이고 김해와 부산을 오갈 수 있게 되었다. 어린 시절 보았던 김해의 신비로움은 이제 도시화의 진행 속도에 맞춰 많이도 사라져 버렸다. 이제 옛 김해의 경관은 나의 상상 속으로 거둬들여야 한다.

김해는 김수로왕의 신비로운 탄강과 허왕후와의 신묘한 만남, 거등왕과 참시선인의 회동, 전녹생과 옥섬섬의 사랑 등 신비로운 이야기가 가득한 곳이다. 따라서 많은 이야기꾼들이 이야기를 만들어내기에 대단히 적절한 곳이다. 여기에 더하여 신어산, 황산강, 삼차수 등의 빼어난 자연경관은 신비로운 이야기에 아름다운 서정을 더하기에 안성맞춤이다. 이러한 연유로 오랜 세월 수많은 시인들은 김해의 이야기와 서정을 그들의 시에 담았다. 이 가운데 멀리 신라의 최치원으로부터 20세기까지의 한시 작가들이 이루어낸 한시는 헤아릴 수 없이 많다.

어린 시절부터 지금까지 나는 김해 주변의 부산을 떠나본 적이 없다. 그리고 지금 내가 근무하고 있는 신라대학교에서 바라보면 김해 전체가 한 눈에 들어온다. 이렇듯 가까운 곳에 있으며, 이야기 거리와 풍부하고 아름다운 서정이 살아 숨쉬는 김해를 나는 내가 전공하고 있는 한시 작품을 통해 소개해보려고 오랫동안 생각해왔다. 그런데 무엇이 그 오랜 세월 나의 손을 묶어두었던지 차일피일 세월만 보내고 있었다.

그러나 뜻이 있는 곳에 길이 있다고 하였던가? 어떻게든 글로 엮어 세상에 보이고자 하는 나의 마음을 알아주는 분이 있었으니, 동아대학교에 근무하는 조해훈 선생이다. 문화부 기자로 오랫동안 근무했던 조선생님의 소개로 김해뉴스의 이광우 사장을 만났다. 이 사장님은 고맙게도 신문에 연재할 수 있는 기회를 주었고, 책으로 출판할 수 있도록 허락해주었다. 이 지면을 빌어 조해훈 선생님과 이광우 사장님을 비롯한 김해뉴스 직원들에게 감사의 말씀을 올린다.

이 책은 김해뉴스에 1년 6개월 동안 연재한 내용을 거의 그대로 실은 것이다. 연재를 하는 동안 나는 어린 시절 그렇게도 경이롭고 신기롭게 여겼던 김해의 구석구석을 살펴볼 수 있었다. 글을 통해서나 차를 타고 지나면서 본 김해가 아닌 발로 직접 밟으면서 김해를 볼 수 있었던 것이다. 그제야 내가 이전에 느꼈던 피상적인 김해가 아닌 이야기와 서정의 김해가 한시 속에서 살아나오기 시작했다.

이제 여러분이 나와 함께 한시 속에 살아있는 김해의 시간과 공간을 함께할 차례다. 서두르지 않고 한 걸음 한 걸음 나와 함께 한시를 읊으며 김해의 구석구석을 거닐어보자.

2014년 늦은 가을
단풍이 물들기 시작한 백양산 자락 연구실에서
저자 씀

CONTENTS

한시에 담은
김해의 서정

김해 金海

　김해(金海)는 낙동강이 주는 넉넉함과 바다가 열어주는 국제 지향적 역동성의 바탕 위에 자리 잡았다. 이 자리에 김수로왕(金首露王)이 나라를 열고 강력한 맹주로 위용을 떨치던 가락국(駕洛國)은 김해의 상징이 되었다. 김해와 가락국의 관계는 김해 사람들에게는 물론이거니와 외지인들에게 있어서도 1 : 1의 공식처럼 받아들여졌다. 이는 경주(慶州)가 신라(新羅)와, 공주(公州)·부여(扶餘)가 백제(百濟)와, 평양(平壤)이 고구려와 1 : 1의 관계인 것과 다를 바 없다.

　『동국여지승람(東國輿地勝覽)』 김해도호부(金海都護府) 조에는 김해의 역사를 다음과 같이 설명하고 있다.

　본디 가락국인데, 가야(伽倻)라고도 한다. 뒤에 금관국(金官國)으로 고쳤다. 시조는 김수로왕이며, 구형왕(仇衡王, 仇亥王, 仇充王, 仇衝王 : 521~532)까지 무릇 10대 491년이었다. 구형왕이 신라(新羅) 법흥왕(法興王 : 514~540)에게 항복하자 법흥왕은 손님을 맞이하는 예로 대우하였다. 그 나라를 읍(邑)으로 삼고 금관군이라 하였는데, 문무왕(文武王 : 661~681) 때 금관 소경(小京)을 두었고, 경덕왕(景德王 : 742~765)이 지금의 이름으로 고치고 작은 서울[小京]로 삼았다.

분산성에서 내려다본 김해 시가지 왼쪽 봉곳하게 솟아있는 것은 김해시청이 있는 남산이며, 오른쪽 이 편에 낮게 형성되어 있는 언덕은 봉황대. 앞에 솟은 작은 봉우리는 임호산이다. 사진의 가운데 왼쪽 시가지인 동상동은 옛 가락국의 왕궁터이고, 오른쪽으로 수로왕릉이 있다. 사진을 찍은 분산성의 오른쪽으로는 수로왕비릉, 구지봉이 있다. 따라서 이곳야말로 가락국의 옛 이야기를 대부분 간직한 곳이라 하겠다.

김해는 500년 세월 가락국의 수도였으며, 이후 신라 때까지도 작은 서울로서의 역할을 하였다. 이러한 역사와 어우러져 강과 바다, 산이 이루어내는 자연 경관의 조화는 이곳이 한 나라의 수도였음에 어떠한 의구심도 가지지 못하도록 한다.

고려 후기의 민사평(閔思平 : 1295~1359)은 김해를 다음과 같이 표현하고 있다.

신령스런 왕의 첫 자취 흘간산과 같으니	肇跡神王類紇干
하늘은 영험한 짝 맞고 새 관리 모으게 했지	天敎靈匹會新官
한 무제가 요대에서 만난 것과 거의 한 가지	頗同漢武瑤臺遇
무협에서 겪은 초 양왕의 기쁨과 달랐으랴	何異楚襄巫峽歡
천 년의 외로운 성 가락이라 하는구나	千載孤城稱駕洛
한바탕 성대하였던 일 괴안과 같아라	一番盛事似槐安
쓸쓸히 남아 늘어선 비취빛 일곱 점 산	空餘七點山橫翠
머물러 노니는 이들과 함께 가리켜 본다	留與游人指點看

〈민사평, 金海〉

첫 구절의 흘간(紇干)은 흘진산(紇眞山)이라고도 하는데, 이 산은 여름에도 늘 눈이 쌓여 있다고 한다. 중국 당(唐)나라 때

흘진산 꼭대기에 참새 한 마리 죽었네	紇眞山頭凍死雀
어찌 날아가서 즐겁게 살지 못 했나	何不飛去生處樂

라는 노래가 유행하였다. 당시의 황제였던 소종(昭宗 : 867~904)은 환관들에게 이리저리 끌려다니다가 후량(後梁)의 건국자 주전충(朱全忠)

에게 시해된 황제인데, 이 노래 이야기를 하며 눈물을 흘렸다고 한다. 이 고사는 어려운 시기를 겪는 고통과 이를 극복하려는 의지를 표현한 것이다.

세 번째 구절의 요대(瑤臺)는 옥으로 장식한 누대로서 신선이 거처하는 곳이다. 『한무내전(漢武內傳)』에 의하면 한 무제(武帝 : B.C 141~87)가 신선 서왕모(西王母)를 만나고자 빌었더니, 칠월 칠석에 대단히 아름다운 모습의 서왕모가 아홉 빛깔 용이 끄는 수레를 타고 이곳으로 내려왔다고 한다.

네 번째 구절의 무협(巫峽)은 중국 호북성(湖北省)에 있는 골짜기다. 초(楚) 양왕(襄王)이 고당(高唐)에서 놀다가 낮잠을 잤다. 꿈에 한 부인이 와서 "저는 무산(巫山) 여자로 고당을 돌아다니다가 왕께서 이곳에 계신다는 말을 듣고 왔으니, 잠자리를 같이해주십시오."라고 하였다. 하룻밤을 같이 자고 나서 아침에 떠나며 그 부인은 "저는 무산의 양지 쪽 높은 언덕에 사는데, 매일 아침이면 구름이 되었다가 저녁에는 비가 됩니다."라고 하였는데, 그 말처럼 되기에 사당을 지어 조운(朝雲)이라고 하였다고 한다.

여섯 번째 구절의 괴안(槐安)은 수향(睡鄉) 가운데 하나다. 수향은 정신이 혼미하고 황홀해져서 온갖 생각들을 모두 잊어버리는 곳이다. 동쪽에는 화서(華胥), 남쪽에는 괴안(槐安), 서쪽에는 나부(羅浮)가 있고, 북쪽에는 황제(黃帝)가 있다고 한다.

시인은 김수로왕이 혼란하고 어려운 시기를 극복하고 새로운 시대를 열어 많은 백성들을 고통에서 구해내었던 사실을 흘간산의 고사에, 왕비인 허왕후(許王后)와의 만남과 사랑을 요대와 무협의 고사에 비기고 있다. 그리고 이러한 환상 같은 일이 일어났던 가락을 괴안과 같은 이상향으로 표현하고 있다. 일곱 번째 구절의 칠점산(七點山)은 현재 김해공항 안에 흔적만 남은 일곱 개 봉우리로서 『동국여지승람』 등의 지리지에도 반드시 소개되며, 시인들이 가장 극찬한 김해의 대표적 경관이다. 칠점산과 그것을 읊은 시는 뒤에서 칠점산을 소개할 때 집중적으로 보기로 하자.

민사평은 김해의 상징인 가락국을 열고 허왕후와 함께 새로운 시대를 이루어낸 김수로왕의 역사와 김해의 대표적 풍광 칠점산을 읊어, 김해의 역사와 풍광을 한 수의 시 속에서 모두 표현하고 있다.

조선조 전기 시인 김안국(金安國 : 1478~1543)은 김해의 옛 일을 다음과 같이 노래하고 있다.

천고의 가야국	千古伽倻國
흥망의 일은 증명할 수 있지	興亡事可憑
구름에 가렸구나 파사탑 놓인 곳	雲閑婆塔占
봄이 늦었구나 수로왕의 능은	春老首王陵
바다제비는 어찌 빨리 오는가	海燕來何早
산의 꽃은 물어도 대답하지 않네	山花問不應
지금 옛 곡조를 듣자하니	祇今聞舊曲
처절하여라 더해지는 나그네 수심	凄切客愁增

〈김안국, 金海懷古〉

바다제비는 우리나라에 4월 말이나 5월에 온다. 시인이 김해에서 본 바다제비는 너무 일찍 왔다. 산의 꽃에게 물어봐도 대답하지 않

김해시의 동남쪽인 임호산 흥부암에서 본 김해 시가지 왼쪽 가운데 분산성이 산머리에 띠를 두른
듯하다. 가운데 김해의 성산 신어산이 동쪽으로 이어지며 부산의 금정산과 낙동강을 경계로 마주
하고 있다. 사진의 오른쪽 푸른 벌판으로 가면 김해국제공항 끝자락에 칠점산이 있다.

는다. 아직은 오지 않을 바다제비가 오듯 세월은 너무 빨리 흐르고, 늦봄의 꽃 또한 생기가 사그라지듯 무심한 자연의 시간 속에 가락국은 사라져버렸다. 시인은 김해의 자연현상에 비유하여 옛 가락국의 흥망을 아쉬워하고 있다.

조선조 중기의 이식(李植 : 1584~1647)은 1620년을 전후하여 관직에서 떠나 자신의 집인 경기도에서 출발하여 전라도와 경상도를 거쳐 여행을 한 적이 있다. 다음 시는 당시에 읊은 것으로 직접 목도한 김해의 삶이 잘 묘사되어 있다.

수로왕 세운 옛 나라의 도성	首露古邦域
가련하여라 상처투성이로구나	瘡痍今可憐
살고 있는 백성 가운덴 쫓겨 온 객 많고	居民多逐客
농사짓는 땅은 둔전이로구나	耕地是屯田
자개무늬 비단은 세금으로 다 바치고	織貝輸官稅
광주리 엮어 해산물을 줍는구나	編筐拾海鮮
포대기 두른 사람 길에서 만났더니	路逢襁負者
새 해 올 때까지 부역 피해 다닌다 하네	逋役趁新年

〈이식, 古駕洛 金海 昌原 等地 皆是〉

당시는 임진왜란이 끝난 지 20년 정도의 세월이 흘렀을 뿐이다. 영광스러운 옛 가락의 자취는 전쟁의 상처로 엉망이 되었고, 그 후유증으로 고향과 논밭을 잃은 당시의 김해 주민들은 모든 것을 세금으로 바치고 고작 해산물이나 주워 배고픔을 면하고 있었던 것이다. 길에서 만난 아기 업은 어떤 방랑객은 한해한해 부역을 피해보려고 도망을 다니고 있다.

시인은 전쟁으로 인한 상처와 착취에 시달리던 당시 김해의 상황을 생생히 표현하였다. 우리나라 어느 지역이나 마찬가지지만, 김해 또한 영광스러운 역사가 있었던 만큼 고통의 세월 또한 피해갈 수 없었다. 특히 김해는 여원연합군의 전초 기지로서의 역할과 왜구 침탈 등 일본과의 부정적 관계에 항상 노출되었던 곳이며, 임진왜란 당시에는 죽도왜성(竹島倭城)을 중심으로 일본군이 주둔하였던 곳이니, 그 피해는 미루어 짐작할 수 있다.

조선조 말 시인이 읊은 김해를 보자.

그윽한 도읍 옛 가락국	幽都舊駕洛
왕업을 열었으니 신라와 같은 때	開業同羅時
물이 휘돌아 강은 바다와 통하고	水轉江通海
산이 에워싸 땅은 오랑캐와 이어졌네	山圍壤接夷
진풍이라 남아있는 옛 탑	鎭風留古塔
숭선이라 우러러보는 옛 사당	崇善瞻遺祠
해지는 분성 아래에서	落日盆城下
서성이며 서리지탄을 노래한다	徘徊歌黍離

〈송병선, 金海述懷〉

송병선(宋秉璿 : 1836~1905)은 1905년 11월 17일 일본과 체결한 을사조약(乙巳條約)의 파기를 위해 부단히 노력하다가, 그해 12월 30일 독약을 세 번이나 마시고 자결하였다.

네 번째 구절의 오랑캐는 일본이다. 바다와 통하고 일본과 땅을 이은 김해는 일본과의 관계에 있어 제1방어선이라고 할 수 있다.

죽도왜성에서 바라본 서낙동강과 김해 시가지 죽도는 남쪽 바다와 북쪽의 강을 통해 들어오는 물류의 중심항으로 일본과의 관계에서는 떼려야 뗄 수 없는 곳이었다.

그는 그 옛날 바람을 잠재우던 허왕후의 파사탑(婆娑塔)과 어진 마음을 숭상하던 김수로왕의 숭선전(崇善殿)을 바탕으로 한 김해의 정신이야말로 일본을 막을 수 있는 힘이라고 믿고 있다. 그러나 서리지탄(黍離之歎 : 나라가 망하고 그곳에 기장을 비롯한 식물만 자라있는 데 대한 탄식)을 노래할 수밖에 없는 현실. 마치 조선의 멸망을 슬퍼하듯 한탄스러운 시인의 눈물이 번진다.

구지봉 龜旨峰

『김해부읍지(金海府邑誌)』에는 구지봉에 대해 '부(府)의 북쪽 5리에 있다. 분산(盆山) 중턱으로부터 서쪽으로 거북이처럼 엎드려 있으니, 수로왕(首露王)이 탄강한 곳이다.'라고 하였다. 김해의 성산(聖山)인 신어산(神魚山)의 서쪽 끝 분산에는 성(城)이 복원되어 있으니, 이를 분성(盆城) 또는 분산성(盆山城)이라고 한다. 김해의 별명이기도 한 이 성은 시청을 비롯한 김해의 어느 곳에서나 볼 수 있으니 김해의 중요한 상징이라고 할 수 있다. 이 산이 김해 시내로 급하게 미끄러져가다 허왕후릉을 지나 머무는 곳이 바로 구지봉이다.

『삼국유사(三國遺事)』 제2권 기이(紀異) 2에는 구지봉에서의 사실을 다음과 같이 기록하고 있다.

천지가 개벽한 뒤로 이곳에는 아직 나라 이름도 없었고, 임금과 신하의 칭호도 없었다. 당시에는 아도간(我刀干)·여도간(汝刀干)·피도간(彼刀干)·오도간(五刀干)·유수간(留水干)·유천간(留天干)·신천간(神天干)·오천간(五天干)·신귀간(神鬼干) 등 아홉 명의 추장이 백성들을 통솔하고 있었다.

분산성의 서쪽 성벽 이 아래로 내려가면 구지봉이다.

42년 3월 정화(淨化 : 몸과 마음을 깨끗이 함)하는 날 그들이 살고 있는 북쪽의 구지(龜旨 : 거북이 엎드려 있는 모양)봉에서 무엇을 부르는 이상한 소리가 났다. 사람들 2~300명이 여기에 모였는데, 사람의 소리 같기는 하지만 그 모양은 숨기고 소리만 내어서 "여기에 사람이 있느냐?"라고 하니 아홉 명의 추장이 "우리들이 있습니다."라고 답하였다. 다시 소리가 "내가 있는 곳이 어디냐?"라고 하였다. "구지입니다."라고 답하니 소리가 "하늘이 나에게 이곳에 새로 나라를 세우고 임금이 되라고 하셨다. 너희들은 산봉우리 꼭대기를 파고 흙을 모으면서

거북아 거북아	龜何龜何
머리를 내어라	首其現也
내어놓지 않으면	若不現也
구워서 먹으리	燔灼而喫

라고 노래하면서 춤을 추어라. 그러면 곧 대왕을 맞이하여 기뻐서 펄쩍펄쩍 뛰게 될 것이다."라고 하였다. 아홉 명의 추장은 이 말에 따라 모두 기뻐하면서 노래하고 춤추다가 이윽고 우러러보니 자줏빛 줄이 하늘에서 드리워져 땅에 닿아 있을 뿐이었다. 줄 끝을 찾아보니 붉은 보자기에 금합(金盒)이 싸여 있었다. 열어보니 해처럼 둥근 황금 알 여섯 개가 있었다. 사람들이 모두 놀라고 기뻐하며 백번 절하였다. 잠시 후 다시 싸서 안고 아도간의 집으로 돌아와 의자 위에 놓아두고 각각 집으로 돌아갔다. 열두 시간이 지난 다음날 아침에 사람들이 다시 모여 금합을 열어보았더니 여섯 개의 알은 어

린아이로 변해 있었는데, 용모가 대단히 빼어났다. 이 여섯 아이는 각각 여섯 가야의 왕이 되었고, 김수로는 금관가야의 왕이 되었다.

구지봉과 수로 탄강의 사실을 시로 읊은 대표적 시인으로는 이학규(李學逵 : 1770~1835)를 들 수 있다. 그는 1801년 신유박해(辛酉迫害) 때 천주교도로 오해받아 구금되었다가 전라도 능주(綾州 : 지금의 화순군)로 유배되었다. 이어 같은 해 10월에는 황사영(黃嗣永)이 북경에 있던 프랑스 선교사에게 보낸 편지로 인해 발생한 백서사건(帛書事件)으로 김해로 옮겨졌다. 이후 1824년 4월에 아들의 재청에 의하여 방면되었으나, 그 뒤에도 그는 김해지방을 오가면서 이곳의 문사 및 중인층과도 계속 우호관계를 가지며 이 지역의 문화의식과 그 수준을 향상시키는 데 기여하였다. 이로 인해 그는 김해의 자연경관과 역사, 풍속 및 생활을 읊은 많은 작품을 남기게 되었다.

그 옛날 가야의 왕	往者伽倻王
여기 구지봉의 바위로 내려왔다네	降玆龜山石
하늘은 긴 끈을 늘어뜨렸지	玄穹墜長纓
푸른 이끼 큰 자취에 흩어졌구나	蒼苔散巨迹
보고 또 본다 커다란 글씨	依依擘窠書
나그네가 저절로 공경하게 되네	行人自踧踖

〈이학규, 金州府城古迹十二首 贈李躍沼, 龜旨峯〉

앞의 세 구절에서 시인은 김수로왕이 하늘에서 늘어뜨린 줄에 의해 구지봉으로 내려와 왕이 되었던 사실을 읊고 있다. 그리고 나머지 세 구절에서는 그 유적에서 느낀 감동을 표현하고 있다.

구지봉 꼭대기의 김수로왕 탄강 기념 표지석 이곳에서 그 옛날 김수로왕을 맞이하기 위한 신맞이 제의가 이루어졌다.

구지봉의 서남쪽 모퉁이에는 조선 최고의 명필 석봉(石峯) 한호(韓濩 : 1543~1605)가 써서 새겼다고 알려진 '구지봉석(龜旨峰石)'이라는 글씨의 바위가 있다. 이 바위는 사실 청동기 시대의 무덤인 고인돌이다. 시인이 커다란 글씨라고 묘사한 것은 바로 이것이다. 위대한 가락국 시조의 신성한 탄강이 있었던 자리에는 오랜 세월 사람들의 발걸음이 드물어 이끼가 끼어있다. 그래도 커다랗게 새겨진 글씨는 이곳이 바로 그곳임을 말해주고 있다. 그 옛날 위대한 역사가 이루어진 곳에서의 감동에, 빼어난 한석봉의 글씨에 대한 시인의 공경심이 어우러져 있는 시적 표현이 뛰어나다.

아도간 나는 노래한다네	我刀我謌
여도간 그대 술 취해 춤을 추누나	汝刀偧偧
때맞춰 바람은 따뜻하여라	時維風和
머리 감은 듯 술 취해 벌게진 듯	如沐如酡
구지봉의 산기슭	龜山之阿
어떤 이 눕고 어떤 이는 움직였다네	或寢或訛
아아! 나의 꿈을 해몽해보아	逝占我夢
좋은 꿈이면 어떨까	吉夢如何
오늘 얻은 것	今日之獲
알이여! 곯지도 깨지지도 말아라	弗鷇弗殈
많은 사람 깔깔깔 비웃는 소리	羣笑敠敠
합은 뚜껑만 남았구나	維盒有鼎
합은 김씨가 되었다 하고	謂檀爲金
알은 석씨가 되었다 하네	謂卵爲昔
서라벌의 임금	徐羅之辟

많은 이의 힘을 눌러버렸네 **以屈羣力**

〈이학규, 啓金盒〉

시의 제목은 '금합을 열다'로, 바로 김수로왕의 탄강이다. 첫 구절부터 열 번째 구절까지는 김수로왕이 탄강하던 그때의 흥분과 기대를 노래하고 있다. 첫 번째와 두 번째 구절 '아도간 나는 노래한다네[我刀我謌] 여도간 그대 술 취해 춤을 추누나[汝刀傞傞]'는 『시경(詩經)』 소아(小雅) 보전지습(甫田之什) 빈지초연(賓之初筵)의 분위기를 본뜬 것이다. 이는 잔치 자리에서 술 마시고 노래하고 춤추는 모습을 노래한 것으로, 사실은 술에 취하여 추태를 부리는 일이 없도록 경계한 것이다. 여섯 번째 구절의 '어떤 이는 눕고 어떤 이는 움직였다네[或寢或訛]'는 『시경』 홍안지습(鴻雁之什) 무양(無羊)이라는 노래에 나오는 말로, 300마리나 되는 양들이 여기저기 흩어져 자유롭게 행동하는 것을 묘사한 것이다.

아도간이 이야기하는 형식으로 이루어진 시에서 아도간은 스스로 왕을 맞이하는 감동을 노래한다고 표현하고, 여도간은 술이 취해 춤춘다고 하여 나와 너 없이 마치 꿈을 꾸고 있는 듯, 흥분된 마음으로 그들의 왕이 제대로 탄강하여 나라를 반석 위에 올려주었으면 하고 기도하고 있다. 그의 기도는 '알이여! 곪지도 깨지지도 말아라'라는 구절에서 더욱 간절해진다. 그러나 그의 꿈은 일장춘몽, 무참히 깨어지고 만다.

석탈해(昔脫解 : 57~80)는 설화에서 김수로왕이 가락국을 세우던 시기, 그와 영토 및 권력을 다투던 상대였던 것으로 이야기되고 있다.

그러나 결국 김수로왕에게 패한 그는 신라로 들어가 57년에 유리왕을 이어 왕이 된다. 가락국은 그렇게 다투던 석씨가 왕이 된 신라에게 나라를 내어주고 만다.

이렇듯 대가락국의 꿈이 무참히 깨어진 사실을 시인은 가락국은 알을 담았던 금합의 뚜껑만 남았고, 당시 대결에서는 패배했으나, 신라의 왕이 되었던 석씨가 제대로 된 알이었다고 많은 사람들이 비웃는다고 표현하고 있다. 결국 화자인 아도간을 비롯한 아홉 명의 추장들과 이들을 믿고 따랐던 수많은 가락국 백성들의 힘은 신라의 위력에 눌려버리고, 위대한 왕국을 꿈꾸던 가락국은 역사에서 사라져 버렸음을 시인은 그 역사가 시작되었던 현장에서 안타깝게 노래하고 있다.

구지봉 정상부에 있는 고인돌로서, 한석봉의 글씨로 알려진 구지봉석

수로왕릉 首露王陵

　'구지봉석'이라는 글자가 새겨진 고인돌을 지나 봉우리의 남쪽 끝으로 나아가 전망을 위해 마련된 마루에서 앞을 바라본다. 이리 저리 물줄기가 형성되어 있고, 그 앞은 그 옛날 가락국 시대에 바다 였다고 한다. 그 주변으로 당시 사람들이 삶을 이루어가기 위한 터 전으로 저만한 곳도 없겠구나 하고 생각할 만한 평평한 들판과 야 트막한 언덕들이 펼쳐진다. 이곳은 김해-부산 경전철의 박물관역, 봉황역, 수로왕릉역이 있는 곳으로, 그 옛날 가락국 사람들의 생활 흔적인 대성동(大成洞)과 봉황대(鳳凰臺) 등의 유적이 남겨진 곳이다. 또한 이 주변에는 국립김해박물관, 김해문화의 전당 등 김해를 대 표하는 역사·문화의 타임캡슐들이 집결되어 있다. 이곳 수로왕릉 역에서 동쪽으로 길을 따라 들어가면 빙 두른 담장을 지나 수로왕 릉으로 들어가는 입구를 만나게 된다.

　이곳은 서상동(西上洞)으로 임진왜란 때 순절한 송빈(宋賓)을 기리기 위해 '송공순절암(宋公殉節岩)'이라고 새기고 비석을 세워둔 바위, 사 실은 고인돌이 있다. 이렇게 1,500년의 세월이 하나로 엮일 수 있었 듯, 이 지역은 청동기 시대의 고인돌과 각 시대의 삶이 공존하던 곳

수로왕릉 입구인 숭화문

으로 알려져 있다. 이를 보면 이 지역은 가야 시대 이전부터도 많은 권력층들이 생활하고, 생을 마친 곳이었음을 알 수 있다. 이곳에 바로 수로왕릉이 있으니 김수로왕의 삶과 정치 또한 이전의 세력들이 그러했듯 이 주변을 중심으로 이루어졌음을 알 수 있다.

『삼국유사』에 따르면 구지봉에서의 신이한 등장과 구간 등의 추대로 왕위에 오른 수로왕은 임시 궁궐을 짓고 지내다가, 남쪽 신답평(新畓坪 : 새로 논을 조성한 터라는 뜻으로 농경이 확대된 지역)에 성을 쌓고 궁궐을 지어 옮겼으며, 이곳에서 본격적인 정사를 펼친다. 이때 나타난 석탈해(昔脫解)와의 신비로운 대결과 승리는 유명한 이야기로 오랜 세월 전해온다.

완하국(琓夏國) 함달왕(含達王)의 부인이 아이를 배어 달이 차서 알을 낳았는데, 사람으로 변하자 이름을 탈해라고 하였다. 그는 바다를 건너 가락국으로 가더니 거리낌 없이 대궐로 들어가 왕에게 "내가 왕 자리를 뺏으려고 왔다."고 하였다. 왕이 대답하기를 "하늘이 나에게 왕위에 오르게 하여 나라와 백성을 편안히 하라고 하였으니, 천명을 어기고 왕위를 주거나 우리 백성을 너에게 맡길 수는 없다."고 하였다. 탈해는 기술로 겨루어 승부를 가리자고 하였다. 탈해가 매로 변하니 왕은 독수리가 되었고, 탈해가 다시 참새가 되니 왕은 새매로 변하였는데, 그 사이에 조그마한 틈도 없이 변화무쌍하였다. 조금 있다가 탈해가 본 모습으로 돌아오자 왕도 제 모양으로 돌아왔다. 탈해가 항복하면서 "내가 술법을 다투면서도 죽음을 면한 것은 성인(聖人)이 죽이는 것을 싫어하는 인덕(仁德) 때문입니다. 내가 왕과 왕위를 다투기는 참으로 어렵습니다." 하고는 절을 하고 물러

났다. 그러나 부근 교외의 나루터로 가더니 중국 배가 와서 정박하는 물길을 차지하려고 하였다. 왕은 그가 머물러 있다가 난을 일으킬까봐 급히 배 5백 척을 보내어 쫓아내었더니 탈해는 서라벌 근방으로 달아났다.

이 이야기를 보면 앞에서 보았던 이학규의 <啓金盒(계금합)>이라는 시 가운데

많은 사람 깔깔깔 비웃는 소리	羣笑敤敤
합은 뚜껑만 남았구나	維盒有鼎
합은 김씨가 되었다 하고	謂檜爲金
알은 석씨가 되었다 하네	謂卵爲昔
서라벌의 임금	徐羅之辟
많은 이의 힘을 눌러버렸네	以屈羣力

라는 부분이 생각난다.

이때 김수로왕에게 쫓겨났다던 석탈해. 그는 다른 이야기에서는 경주 동쪽 바닷가인 아진포(阿珍浦 : 지금의 나아해수욕장이 있는 곳)에서 노파의 도움을 받아 성장하고, 호공(瓠公)을 속여 월성(月城)을 빼앗고, 남해왕(南解王)의 사위가 된 다음 처남 유리왕(儒理王)의 뒤를 이어 왕이 되었다. 석탈해가 왕이 된 신라는 이후 가락국을 차지하였으니, 많은 부분 설화적인 요소가 있다고 할지라도 참으로 흥미로운 역사의 반전이 아닐 수 없다.

이후 인도 아유타국(阿踰陁國)에서 왔다고 알려진 허왕후(許皇后)를 왕비로 맞이하여 왕국의 기틀을 마련한 김수로왕은 왕비가 157세로

승하하고 난 10년 뒤 158세로 뒤를 따랐다. 나라 사람들은 몹시 슬퍼하다가 대궐의 동북쪽에 왕릉을 마련하였으니, 높이가 한 길이고 둘레가 300보였다고 한다. 지금의 왕릉이 당시의 것이라고 한다면, 왕릉의 서남쪽 봉황대를 중심으로 한 대궐의 위치와 왕릉의 위치는 정확히 설명된 것이다.

『삼국유사』에 기록된 이상의 이야기는 역사적 사실과 다른 설화적 요소도 있다. 그러나 이러한 이야기는 현재의 우리가 김수로왕이 구지봉에서 나타나고 왕위에 오르고 외부 세력과 연합하거나 견제하면서 나라를 완성하는 과정을 충분히 상상할 수 있도록 한다.

이제 김수로왕의 위대함을 떠올리며 그가 영원히 가락국을 지키며 잠들어 있는 능에서 읊은 시를 보자.

수로왕릉으로 들어가는 입구인 납릉정문(納陵正門) 여기에 쌍어문(雙魚紋)이 그려져 있다.

서거정(徐居正 : 1420~1488)은 조선조 최초로 예문관과 홍문관의 양관 대제학(大提學)을 지낸 대문장가로 1481년 『동국여지승람』의 편찬을 완료하기도 하였다. 그가 김해를 방문한 것은 아마도 『동국여지승람』의 편찬 이전인 듯하다. 그는 수로왕릉에서 다음과 같이 읊고 있다.

김해의 지난 일 누구와 이야기할까	金陵往事與誰論
천년 동안 남아있구나 수로의 무덤	千古猶存首露墳
구지가 사라지고 사람 보이지 않아도	龜旨曲亡人不見
가야금은 남아 오묘한 소리 빼어나구나	伽倻琴在妙堪聞
구리 낙타 옛 고을 산은 창처럼 벌었고	銅駝故里山如戟
옹중 남은 터엔 나무가 구름 같구나	翁仲遺墟樹似雲
160년 동안 나라를 누릴 수 있었으나	百六十年能享國
가련하여라 황량한 무덤 해 지려 하네	可憐荒壘幾斜曛

〈서거정, 首露王陵〉

　옛 금관가야를 다스리던 수로왕과 구간, 백성들은 모두 사라지고, 그때 함께 미친 듯 춤추며 목청이 터져라 기원을 담아 불렀던 구지가도 들리지 않는다. 이젠 수로왕의 외로운 무덤과 우륵(于勒)의 영혼인 듯 가야금의 오묘한 곡조만 남았다.

　가야금은 대가야(大伽倻)의 가실왕(嘉實王 : 500년대)이 중국 악기를 보고 만들었다고 한다. 551년(진흥왕 12) 가야국이 어지러워지자 악사 우륵은 가야금을 들고 신라에 투항하였다. 진흥왕은 그를 국원(國原 : 충주)에 살게 하고, 대나마(大奈麻) 법지(法知)와 계고(階古), 대사(大舍)

만덕(萬德)을 제자로 삼게 하였다.

비록 가야금은 김해 지역 금관가야가 아닌 경북 고령(高靈) 지역 대가야에서 나온 것이지만 가야 문화의 대표가 되었고, 김수로왕은 가야의 상징적 인물이 되었다. 지금 우리가 그러하듯 시인 서거정 또한 이 둘에서 그 옛날 가야를 상상하였다.

다섯 번째 구절의 동타(銅駝)는 중국 진(秦)나라 시황제(始皇帝) 때, 구리로 만들어 장안(長安) 궁성의 서액문(西掖門) 밖에 세워두었던 낙타인데, 위(魏)나라 명제(明帝)가 이것을 낙양(洛陽)으로 옮겨 궁궐 문 앞에 두었으니, 이후 멸망한 나라의 상징이 되었다. 극(戟)은 두 갈래로 갈라져 있는 창으로, 김해를 두르고 있는 산의 모양을 묘사한 것이다. 여섯 번째 구절의 옹중(翁仲)은 돌로 만들어 무덤 앞에 세워둔 거친 수염과 건장한 체구의 석인(石人)이다.

구지봉에서 수많은 백성들의 노래와 춤과 환호 속에 나타나 160년 동안 가락국을 다스린 김수로왕. 그와 그가 다스린 나라의 위용은 크나큰 창처럼 두르고 있는 산자락과 쓸쓸히 이울어지는 석양 속 짙은 나무 그늘에 가려진 쓸쓸한 무덤으로만 남았음을 시인은 가련해하고 있다.

다음은 서거정보다 몇 십 년 뒤 정희량(鄭希良 : 1469~?)의 시다. 그는 1498년(연산군 4) 무오사화(戊午士禍)로 의주(義州)에 유배되었다가, 1500년 5월에 김해로 옮겨졌고 이듬해 풀려났다. 이 당시 그는 김해에서 많은 시를 읊었다. 다음은 그가 수로왕릉에 들러 읊은 시다.

수로왕릉

시대가 달라지니 공이 어찌 남으랴	代異功何在
산은 텅 비고 물만 절로 흐른다	山空水自流
흰 구름에 왕의 수레 멀어져 있고	白雲龍馭遠
푸른 산에는 두견이 수심이로구나	青嶂杜鵑愁
바다와 큰 산엔 신령스런 기운 남겼고	海嶽餘靈氣
의관엔 옛 고을을 숨겼네	衣冠閟古邱
나라 사람 옛 덕을 돌이켜 생각하고	邦人懷舊德
네가래와 개구리밥 봄가을로 무성하네	蘋藻薦春秋

〈정희량, 首露王陵〉

인간이 이룬 공과 자취는 세월이 흐르면 사라지고, 잊힐 수밖에 없다. 그러나 자연은 김수로가 나라를 다스리던 그때나 지금이나 변함없다. 사라진 왕의 자취를 슬퍼하며 두견새가 수심의 울음을 멈추지 않는다. 아직껏 김해에는 그의 신령스러운 기운이 남아 있는 듯하고, 사람들의 모습에는 당시의 자취가 끼쳐있다. 김수로왕의 영향은 풍속과 사람들의 마음속에만 남아 있으나, 자연은 가야 시대나 지금이나 변함없이 눈앞에 뚜렷이 남아 있으니 인생의 영욕이 그 얼마나 허무한가!

정희량은 이듬해(1501) 봄에 어머님 상을 당하였는데, 갈 수가 없어 늘 애달프고 울적함을 마음에 품고 있었다. 하늘에 호소할 길이 없더니, 수로왕릉이 아주 신령스럽다는 소문을 듣고 슬픔의 글을 지어 호소하였다. 그날 밤 꿈에 신령스러운 사람이 나타났는데, 대단히 건장하고 눈에는 겹눈동자―중국의 순(舜) 임금은 겹눈동자 즉, 눈동자가 두 개였다고 하니, 임금을 상징한다―가 있었다. 소리쳐 말하기를 "너는 풀려날 것이다."라고 하였다. 꿈에서 깨어나고도 그것을 기억하였더니 그해 가을에 풀려났다. 이는 수로왕의 덕이 능에 가득해 영험을 보였던 것인가! 시를 지어 그의 유풍을 노래한 덕인가!

다음은 정희량보다 약 100년 후 김해를 찾은 홍위(洪瑋 : 1559~1624)의 시를 보자. 시의 제목은 <김해 수로왕릉을 지나면서 짓는다[過金海首露王陵口占]>이다. 제목에서의 '구점(口占)'은 구호(口號)와 함께 시간을 두고 짓고 다듬는 것이 아닌 즉흥시를 말한다. 따라서 이 시는 그가 김해를 지나는 길에 잠시 머물러 즉흥적으로 지은 것이라고 하겠다.

옛 나라가 여기저기 남아 있구나	故國周遭在
시든 풀 해질녘 가을의 거칠어진 왕릉	荒陵暮草秋
번화함은 바다에 뜬 달에 남아 있나니	繁華餘海月
얼마나 많은 이들 그 빛에 마음 아파했을까	曾照幾人愁

〈홍위, 過金海首露王陵口占〉

김해의 유물과 유적에, 산천에, 김해인들의 모습과 언행에 가락국의 자취는 남아 있다. 그러나 그 시대를 열었던 영웅 김수로왕은 시든 가을 풀에 덮힌 무덤으로 남아 있을 뿐이다. 가락국의 찬란함을 온 천하에 드리웠던 그는 사라지고, 이제 천하를 비추는 것은 그의 위광인 듯 변함없는 달빛이다. 홍위가 이 시를 읊던 당시의 김해평야는 칠점산을 등대삼아 넓게 펼쳐진 바다였다. 바다를 무대로 해상왕국의 위용을 떨쳤던 김수로왕과 가락국은 사라지고 드넓은 바다를 비추는 달빛이 오랜 세월 사람을 안타깝게 한다.

선조께서 그 해에 나라를 여셨지	鼻祖當年開大邑
후손이 오늘 황폐한 무덤에 제사 올린다	耳孫今日奠荒墳
쓸쓸한 연기 어둑어둑 시든 풀숲을 헤매고	寒煙漠漠迷衰草
오랜 나무는 푸릇푸릇 조각구름에 들었네	古木蒼蒼入斷雲
의젓하고 빛나는 의식 보기 어렵고	呞赫威儀難可覩
신령스런 자취는 떠도는 소문뿐이라네	神明事績但空聞
온 몸으로 조아려 절하고 오래 섰더니	披搽稽拜還延佇
푸른 바다 아득히 가을 해 기울어지네	碧海蒼茫秋日曛

〈허적, 謁首露王陵 三首 是余始祖 又〉

이 시의 작자 허적(許禰 : 1563~1641)은 수로왕릉에서 세 수의 시를 남겼는데, 제목에서 '바로 나의 시조다[是余始祖]'라고 하였다. 그는 양천(陽川) 허씨로, 시조 허선문(許宣文)이 허왕후의 30세손이다. 허선문은 고려 대광공(大匡公)으로 봉해졌으며, 대대로 공암촌(孔巖村, 지금의 경기도 김포군 양촌면 일대)에 살면서 농사에 힘써 거부가 되었다. 고려 태조 왕건(王建)이 후백제의 견훤(甄萱)을 정벌할 때 군량을 보급해 준 공으로 공암촌주가 되었고, 후손들은 양천을 본관으로 삼았다. 허적은 1613년(광해군 5) 양산(梁山) 군수로 부임하게 되는데, 이때 그의 조상인 김수로왕과 허왕후의 유적을 방문했던 것으로 보인다.

위대한 가락국을 열고, 김해 김씨와 허씨의 뿌리가 된 김수로왕. 그의 기운인 듯 쓸쓸한 연기와 서늘한 기운이 숲으로 둘러싸인 능을 감싸고 있다. 그 옛날 김수로왕과 가락국의 영광은 어디로 갔는가? 공경하는 마음으로 절을 하고 선 후손의 마음은 아득히 바다에 비치는 가을 햇빛처럼 스산하기 짝이 없다.

구지봉 붉은 기운 천년이 흘렀어도	龜峯紫氣已千秋
민속은 남았으니 성스런 은택 흐르네	民俗猶看聖澤流
조정과 저자 황폐해져 차가운 낙엽 모이고	朝市荒蕪寒葉聚
산하는 적막하여 어두운 연기 떠도네	山河寂寞暝煙浮
어지러운 봉우리 석양은 성가퀴에 기대었고	亂岑斜照憑城堞
깊은 포구 밀려오는 조수 뱃마루에 출렁출렁	深浦歸潮倚舵樓
이제 알겠네 신의 적선에 기쁜 일 영원하여	始覺神休餘慶遠
지금 후예들이 이 나라에 가득한 줄을	至今遺裔滿青丘

이 시 또한 허적의 것이다. 시인은 위대한 가락국의 왕이었던 김수로를 추억하는 한편 후손으로서 자신의 조상 김수로를 기리고 있다. 김수로가 이루었던 가락국은 사라졌어도 구지봉에서 시작된 가락국의 기운은 천년토록 김해 사람들의 삶 속에 면면히 흐르고 있다. 김해를 둘러 지켜선 산봉우리와 성벽, 수로왕릉 저 앞 포구에 정박한 배에 철썩이는 바다 물결. 평화롭고 아름다운 이 나라에 후손인 김씨와 허씨가 가득한 것은 조상 김수로의 적선(積善) 때문임을 시인은 확신하고 있다. 지금도 많은 김해 시민들에게 넉넉한 이야기를 제공하는 역사 유적으로서, 휴식을 위한 공원으로 자신의 자리를 내어주고 있는 김수로왕은 아직도 적선을 멈추지 않고 있다 하겠다.

다음은 허적보다 약 100년 후 수로왕릉을 찾은 최천익(崔天翼: 1710~1779)의 시를 보자. 그는 대대로 경상북도 흥해군(興海郡)의 아전이었지만 진사시에 급제하였으며, 그 후 10여 년 동안 군의 아전으로 생활한 것을 제외하고는 사방으로 배우러 다니며 학문에 힘썼다.

가락국에 가을바람 불어오니	秋風駕洛國
낙엽이 지는구나 옛 왕의 능	黃葉古王陵
어느 해에 장사 지냈던가	玉匣何年葬
나그네가 이끼 낀 섬돌에 오른다	苔階過客登
꼴꾼과 나무꾼들 옛 금기를 지키고	蒭蕘存舊禁
향불은 지금도 옛 법식 따른다	香火至今仍
무덤 앞길은 적막도 하여라	寂寞楸前路
흥망 느끼며 가만히 읊조려 본다	沈吟感廢興

〈최천익, 首露王陵〉

수로왕릉이 언제 조성되었는지 정확히 알 수는 없으나 신라 제30대 문무왕(文武王, 661~681) 당시 한번 정비했던 것은 사실이다. 문무왕은 태종무열왕(太宗武烈王)과 문명왕후(文明王后)의 아들로 태어났다. 어머니 문명왕후는 김유신(金庾信, 595~673)의 누이인 문희(文姬)다. 김유신은 김수로왕의 12대 손이다. 이로 볼 때 문무왕이 김수로왕의 능을 정비하도록 한 것은 외손으로서 당연한 것이라고 하겠다.

김수로왕의 후손인 김유신과 외손인 문무왕은 삼국을 통일했다. 석탈해와의 경쟁에서 이겼다가 이후 신라에 복속당한 김수로왕의 가락국은 이때 와서 김유신과 문무왕에 의해 부활한 것인가?

수로왕릉은 고려 문종 때 부분적으로 수리가 있었던 것으로 보이며, 조선 세종 때 본격적인 정비를 하였다. 이때 무덤을 중심으로 사방 30보에 보호구역을 표시하기 위한 돌을 세우고, 후에 다시 사방 100보에 표석을 세워 보호구역을 넓혔다. 선조 때(1580)는 영남관찰사(嶺南觀察使)이자 후손인 허엽(許曄 : 1517~1580)에 의해 상석·석단·능묘 등이 갖추어졌다. 인조 때(1647)에는 왕이 후손 허적(許積 : 1610~1680)에게 묘비문을 짓게 하고 <가락국수로왕릉(駕洛國首露王陵)>이라 새긴 비를 세웠다. 이후 고종 때(1865)는 숭선전(崇善殿)을 중수하는 등 지금의 모습을 갖추었다. 후손들은 매년 음력 3월 15일과 9월 15일 두 차례 제사를 올리고 있다.

시 세 번째 구절의 옥갑(玉匣)은 옥으로 만든 옷이라는 뜻의 옥의(玉衣)로, 금루옥의(金縷玉衣)을 줄인 말이다. 이는 중국 한(漢)나라 때 왕이나 제후가 죽으면 시신에 입혔던 수의(壽衣)로서, 직사각형의 작은 옥판을 금실[金縷]이나 은실[銀縷]로 꿰매어 만들었던 대단히 화려한 수의다.

아무리 화려한 수의로 몸을 감싼들 죽음은 모든 것을 과거로 남긴다. 가락국을 열어 해상왕국의 위용을 온 천하에 떨쳤던 김수로. 그는 이제 황량하게 바람 불고 낙엽 지는 무덤에 누워있을 뿐이다. 꼴꾼이나 나무꾼은 왕릉에서 꼴이나 땔나무의 채취를 금하는 법 때문에 접근할 수 없고, 지나가는 어떤 사람도 이곳에 관심을 갖거나 참배를 하지 않아 섬돌에는 이끼가 끼어 있다. 그래도 왕릉이기 때문에 수시로 새로 정비되었고, 후손들이 있어 제사가 옛 법식을 잊지 않고 이루어지니 다행이라고 하겠다.

왕릉은 옛 성의 서쪽　　　　　　　　　　王陵古城西
안타까워라 미약한 힘 보여　　　　　　依依見堂斧

오랑캐가 현화를 일으켰구나	卉寇發玄和
옹중이 비바람에 누웠고	翁仲臥風雨
해마다 고을의 무당이	季季里中巫
숲에서 방자하게 가무를 한다	林間恣歌舞

〈이학규, 金州府城古迹十二首贈李躍沼, 首露王陵〉

이학규(1770~1835)가 수로왕릉을 찾은 때는 후손 허적에 의해 정비가 이루어진 지 150년 이상 흐른 뒤라 많이 황폐해졌던 것으로 보인다. 시인은 이러한 왕릉의 황폐를 임진왜란 당시 일본군들에 의해 이루어진 도굴과, 수시로 이어지는 무당들의 굿과 관련지어 읊고 있다.

두 번째 구절의 당부(螳斧)는 도끼 모양인 사마귀의 앞발이라는 뜻의 당랑지부(螳螂之斧)로서, 모양만 그럴듯하지 힘은 없는 것을 말한다. 세 번째 구절의 현화(玄和)는 중국 당(唐)나라 때의 현인(賢人)이었던 이필(李泌)이다. 이는 힘이 있는 듯 하지만 빈 껍질이었던 임진왜란 당시의 조선과 당시 활약하였던 현인들을 비유한 것이다.

『삼국유사』의 기록에 따르면 수로왕릉에 보물이 많이 묻혀있다는 소문이 나자 도둑들이 늘 노리고 있다가 도굴을 하기 위해 왔었는데, 갑옷을 입고 활을 든 장수가 나와 화살을 비오듯 쏘아 7~8명을 죽였고, 뒤에 다시 오자 30자나 되는 큰 뱀이 사당에서 나와 눈을 번쩍거리며 8~9명을 물어 죽였다고 한다. 이 외에도 수로왕릉을 둘러싼 신비로운 이야기들이 전해온다. 이러한 이야기는 이후 수로왕릉의 도굴을 불러왔고, 많은 사람들에게 영험을 비는 장소로 생각하도록 하였던 것으로 보인다.

허왕후릉 許王后陵

　이제는 김수로왕의 왕비이자 김해 허(許)씨의 선조인 허왕후의 능으로 가본다. 『삼국유사』에는 <금관성 파사석탑(金官城婆娑石塔)>이라는 제목으로 현재 허왕후릉 앞에 있는 파사탑 또는 진풍탑(鎭風塔)에 대해 다음과 같이 설명하고 있다.

　김해 호계사(虎溪寺)의 파사석탑은 옛날 이 고을이 금관가야일 때 세조(世祖) 수로왕의 왕비이신 허왕후께서 동한(東漢) 건무(建武) 24년 갑신(甲申 : 48)에 서역(西域 : 인도) 아유타국(阿踰阤國)에서 싣고 온 것이다. 처음 공주께서 부모의 명을 받들고 바다에 배를 띄우고 동쪽으로 가려는데 물결 신의 노여움에 막혀 어쩔 수 없이 돌아가서 부왕(父王)께 여쭸다. 부왕이 이 탑을 싣도록 하자 쉽게 항해할 수 있어 남쪽 바닷가에 배를 대었다.

　붉은 돛, 붉은 깃발에다 구슬로 장식한 아름다운 배가 나타났으니 지금 그곳을 주포(主浦)라고 한다. 허왕후가 처음 언덕 위에 비단 바지를 벗어 놓은 곳을 능현(綾峴)이라 하고, 붉은 깃발이 처음 들어온 바닷가를 기출변(旗出邊)이라고 한다. 수로왕은 예의를 갖추어 맞이하고 함께 150여 년 동안 나라를 다스렸다.

허왕후의 항해에 바람을 잠재우고, 일본의 침략도 잠재웠다는 파사탑

그리고 다음과 같은 시를 읊어 찬양하고 있다.

붉은 돛배에 가득 실은 붉은 깃발 가벼워라　　　　載厭緋帆茜旆輕
항해하기 쉬운 건 그렇다 쳐도 파도가 놀란다　　　乞靈遮莫海濤驚
어찌 바닷가에 닿아 허황옥을 도왔을 뿐이랴　　　豈徒到岸扶黃玉
천고의 남쪽 왜놈들 성난 고래 같은 물결 막았네　千古南倭遏怒鯨

　파사석탑을 실은 허왕후의 배는 바람을 잠재웠다. 석탑의 도움으로 그녀는 김수로왕과의 만남을 이룰 수 있었다. 그러나 어찌 이뿐이겠는가? 이후 이 탑은 김해를 공격하는 왜구들조차 막아내었으니 진정한 김해의 수호탑이라고 할 수 있겠다.

　허왕후가 처음 들어왔다던 용원(龍院) 바닷가는 부산 신항(新港)과 주변의 공장 건물들로 둘러싸여, 부산의 가덕도(加德島)와 진해만(鎭海灣)을 바라보며 출렁이던 물결과 썰물이 되었을 때 펼쳐진 갯벌에 아낙네들이 호미질을 하던 옛 바다의 모습은 아니다. 그러나 아직도 김수로왕의 신하들이 허왕후를 기다렸다는 망산도(望山島)와 배를 매었다는 유주암(維舟巖)이 남아 있고, 유주정(維舟亭)을 세워두어 그 옛날 김수로왕과 허왕후의 신비로운 만남을 증언하고 있다.

　이러한 사실을 이광사(李匡師 : 1705~1777)는 <붉은 깃발을 맞이하다[迎茜旗(영천기)]>라는 제목으로 노래하고 있다. 이 시는 무려 60구로 이루어져 있어 한꺼번에 보기에 거북하다. 이야기의 전개에 따라 나누어서 감상하도록 하자.

허왕후가 처음 들어왔다고 알려진 망산도

허왕후가 타고 온 배를 맨 곳을 기념하기 위해 세운 유주정 왼쪽의 섬이 망산도고, 오른쪽 공장 앞에 보일 듯 말 듯 유주암이 있다.

김해의 수로왕	金海首露王
알에서 태어나 덕의 빛 넉넉하였지	卵生多德輝
덕 넉넉하여도 배필 삼기 어려웠네	德多難爲配
나이 들어도 왕비가 없었지	年大無后妃

김수로왕은 신비로운 탄생이 증언하듯 보통의 인물이 아니었다. 그러므로 그에 맞는 배필을 구하는 것은 쉬울 리가 없었다.

동쪽 바다로 비단 치장 배 오는데	東海綵船來
붉은 돛에 붉은 깃발 날렸지	緋帆颺茜旗
아유타국의 공주	阿陀國王女
하늘이 보내어 대궐 맡게 하였지	天遣主閨闈
배를 매고 높은 언덕에 오르더니	維舟陟高嶠
바지 벗어 산신령께 예물로 올렸지	解袴贄山靈

그러나 하늘의 도움으로 멀리 인도 아유타국에서 허왕후가 비단으로 치장하고 붉은 돛에 붉은 깃발을 단 배를 타고 김수로왕에게로 와 대궐의 안살림을 맡았다. 이에 허왕후는 신의 은혜에 대한 감사의 표시로 비단 바지를 벗어 예물로 올린다.

천을성은 앞에서 길을 이끌어주고	天一前導引
태을성이 제단 이루는 걸 도왔네	太一胥壇形
화개성은 비취빛 깃을 올리고	華蓋搞翠羽
동황이 땅을 쓸어 평평하게 하였네	東皇掃地平
형혹성은 비단 깔개를 펼치고	熒惑攤錦茵
아명은 금빛 병풍 펼쳐놓았지	阿明擡金屛

사명은 마중을 나오고	司命出伺候
장경은 신령스러운 이 맞았네	長庚爲邀靈
태호는 깔개를 정중히 하고	泰顥敬薦籍
빈랑이 신이한 향기를 올렸지	貪狼獻異馨
푸른 구름은 명령을 전하고	靑雲傳敎令
밝은 달은 등불걸이를 들어올렸네	明月擎燈檠

　사람의 길흉을 판단하는 천을성(天乙星 : 天一)은 허왕후의 앞길을 인도한다. 하느님의 별인 태을성(太乙星 : 太一)은 하늘에 올릴 제사를 주관하고, 북두칠성을 둘러싼 별로 제왕의 수레 덮개를 상징하는 화개성(華蓋星)은 비취빛 깃을 둘러 장막을 이루어주며, 봄의 신인 동황(東皇)은 신성한 장소를 마련한다. 화성(火星)인 형혹성(熒惑星)은 반짝이는 비단 깔개를 깔고, 동해의 용인 아명(阿明)은 금빛 병풍을 펼친다. 사람의 생명을 맡은 별인 사명(司命)이 찾아와 안부를 묻고, 저녁에 서쪽 하늘에 보이는 큰 별로 태백성(太白星), 금성(金星)인 장경성(長庚星)이 왕과 왕비를 맞이한다. 서쪽 하늘로 호천(顥天)이라고도 하는 태호(泰顥)는 왕과 왕비가 함께 할 깔개를 정중히 마련한다. 제석천왕(帝釋天王)을 모시는 네 동자(童子) 가운데 하나인 빈랑성군(貪狼星君 : 목성)은 좋은 향기를 드리우고, 푸른 구름은 하늘의 명을 전하고, 밝은 달이 등불걸이를 들어올린다.

　배에서 내려 김수로왕과의 만남을 위해 낮부터 밤까지 이동하는 허왕후의 행차를 묘사한 것으로, 시인은 온 우주가 그녀를 김수로왕에게 인도하고 둘이 만나는 자리를 만들어가는 것으로 표현하여 둘의 만남이 천지자연의 당연한 뜻임을 강조하고 있다.

태극은 아헌을 올리고	太極奠亞獻
혼돈이 푸른 빛 좋은 술을 따랐지	混沌斟綠醽
봉래에선 기린의 육포를 내리고	蓬壺贛麟脡
영주에선 엄청난 산해진미 드렸지	瀛洲享侯鯖
관음은 떡 궤를 보내어주고	觀音羞鍾籩
구진이 죽 그릇을 올렸네	鉤陳進鬻鉶
저공이 개암과 밤을 받들어 올리니	狙公捧榛栗
보는 것마다 눈과 귀 놀라게 했지	所見駭瞻聆
개암 크기가 굴과 유자만하고	榛大如橘榴
밤 크기는 솥과 냄비만 하였네	栗大如鼎鎗
왕께서 이에 축문 읽으니	太上乃讀祝
해마다 스물 네 절기로다	連歲廿四齡
일 마치자 왕궁으로 나아가	事畢卽王宮
육례에 맞춰 혼인이 이루어졌지	六禮婚姻成
용모와 자태 온 나라 밝게 비추고	容姿燿一國
은덕과 혜택은 따뜻한 봄 같았지	德澤似陽春
진수성찬이 산과 바다 같았으며	珍羞如山海
훌륭한 의례 모두 말하기 어려웠지	威儀難具陳
밤 깊어져 잠자리 함께 하니	夜闌同枕席
따뜻한 사랑이 비할 데가 없었네	情愛無比倫
이듬해 비로소 사내아이 낳더니	明歲始生男
드디어는 아홉을 낳게 되었지	遂至生九人
좋은 밭엔 나쁜 열매 나지 않는 법	良田無惡實
한명 한명이 기린 가운데 왕이었지	箇箇王麒麟

둘의 만남을 축하하는 자리에 산해진미가 빠질 수 없다. 우주의
근원인 태극(太極)은 두 번째의 잔을 올리고, 천지개벽의 시작인 혼

돈(混沌)은 모든 술을 섞은 혼돈주(混沌酒)를 따른다. 삼신산(三神山)인 봉래(蓬萊)와 영주(瀛洲)에서는 산해진미를 보내어온다. 대자대비(大慈大悲)한 관세음보살(觀世音菩薩)은 떡을 보내온다. 후궁을 뜻하기도 하고, 천자(天子)의 의장(儀仗)을 맡는다는 별 구진(鉤陳)은 죽을 올린다. 원숭이의 의인인 저공(狙公)은 커다란 개암과 밤을 바친다.

온갖 산해진미가 차려진 가운데 축제는 이어진다. 아름다운 둘의 사랑이 이루어지고, 이후 가락국을 이끌어가는 아홉의 아들로 결실을 맺는다. 아홉 아들 가운데 허왕후의 성을 따르게 한 아들을 두어 김해 허씨의 선조가 되었으니, 시인은 이 사실을 읊으며 시를 마무리하고 있다.

허왕후께선 마음이 좋지 않아	許后心不樂
속마음을 왕께 말씀 올렸지	懷抱向王伸
아들을 낳는데 아버지 중요하지만	生子父是重
어머니 또한 천륜입니다	母亦爲天倫
아들 모두 아버지 성 따르게 되면	子皆承父姓
저를 이을 사람 하나 없게 되지요	無人繼妾身
저의 마음 한 편이 슬퍼집니다	女心偏惆悵
예를 말하자면 고르지 못합니다	舌禮大不均
왕께서 그 말을 가련히 여겨	君王憐其言
막내아들은 어머니 성 따랐지	末子母姓遵
이제까지 이천 년 흐르도록	至今二千年
두 성이 얼마나 번성 했던가	二姓何振振
서로 만날 때마다 기뻐하나니	相逢輒懽然
우리는 같은 성의 친척이라네	我是同姓親

이광사의 시를 통해 허왕후가 바다를 건너 김수로왕을 만나는 장면과 이후 가락국의 기초를 이루어나갔던 전체의 상황을 감상하였다. 이제는 이와 관련되었으면서도 부분적인 상황에 대한 이야기와 이를 읊은 시들을 보기로 하자.

조선 후기의 시인 윤기(尹愭 : 1741~1826)는 허왕후가 인도에서 바다를 건너와 김수로왕과 인연을 맺은 사연을 다음과 같이 설명한 뒤, 이를 시로 읊고 있다.

허씨는 바다 서남쪽으로부터 붉은 돛을 달고 붉은 깃발을 펼치고 와서 "저는 아유타국의 공주입니다. 성명은 허황옥(許黃玉)이고 나이는 열여섯입니다."라고 하였으니 이 분이 황옥부인이다. 보주태후(普州太后)·남천축국왕녀(南天竺國王女)·서역허국군녀(西域許國君女)·허황지국(許黃之國)이라고도 한다. 자신의 아버지가 "동방에 가락원군(駕洛元君)이 있는데, 여인을 얻어 배필로 맞으려 한다."고 하기에 바다를 건너 왔다고 하였다. 아홉 아들을 낳아 두 아들은 어머니의 성을 따랐으니, 지금 김해 김씨와 허씨가 바로 이들이다.

우리나라는 그 옛날 알에서 태어난 이 많았지	我東古昔卵多生
박혁거세 고주몽 석탈해가 모두 그러하였고	居世朱蒙脫解幷
수로 또한 더욱 기괴하였지	曁玆首露尤奇怪
여섯 개 알 껍질 열리자마자 장성하였다네	六殼纔開已長成
왕비 허씨는 또한 어떠하였던가	王妃許氏又如何
붉은 돛 붉은 깃발로 바다 물결 건넜지	緋帆茜旗越海波
아홉 아들 중 두 아들이 어머니 성 따라	九子二人從母姓

지금도 김해에는 허씨와 김씨 많다네   **至今金海許金多**

〈윤기, 영동사(詠東史), 64, 65〉

『삼국유사』 권 제2 〈가락국기〉 〈수로왕보주태후허씨릉(首露王普州太后許氏陵)〉조에는 허왕후와 관련된 다음과 같은 기록이 있다.

당시 우리나라에는 아직까지 절을 짓고 불법(佛法)을 받드는 일이 없었으며, 불교가 전해지지 않아 사람들이 믿지 않았으므로 절을 지었다는 기록이 없다. 제8대 질지왕(銍知王 : 재위 451~492) 2년에 그곳에 절을 지었으며, 또 왕후사(王后寺)를 창건하여 지금까지 불교를 받들고 있다. 이는 눌지왕(訥祇王 : 재위 ?~458) 때 아도(阿道) 화상(和尙)이나 법흥왕(法興王 : 재위 514~540) 때보다 이전이다. 아울러 남쪽의 왜놈들을 진압하였으니, 역사 기록에 실려 있다. 탑은 네모반듯한 4면 5층으로, 새겨진 조각이 대단히 뛰어나다. 돌은 약간 붉은 얼룩 무늬로 그 바탕은 아름다우면서도 무르니 이 지역의 것이 아니다. 『본초(本草)』에서 '닭 벼슬의 피를 찍어서 시험 한다'고 한 것이 바로 이것이다. 아유타국 공주가 붉은 돛, 붉은 깃발을 달고 바다를 건너오자 왕은 궁궐 안에 전각을 설치하고 그를 기다렸다. 왕후는 높은 언덕에 배를 매어두고 비단 바지를 벗어 산신령께 폐백을 올렸다. 왕이 휘장 전각으로 맞아들였다가 대궐로 돌아가서 왕후로 삼았으니 이가 허왕후다. 이 절이 생긴 지 5백년 후에 장유사(長遊寺)를 세웠는데, 이 절에 바친 밭이 모두 합하면 3백결(結 : 1결은 15,447.5m²)이나 되었다.

장유사는 김해시와 창원시의 경계인 불모산(佛母山) 또는 장유산(長

遊山)에 있다.『삼국유사』나『동국여지승람』에서 왕후사는 김수로왕과 허왕후가 장막을 치고 첫날밤을 치렀던 곳에다 세운 절이라고 한다. 또한 가락국 제8대 질지왕이 절을 지을 당시 세웠다는 장유화상사리탑(長遊和尙舍利塔) ― 장유화상은 허왕후의 오빠 허보옥(許寶玉)이라고 한다 ― 이 남아 있으며, 절에서 오른쪽으로 60m 아래에는 토굴이 있으니 장유화상이 최초로 수도했던 곳이라고 한다. 그리고 장유사 입구에는 조선시대 후기에 폐사가 된 왕후사터[王后寺址]가 있다고도 한다.

우리나라 불교의 전래가 김수로왕이나 질지왕의 시대에 이루어졌거나 북방이 아닌 남방으로 수입되었다는 명확한 증거가 달리 드러나지 않는 한 허왕후와 장유화상이 인도에서 불교의 교리나 파사탑, 쌍어문(雙魚紋 : 수로왕릉 봉분 입구의 납릉정문에 그려진 물고기 두 마리가 마주 보고 있는 그림) 등을 가지고 들어왔다는 결론을 내리기는 그리 쉽지 않다. 여기에 논란을 더하는 것이 있으니, 부산광역시 강서구 지사동에 있는 명월산(明月山) 흥국사(興國寺)다.

1706년(숙종 32) 증원(證元)이 지은 <명월산흥국사 사적비문(明月山興國寺事蹟碑文)>에 따르면, 이 절은 48년 금관가야의 수로왕(재위 42~199)이 창건하였다고 전한다. 수로왕은 명월산에서 허왕후를 맞아 환궁하였는데, 왕후의 아름다움을 달에 비유하여 산 이름을 명월산이라 하였고, 근처에 명월사(明月寺)를 지어 나라의 태평성대를 기원하였다고 한다. 또 왕후와 왕자들을 위해 진국사(鎭國寺)와 흥국사를 지었다고 한다. 1706년(숙종 32) 수리를 할 때 담 밑에서 '144년 3월 장유가 서역에서 들어와 불교를 전하니 왕이 깊은 마음으로 부

허왕후의 신행 자취를 기념하기 위한 명월산 흥국사의 〈가락국태조왕영후유허비(駕洛國太祖王迎后遺墟碑 : 가락국 태조왕이 왕후를 맞이한 터에 세운 비석)〉

처를 숭배했다'라는 글이 적힌 유물을 발굴하였다고도 한다. 근래에는 코브라가 불상을 떠받들듯 고개를 들고 있는 석물이 명월사터에서 발굴된 적도 있다고 한다. 그리고 법당 오른쪽에는 가락국태왕영후유허비(駕洛國太王迎后遺墟碑 : 가락국 태왕께서 왕후를 맞이한 곳)가 있다. 그러나 불교의 전래와 허왕후의 족적에 대한 연구가 더욱 깊이 진행된 후에라야 바로 이곳이 김수로왕과 허왕후가 처음 만난 곳이라고 말할 수 있을 것이다. 아직은 결론을 쉽게 말하기가 어렵다.

이에 대한 최초의 기록이라고 할 수 있는 『삼국유사』의 기록을 믿자면, 허왕후는 바다를 통하여 신하들이 기다리고 있던 망산도로 들어왔다. 그리고 김수로왕이 기다리는 곳으로 이동하고 서로 만나 가락국의 미래를 준비하였다. 장유사와 흥국사 어떤 곳이 둘의 첫 만남이 이루어졌던 곳인지 분명히 말하기는 무척 어렵다. 이를 분명히 밝히는 것은 매우 중요하다. 그러나 여기에서 더욱 중요한 것은 둘의 만남이 바로 가락국 500년의 아름다운 바탕이며, 출발이었다는 사실이다.

조선 말의 허훈(許薰 : 1836~1907)은 장유사에서 세 수의 시를 남기고 있는데, 이는 뒤에 김해의 사찰들을 읊은 시를 감상할 때 다시 보기로 하고 이제는 다시 허왕후의 능으로 가보자.

『조선왕조실록(朝鮮王朝實錄)』 정조 16년(1792) 4월 7일 조에는 다음과 같은 기록이 있다.

허왕후의 능은 성 북쪽 2리쯤 되는 구지봉의 동쪽에 있는데, 구지봉은 바로 수로왕이 탄생한 곳입니다. 수로왕과 허왕후의 두 능

은 서로의 거리도 2리쯤 되고, 봉분 쌓은 것과 설치한 물건은 수로
왕릉과 같으며, 짤막한 비석에는 '수로왕보주태후허씨릉(首露王普州
太后許氏陵)'이란 열 글자를 썼습니다. 돌담 전면에 세 개의 문을 설
치하였고, 다른 전각들은 없습니다. 제각(祭閣 : 무덤 옆에 제사를 모
시기 위해 지은 집)은 4칸인데 정자각(丁字閣 : 왕릉 봉분 앞에 'ㄱ'자
모양으로 지어 놓은 제각)의 제도를 사용하였고, 부엌 4칸, 재랑(齋
廊 : 제사를 모시기 위해 준비하는 집) 4칸, 재실(齋室) 4칸으로 바로
옛 회로당(會老堂) ─ 뒤에 따로 다루기로 한다 ─ 입니다. 허 왕후의
능은 수로왕의 능에서 거리가 다소 멀어 이미 같은 구역 안이 아니
고 들판 하나를 사이에 두고 있는데, 허 왕후의 능에는 제각이 없
으므로 전부터 제사지낼 때 수로왕릉의 제각에서 함께 하였습니다.

이 내용을 보면 조선조 당시 허왕후릉과 수로왕릉의 위치 및 제
각의 규모와 제사 의례를 알 수 있다. 다음은 허왕후릉에 제사를 올
리듯 허왕후의 출현에 대한 칭송이 가득한 악부시를 한 수 보자.

산에는 돌 있고 바다에는 물결 있네	山有石兮海有波
바람이 부드러워라 나에게 불어오네	風冉冉兮送余
복이 드리웠어라 만년이로다	宜福綏兮萬年
우리들에게 자랑스럽게 말하게 하네	使我人兮說譽

〈이영익, 東國樂府 迎茜旗〉

위 시의 작자 이영익(李令翊 : 1740~?)은 앞에 소개한 이광사의 둘째
아들로, 이 시는 아버지의 〈동국악부〉에 화답한 것이다.

산에는 굳건한 바위가 있고, 바다에는 힘차게 일렁이는 물결이
있다. 허왕후의 배를 밀어주던 그때의 그것인양 부드러운 바람이

허왕후릉 오른쪽은 분산성이고, 왼쪽은 구지봉이다.

불어온다. 이는 김수로왕의 굳건함이고 허왕후의 힘이며, 천지자연
의 축복이다. 가락국은 김수로왕의 굳건함으로만 이루어질 수 없었
다. 여기에 허왕후의 힘이 더해졌을 때 영원한 복이 드리워 자랑스
러운 나라가 이루어졌던 것이다.

이제 이학규(1770~1835)의 시를 마지막으로 감상하며, 허왕후의 능
과 이별하자.

들자하니 파사 임금께서는	嘗聞婆娑君
돌을 싣고 동쪽 바다로 오셨다 하네	載石來東海
풍경은 반나마 사라져 버렸고	風鈴半銷沈
불화는 무늬를 감추어버렸네	梵畫晦文采
마주하고 수로왕릉을 가리키나니	相指首王陵
우뚝하여라 천 년을 지내왔도다	昭嶢閱千載

〈이학규, 金州府城古迹十二首 贈李躍沼 婆娑塔〉

『삼국유사』의 기록에 보면 허왕후가 싣고 온 탑은 약간 붉은 무
늬의 돌에 아름다운 무늬를 새기고 5층으로 쌓은 것이다. 그렇게 아
름다웠던 그 돌탑의 풍경(風磬)은 거의 사라져 딸랑이는 소리가 들리
지 않고, 아름답게 조각되었던 불화의 무늬는 사라져버렸다. 그러나
바람을 잠재우고 왜구를 물리치는 기운만은 영원히 남아 있다. 이
것이 바로 허왕후의 기운이다. 이제는 무덤으로만 남아 있으나 그
기운은 수로왕릉의 위엄과 더불어 천 년 세월을 우뚝하게 제 자리
를 지키고 있다.

봉황대 鳳凰臺

　구지봉과 허왕후의 능 사이를 이어둔 육교를 뒤로 하고 김해시청 등이 있는 김해의 도심으로 이어지는 길을 따라 간다. 이 길은 경전철이 지나가는 저 너머 내외동(內外洞)이나 인제대학교 쪽의 어방동(漁防洞)·활천동(活川洞)이나, 신흥 번화가인 삼계동(三溪洞) 등의 마을과는 달리 말끔하지도 않고 정리정돈도 되지 않은 모습이다. 작은 주택들이 길가를 따라 이어져 있고, 이따금은 과거에 가게였던 곳이 먼지가 쌓인 채로 문이 닫혀 있기도 하다. 그러나 더욱 길을 따라 내려 가다보면 다소 번화해지면서 사람들의 발걸음들이 늘어나기도 한다. 주변으로는 시장이 열려 있고, 글로벌화의 영향인지? 허왕후의 전설이 끼쳐서인지? 정확히 말하자면 주변 공단의 영향으로 외국인들의 모습 또한 적잖이 확인할 수 있다.

　이 지역은 뒤로는 분성산(盆城山)을 머리에 이고, 그 아래로 호계(虎溪)의 흐름을 가슴에 안은 구산동(龜山洞), 대성동(大成洞), 서상동(西上洞), 동상동(東上洞), 회현동(會峴洞), 부원동(府院洞)이다. 일제 강점기 이후 오랜 세월 고고학자들이 한 겹 한 겹 세월의 두께를 들어내 본 결과 이 동네들은 모두 가락국을 땅속에 묻어두고 있었다는 사실이

봉황대와 재현해 둔 가락국 시대 나루터와 창고 지금은 주변이 도로로 되어 있지만, 옛날에는 바로 옆 해반천까지 밀려온 바닷물을 통해 이곳까지 배가 들어왔다고 상상해야 한다.

드러났으며, 이곳이 바로 가락국의 핵심 지역이었음을 확인할 수 있었다. 이곳에서는 조개무덤, 고대인들의 주거지, 고인돌, 고대 귀족들의 것으로 보이는 무덤 등이 수없이 발견되었다. 이는 마치 경주 반월성(半月城)을 중심으로 서북쪽으로 신라 왕들의 무덤 및 성곽, 서남쪽으로 귀족들의 생활 흔적 등이 형성되어 있어 이곳이야말로 신라의 중심이었음을 말해주는 것과 같다. 반월성을 중심으로 한 주변이 그러하듯 김해에서 이에 버금가는 가락국의 흔적을 찾는다면, 그것은 바로 봉황대라고 할 수 있다.

봉황대는 1870년 김해부사로 부임한 정현석(鄭顯奭 : 1817~1899)이 구릉의 생김새가 봉황이 날개를 편 모양과 같다고 하여 붙인 이름이라고 한다. 이곳은 여러 차례 발굴되었는데, 그 결과 저습지와 구릉이 조화를 이루어 사람이 살기에 아주 적절한 곳이었다는 사실을 알게 되었고, 많은 건물과 생활의 흔적들이 확인되었다.

새롭게 개발되어 아파트촌이 즐비하게 늘어서고, 공단이 형성되어 있는 주변의 마을이 김해의 새로운 기지개라면, 봉황대를 중심으로 한 마을은 현재의 김해와 미래의 김해를 잉태하고 생산한 모태요, 원동력이며, 김해의 상징이다.

『삼국유사』 가락국기에는 가락국의 위치와 경계를 설명하고 있으니, '동쪽으로는 황산강(黃山江), 서남쪽으로는 푸른 바다, 서북쪽으로는 지리산(智異山), 동북쪽으로는 가야산(伽倻山), 남쪽으로는 나라의 끝이다.'라고 하였다. 이로 보자면 당시 가락국은 동북쪽으로 지금의 밀양까지, 동쪽으로는 낙동강을 경계로 양산과 부산시 북구·사상구·사하구와 마주하고, 서북쪽으로는 지금의 진주·산청 지역까지, 남쪽으로는 바다까지 펼쳐져 있던 나라였음을 확인할 수 있다. 그러나 가락국의 중심이 여전히 봉황대 주변이었음은 옛날에도 그랬겠지만, 지금도 인정할 수밖에 없다.

『삼국유사』에는 김수로왕이 나라를 정비하고 궁궐을 조성하여 가던 당시 상황을 다음과 같이 적고 있다.

임시 궁궐을 짓게 하고 왕이 들어갔으나, 질박하고 검소하게 하려고 지붕의 이엉을 자르지도 않았고, 흙으로 쌓은 계단은 겨우 석 자였다. 즉위한지 2년만인 봄 정월에 왕은 "내가 도읍을 정하고자 한다."고 하였다.

임시로 지은 궁궐의 남쪽 신답평(新畓坪)에 행차하여 사방의 산을 바라보다가 주위 사람들을 돌아보고 "이곳은 마치 여뀌 잎처럼 좁지만, 빼어나게 아름다워 16나한(羅漢 : 불교에서 학문과 덕행이 뛰어난 성인)이 머물 만한 곳이다. 더구나 하나에서 셋을 만들고 셋에서 일곱을 만드니 7성(七聖 : 불교에서 일곱 가지 진리를 밝게 나타낸 사람)이 머물 만한 곳으로, 참으로 알맞은 곳이다. 그러니 이곳에 의탁하여 강토를 개척하면 참으로 좋지 않겠는가?"라고 하였다.

그래서 1,500보(步) 둘레의 외성(外城)과 궁궐, 전당(殿堂) 및 여러 관청의 청사와 무기 창고, 곡식 창고 지을 곳을 두루 정하고 궁궐로 돌아왔다. 나라 안의 힘센 장정과 기술자들을 두루 불러 모아 그 달 20일에 튼튼한 성곽을 쌓기 시작하여 3월 10일에 일을 마쳤다. 궁궐과 건물들은 농한기가 되기를 기다렸다가 그 해 10월 안에 짓기 시작하여 다음해 2월이 되어서 완성하였다. 좋은 날을 가려 새 궁궐로 옮겨 가서 모든 정치의 큰 기틀을 살피고 여러 가지 일을 신속히 처리하였다.

봉황대에 재현해 둔 가락국 시대 민가

위 『삼국유사』의 기록을 보자면 김수로왕은 신답평(新畓坪), 즉 새로 논을 조성하여 농사를 짓게 된 들판의 북쪽에 임시 궁궐을 지어 머물다가, 2년 뒤에야 신답평에 궁궐을 조성하고 옮기게 된다. 과연 처음으로 궁궐을 지었던 곳은 지금의 어디였으며, 새로 옮긴 신답평의 궁궐은 지금의 어디일까?

『조선왕조실록』 단종 2년 7월 10일의 기록에는 '경상도에 큰 비바람이 일어 바닷물이 불어 넘쳐 김해 고성(古城) 밑까지 이르렀다'는 내용이 있다. 여기에서 말하는 김해의 옛 성이 과연 언제 조성된 것을 말하는지는 모르겠으나, 지금의 봉황대 주변이 낮은 습지였다는 사실이 고고학적 발견에 의해 밝혀졌고, 앞에서 계속 언급했듯이 주변까지 바닷물이 밀려왔다는 사실을 상기한다면, 여기에서 말하는 옛 성은 가락국 시대의 궁궐을 비롯한 주요 시설들을 보호하기 위해 쌓은 외성이었음을 충분히 상상할 수 있다.

2003년 발굴된 옛 가야의 성곽이 원래 가야왕궁이 있었다고 기록된 비석[가락고도궁허(駕洛古都宮墟)]이 있는 지역을 둘러싸고 축조되어 있다는 보고 또한 이를 뒷받침한다. 여기에서 봉황동 유적은 가락국 귀족층의 주거지였으며, 동쪽 지역이 김수로왕의 신답평 궁궐이었다는 생각을 더욱 굳게 한다.

이로 볼 때 김수로왕의 신답평 궁궐은 봉황대의 동쪽이며, 북쪽으로는 임시 궁궐의 남쪽이며, 남쪽으로는 태풍이 세차게 불면 바닷물이 성 아래까지 이를 수 있는 곳의 북쪽이다. 이로 볼 때 가락국의 궁궐터는 동상동 시장 안에 있는 연화사(蓮華寺)의 비석을 중심으로 생각하지 않을 수 없다.

동상동 연화사 경내 왼쪽에 있는 〈가락국고도궁허(駕洛國古都宮墟 : 가락국의 옛 도읍 궁궐터)〉 기념비

이학규(1770~1835)는 다음과 같이 가락국의 옛 성을 노래하고 있다.

구지봉의 왕기 가을 기운에 차가운데	龜峯王氣冷秋煙
가락국 이름은 바닷가 빈터에 남았네	駕洛名存海上墟
천육백 년 넘은 옛날 가락국의 성은	千六百秊餘舊物
흙으로 쌓았어도 돌성보다 단단하네	石城那似土城堅

〈이학규, 金官紀俗詩〉

시에는 '가락은 본디 수로의 나라 이름이다. 지금 부의 남쪽 10리 바닷가에 가락의 마을이 남아 있는데 수로가 흙을 쌓아 올려 이룬 성이다. 지금도 남아 있는 것은 언덕만큼 높다. 가래나 괭이가 쉽게 들어가지 않는다'라는 말이 덧붙여져 있다. 이학규가 보고 읊은 것이 분명히 김수로왕 시대의 토성(土城)이었는지, 봉황대였는지는 알 수가 없다. 그러나 중요한 것은 그가 그곳을 김수로왕 시대의 그것으로 확신하고 있다는 것과, 구지봉에서 왕의 기운을 타고 나타난 김수로왕이 다스리던 옛 가락국은 사라졌어도 나라의 기틀을 마련하기 위해 성곽을 쌓고 백성들을 위해 노력했던 김수로왕의 정신인 양 토성이 아직도 돌보다 단단히 남아있었다는 사실일 것이다.

다음은 조선조 말 허유(許愈 : 1833~1904)가 봉황대를 읊은 시다.

쇠망한 주나라 봉새는 어디서 노니나	衰周天地鳳何遊
바닷가 대나무에 세월이 흐르네	海上琅玕歲月流
신라의 산천 어제와 같은데	羅代山川如昨日
김왕 궁전은 모두 황폐한 언덕이로다	金王宮殿盡荒丘

삼차강엔 구름이 아득하고 　　　　　雲煙漠漠三叉渡
일곱 점 모래톱엔 섬들이 아른거린다 　島嶼依依七點洲
여기서 봉래가 가깝고도 먼 줄 알겠네 　此去蓬萊知近遠
강에 가득 풍랑은 사람을 시름게 하네 　滿江風浪使人愁

〈허유, 鳳凰臺〉

시 제목의 봉황대는 경주의 봉황대와 같다. 그러나 삼차나, 일곱점 모래톱 등을 볼 때 여기에서의 봉황대는 김해의 것이 분명하다.

봉황은 왕을 상징하는 가상의 동물로서, 중국의 전설적 왕인 황제(黃帝) 시절 뿐 아니라 요(堯)·순(舜)·주(周) 때에도 나타나서 춤을 추었다는 기록이 있다. 봉황은 우는 소리가 퉁소 같고, 살아 있는 벌레나 풀은 먹지 않고, 무리 지어 머물지 않으며 난잡하게 날지 않고, 그물에 걸리지 않으며, 오동나무가 아니면 내려앉지 않고 대나무 열매가 아니면 먹지 않는다고 한다. 두 번째 구절의 낭간(琅玕)은 봉황이 지나간다는 곤륜산(崑崙山)에 있는 구슬 나무로 대나무를 말한다.

가락국은 사라지고 왕들도 세월 속에 사라져 버렸다. 그들이 이루었던 궁궐과 성곽들도 황폐해져버려 확인하기 어렵다. 이제는 어제도 오늘도 내일도 변하지 않을 자연만 남았다. 가락국의 영욕(榮辱)을 머금은 채 멀리 삼차수는 흐르고, 칠점산(七點山)은 아득히 아른거린다. 가락국의 왕들이 이루어내었던 모든 것은 자연의 흐름 속에 묻혀버리고, 신선의 고향인 듯 아름다운 풍광만 남았다.

지금 봉황대에는 가락국 시대의 가옥, 창고, 배 등을 복원해두었고, 꼭대기에는 가락국 천제단(駕洛國天祭壇) 등을 조성하여, 가락국 시대 사람들의 삶을 이해할 수 있도록 해두었다. 그리고 이곳에는 가락국 시대로부터 전해오는 전설이 있으니, 이왕 봉황대를 찾은 참에 이를 듣고 가도록 하자.

가락국 제9대 겸지왕(鉗知王 : 재위 492~521) 때 아주 가까운 친구 사이였던 황정승(黃政丞)과 출정승(出政丞)이 살았다. 그들은 자기들이 아들과 딸을 낳으면 사돈이 되기로 약속을 하였다.

얼마 뒤 황정승은 아들 황세(黃洗)를, 출정승은 딸 출여의(出如意)를 낳았다. 그런데 황정승의 집이 몰락하자 출정승은 마음이 바뀌어 자신의 딸인 여의를 아들이라고 속였다. 어느 날 황세는 여의에게 누가 오줌을 멀리 누는지 시합하자고 제의하였다. 여자였던 여의는 매우 곤란하였으나, 삼대의 줄기를 뻗어 오줌줄기인양 속이고 위기를 넘겼다.

그러나 나이가 점점 들면서 황세는 여의가 여인임을 알아채고, 해반천(海畔川 : 봉황대 아래쪽 경전철이 지나는 물줄기)으로 가서 멱을 감자고 제안하였다. 위기에 몰린 여의는 황세에게 자신이 여자임을 밝혔고, 둘은 결혼을 약속하였다.

그런데 신라와의 전투에서 큰 공을 세운 황세는 왕의 강압에 의해 유민(流民) 공주와 결혼하게 되었다. 여의는 이 소식을 듣고 24살의 젊은 나이에 황세를 그리워하며 스스로 목숨을 끊어버렸다. 이 소식을 들은 황세 역시 여의를 그리워하다 병으로 죽고 말았다. 황세가 죽자 공주는 궁궐을 떠나 유민산(流民山 : 김해시 칠산서부동과 외동에 위치하고 있는 산. 임호산(林虎山)이라고도 한다)으로 출가하여 여승이 되었다 한다. 지금 봉황대 꼭대기에는 둘이 오줌멀리누기 시합을 했던 곳이라고 알려진 황세바위와 이의 반대편에는 여의의 넋을 달래기 위한 누각이 있으니 이것이 여의각(如意閣)이다.

황세와 여의가 오줌누기 시합을 했다는 황세바위

여의의 넋을 달래기 위한 누각인 여의각

초현대 招賢臺

대성동, 서상동, 동상동, 회현동, 부원동에 걸쳐 있던 가락국의 옛 성과 궁궐을 뒤로 하고 부원 경전철 역까지 내려가다 왼쪽으로 길을 잡는다. 길의 왼편으로는 김해 행정의 중심 김해시청이 있다. 여기에서 경전철을 따라 부산 방향으로 나아간다. 김해시청역, 인제대학역을 지나고 김해대학역 못 미쳐 오른쪽으로 들어가는 길이 있는데, 바로 신어산(神魚山)에서 흘러내리는 신어천(神魚川)이 흐르고 흘러 김해공항 쪽으로 들어가는 곳이다. 주변은 안동(安洞) 공단 지역으로, 공장이 빼곡히 들어차 있다. 여기에 초현대가 자리 잡고 있다.

지금 이곳은 옛 가락국의 중심이었던 현재의 동상동 지역에선 주변의 가득 찬 건물들에 가려 볼 수가 없다. 그러나 김수로왕의 장남이자 가락국의 두 번째 왕인 거등왕(居登王 : 재위 199~238)이 칠점산에서 거문고를 타던 참시선인(旵始仙人)을 불러 함께 바둑을 두고 노닐던 시기에는 지금의 건물들은 당연히 없었다.

당시 사람들은 신어천이 넓디넓은 바다와 만나는 곳에 초선대가 조각배인양, 참시선인이 살고 있었다고 전해지는 칠점산의 일곱 봉우리가 연꽃 송이인양 바다 위에 동동 떠있는 풍경을 보고 이곳이

초현대 위에 있는 정자 주변은 바위가 첩첩하고, 숲에 둘러싸여 있다.

야말로 신선이 사는 곳이라 확신했을 것이다. 여기에다 아득히 펼쳐진 바다는 저 너머에 있을 또 다른 세계에 대한 환상을 금치 못하도록 했을 것이다.

선인(仙人)을 초대했다는 뜻인 초선대는 현인(賢人)을 부른다는 뜻의 초현대(招賢臺)라고도 한다. 신선이라고 알려진 참시가 어질고도 총명한 사람이기도 했다면, 참시는 단순한 거등왕의 놀이 상대였을 뿐 아니라, 정치적 조언자(助言者)의 역할도 함께 한 인물이었던 것으로 생각된다. 구지봉과 봉황대가 가락국 정치와 생활의 상징이라면, 초선대와 칠점산은 가락국 정서의 상징이다. 따라서 이 일은 오랜 세월동안 많은 역사·지리 자료들과, 수많은 시인들의 작품에서 표현되었다.

『동국여지승람』에는 고려 원종(元宗)·충렬왕(忠烈王) 때의 사람인 주열(朱悅 : ?~1287)의 시를 소개하고 있으니,

수로왕릉 앞에 풀빛이 푸르고	首露陵前草色青
초현대 밑엔 바다 물결 반짝이네	招賢臺下海波明
봄바람은 사람 떠난 집에도 고루 들며	春風遍入流亡戶
매화를 피워 나그네 마음 위로해주네	開徧梅花慰客情

이 시를 지을 당시인 1276년 주열은 경상도 계점사(計點使)로 김해 지역의 호구와 토지 조사, 과세 조정 및 부역 업무를 담당하였다.

원(元)은 1270년 합포(合浦 : 지금의 창원시 마산합포구 합포동)를 기지로 하고 김해 등지에 둔전경략사(屯田經略司)를 설치한 후 일본 정벌을 준비하였다. 1274년에 1차 원정, 1281년에 2차 원정을 단행하였으며,

그 와중에 왜구의 침입도 이어졌다. 이 과정에서 김해를 떠난 사람은 대단히 많았다. 주열은 당시 이러한 상황을 조사하고, 이들을 평상의 생활로 돌려놓기 위해 김해에 왔던 것이다.

수로왕릉 앞으로 펼쳐진 봉황대와 그 주변은 푸릇푸릇 풀이 돋고, 저 멀리 바라보이는 초현대 아래로는 바다 물결이 반짝거린다. 그러나 이러한 아름다운 풍경의 이쪽에는 전란으로 인해 고향을 떠날 수밖에 없는 백성들의 빈집이 여기저기 흩어져 있어 가슴 아프다. 사람이 떠나 아픈 나그네의 가슴을 매화 피는 봄이 찾아와 달래주니 이 무슨 조화 속인가?

1500년 5월 김해로 유배를 왔던 정희량(1469~?)은 초현대에 올라가 다음과 같이 주변 풍광의 아름다움을 노래하고 있다.

초현대 오래된 바위 가야국	招賢老石伽倻國
해질녘 오르니 가슴을 깨끗이 씻겠네	落日登臨許盪胸
쪽빛 같은 산은 안개에 짙게 물들었고	嶽色似藍深染霧
눈 같은 갈대꽃이 교묘히도 기러기 감췄네	蘆花如雪巧藏鴻
아득한 저 밖에 제비 꼬리처럼 나뉜 호수	湖分燕尾蒼茫外
멀고 먼 저 가운데엔 자라 머리에 닿은 땅	地迫鰲頭縹緲中
물 거슬러 봉래섬으로 가고 싶긴 하건만	我欲泝洄蓬島去
강의 신이 돛단배에 바람 빌려주려 할는지	江神肯借半帆風

〈정희량, 登招賢臺〉

김해를 두르고 있는 산은 짙은 안개에 가려 쪽빛의 자태를 뽐내고, 눈처럼 하얀 갈대꽃 속에는 기러기가 보일듯 말듯 가만가만 움직이고 있다. 저 멀리 호수처럼 잔잔한 삼차수는 세 갈래로 갈린 그 모양이 제비꼬리 같다. 또 멀리 구지봉이 있어 주변 해반천, 호계, 신어천의 물줄기 사이로 땅이 그곳까지 이어져 있으니, 이 모두는 신선이 사는 곳에서나 볼 만한 것이다. 시에는 초현대에서 바라본 당시 김해의 자연 풍광에 대한 시인의 감동이 참으로 짙게 배어나고 있다.

다음은 조선 후기의 시인 윤기(1741~1826)의 시다. 그는 초현대의 아름다운 풍경보다는 역사에 더 시상을 집중하고 있다.

거등왕이 왕위를 이으니 흐린 기운 걷혀	居登嗣位混蒙開
칠점산의 선인이 초대에 응했지	七點山人應召來
몇몇의 참된 현자 함께 도왔던가	幾箇眞賢同贊化
참시가 초현대 지었다는 말 들었을 뿐	只聞始作招賢臺

〈윤기, 詠東史〉

윤기는 시에다 '수로왕이 죽자 아들 거등왕이 왕위에 올랐다. 칠점산에 사는 사람 참시를 불러서 초현대를 지었다'고 하였다. 거등왕은 199년에 즉위하여 39년을 다스리고 253년에 세상을 떠났다. 처음 김수로왕이 나라를 세웠던 시기를 지나면서 가락국은 국가로서의 면모를 확연히 갖추었다. 거등왕은 이에 칠점산에서 지내는 참시를 불러 국가를 위한 조언을 들었다.

윤기는 다른 시인들이 신비롭고 아름다운 곳으로 초현대를 읊은 것과는 달리 은둔하고 있던 현자 참시가 거등왕을 도우러 초대에 응한 것으로 표현하고 있다. 많은 현자들이 있었는지는 모르나 초현대를 지은 것은 오직 참시일 뿐, 즉 거등왕의 통치에 제대로 된 도움을 주었던 것은 참시일 뿐이었다고 시인은 생각하고 있다.

조선조 말 이학규(1770~1835)는 다음과 같이 설명을 덧붙이며 시를 읊고 있다.

건릉(健陵 : 정조) 22년 무오(戊午 : 1798)에 산청현(山淸縣)에서 가락국 마지막 구해왕(仇亥王) 및 그 왕비인 계화(桂華)의 진상(眞像)과 활과 칼과 남긴 옷을 발견하여 그것을 현의 서쪽 왕산사(王山寺)에 보관해두었다. 초선대는 부의 동쪽 7리 넓은 들 가운데 있는데, 거등왕이 칠점산 참시선인을 불러 노닐며 즐겼던 곳이다. 대에는 왕이 앉았던 연화석(蓮花石) 및 돌 받침 바둑대가 있고 서쪽에는 돌 위에 거인(巨人)의 상이 있는데, 세상에 전하기를 거등왕의 상이라고 한다. 세상에 전하기는 왕도(王都)에서는 위어(葦魚 : 웅어)가 난다고 하는데, 지금 김해부 및 경주(慶州)에서 이 고기가 난다.

성밖에 있는 연화대	城外蓮花臺
그때 신선을 불렀던 곳	當時招仙處
참시의 뼈는 서리가 되어버렸고	毌始骨已霜
거등왕 흔적은 어디로 갔는가	居登迹何遽
아직도 남았느니 바둑 두던 판	猶存石碁盤
노니는 사람이 걸터앉을 수도 있네	遊人得夷踞

〈이학규, 金州府城古迹十二首 贈李躍沼, 招仙臺〉

계화의 옷과 신 아득하여라 티끌과 재 되었고	桂華衣屨謾塵灰
참시가 남긴 자취 조각조각 돌로 쌓였구나	毌始遺踪片石堆

천년 왕도의 풍속이 남아 있구나 　　　　千古王京風氣在
보리 거두는 시절 웅어가 오네 　　　　參秋時節葦魚來

〈이학규, 金官紀俗詩〉

　　이전의 기록이나 시에서도 제대로 확인되지 않은 거등왕의 연화대와 바둑판이 이학규가 이 시를 읊을 당시에 남아 있었을 리 만무하다. 따라서 여기에서 묘사하고 있는 연화대는 초선대 서쪽 금선사(金仙寺) 입구의 오른쪽 큰 바위에 새겨져 있는 마애석불(磨崖石佛)의 연화대일 것이고, 바둑판은 초선대 위 정자 주변의 평평한 바위일 것이다.

　　마애석불은 민머리에 아주 낮은 육계(肉髻 : 부처의 정수리에 솟아 있는 상투 모양)를 하고 있다. 얼굴은 직사각형에 이마는 좁고 백호(白毫 : 부처 눈썹 사이의 희고 빛나는 터럭)는 매우 크게 표현되었다. 눈은 옆으로 길고 코는 작으며 입술은 두툼하고 크다. 귀는 턱까지 내려오며 목에는 삼도(三道 : 불상의 목에 가로로 표현된 세 줄기 주름)를 간단하게 새겨 놓았다. 직사각형으로 넓은 어깨에는 법의(法衣)를 걸쳤으며, 법의의 주름은 양어깨로부터 세로로 4~5줄 표현되었다. 수인(手印 : 모든 부처와 보살의 맹세와 발원을 나타내는 손 모양)은 두 손을 들어 가슴 앞에서 모은듯하지만 표면이 떨어져 나가 자세한 모습을 알 수 없다. 무릎은 손상이 심하여 자세히 알 수는 없으나 옆으로 긴 편이며 상하 폭은 그다지 넓지 않다. 광배(光背 : 머리나 등 뒤에 표현되어 있는 둥근 빛)는 원형의 두광(頭光 : 부처나 보살의 정수리에서 나오는 빛)과 상체의 윤곽을 따라 표현된 신광(身光 : 부처나 보살의 몸에서 발하는 빛)을 구성하였다. 여기에 불상의 오른쪽 반만 남은 연화대가 있다. 전문가들은 이 마애불이 고려시대에 새겨진 것으로 본다.

시인은 이러한 마애석불의 모습에서 지금은 볼 수 없는 거등왕의 모습을 찾고, 주변의 바위들과 풍광 속에서 참시선인의 자취를 찾고 있다. 여기에다 현재 낙동강의 물금 주변에서 축제로 잘 알려진 웅어를 언급하여, 거등왕과 참시선인이 만나서 즐기던 그 풍류가 지금도 웅어를 먹는 풍속 속에 살아 있다고 표현하고 있다. 웅어는 갈대 속에 알을 낳는 습성으로 위어(葦魚 : 갈대고기)라고도 하는데, 멸치처럼 납작하게 생겼으며 회유성 어류로 맛이 좋아 조선시대부터 임금의 수라상에 올랐고 뼈째 먹을 수 있다.

초현대 옆 금선사 입구에 새겨진 마애석불

칠점산 七點山

초현대에서 거등왕과 만나 음악을 즐기고 바둑을 두었던 참시선인은 바다 건너 초현대의 동남쪽에 있던 칠점산에서 거문고를 타며 살았다고 한다. 다행인지 불행인지 그 옛날 거등왕 시대에는 참시선인이 배를 타고 건넜던 초선대와 칠점산 사이가 물이 빠지고 큰 모래섬이 형성되어 이제는 걸어갈 수 있다. 그런데 빠른 걸음으로 한 시간 이상 걸어갈 각오는 반드시 해야 한다. 1861년에 제작된 김정호(?~1866)의 <대동여지도(大東輿地圖)>에는 칠점산이 있는 대저도 앞에 두 개의 섬이 따로 떨어져 있으나, 1929년에 간행된 『김해읍지(金海邑誌)』의 지도에는 두 개의 섬이 대저도 하나로 되어 있는 것을 발견할 수 있다. 이로 볼 때 100년이 되지 않은 사이에 상류의 모래가 밀려와 원래는 세 개의 섬이었던 대저도(大渚島)를 하나로 만들었음을 알 수 있다. 지금도 낙동강 하류의 지형이 계속 변하고 있는 것을 볼 때 인공이 거의 가해지지 않았던 당시의 낙동강 하류가 세월과 물의 흐름에 따라 변하였던 것은 당연한 이치다.

1830년대의 김해 지도 오른쪽 아래 물이 세 갈래로 갈린 삼차수 아래편에 칠점산이 보이는데,
양산지(梁山地 : 양산 땅)라고 적혀 있다.

조선이 개창할 때 태어난 문인(文人) 안숭선(安崇善 : 1392~1452)은 당시의 김해를 "산천이 빼어나고 아름다우며 인물이 번성하다. 세 갈래 물이 빙 둘렀고, 칠점산이 얼기설기하다."고 하였다. 안숭선이 김해의 대표적인 경관으로 꼽은 것은 세 갈래 물, 즉 삼차수와 칠점산이다. 삼차수는 양산에서 흘러내려온 낙동강[황산강(黃山江)]이 부산광역시 북구 화명동(華明洞)과 건너편인 김해시 대동면(大東面)을 기점으로 부산광역시 강서구 대저동에서 김해 쪽으로 흘러가는 서낙동강과, 부산광역시 사상구로 흘러가는 동낙동강으로 나뉘면서 세 갈래 물줄기를 형성한 곳이다.

삼차수 아래쪽의 대저동은 공단을 비롯한 여러 가지 시설들이 있는데, 이 가운데 가장 큰 것은 김해국제공항(金海國際空港)이다. 공항은 국제선·국내선 청사, 관제탑, 활주로 등 여러 시설을 갖추고 있으니, 그 넓이는 공항 입구에서 끝을 바라보았을 때 가물가물할 정도다. 그 가물가물한 끝부분에 흐릿하게 숲을 인 봉우리가 하나 보인다. 이곳이 칠점산이다. 현재 칠점산은 봉우리 하나만 더벅머리를 풀어헤친 것처럼 남아 있고, 주변은 모두 공항과 공군부대 시설이 들어서 있다. 공군 부대 주변은 수로를 중심으로 마을이 형성되어 있는데, 이 마을의 이름은 칠점마을이다. 마을 입구에는 칠점마을이라고 새겨진 입석(立石)이 있고, 입석으로부터 수로를 따라 오른쪽으로 공항의 담이 이어진다. 수로를 따라가다 공항 담벼락으로 놓인 작은 다리를 건너면 담 너머에 칠점산의 마지막 봉우리가 보이고, 그 앞에는 칠점산의 모양을 머리에 인 비석이 있다.

등구 마을 쪽에서 본 칠점산의 봉우리 하나 건너편이 칠점 마을이다.

비석의 내용은 '소백산맥을 타고 낙동정맥(洛東正脈)의 정기(精氣)가 동쪽으로 내닫다가 낙동강 하류에서 꼬리를 드리우면서 점을 찍은 듯 바다 위에 일곱의 독배섬을 남겼고 이 섬들이 하류로 흘러내려 온 토사를 막아 모래톱을 형성했으니 평야의 시작이었다. 하늘을 나르는 봉황이 가락국 봉림산을 거쳐 대해(大海)로 향하다가 산과 바다와 강이 함께 어울리는 장관에 취하여 그 나래를 접고 둥지를 틀어 김해국제공항을 낳았고 제 살을 깎아 새끼를 치는 어미 마냥 일곱의 산을 허물어 나라의 관문을 이루었다. 지금은 작은 돌산만의 흔적을 남겼으니 칠점산 아래 이 터를 닦은 선인(先人)들의 얼을 기리어 이곳에 푯말을 세우도다.'이다.

『동국여지승람』 경상도 김해도호부 조에는 '황산강 물이 세 가닥으로 갈라져서 바다로 들어갔으므로 삼분수(三分水) 또는 삼차수(三叉水)라 하였다고 한다. 양산군(梁山郡) 칠점산이 두 갈래 사이에 있다.'라고 하였다. 그리고 양산군 조에는 '칠점산은 고을 남쪽 44리 되는 곳 바닷가에 있다. 일곱 봉우리의 산이 점과 같이 있기 때문에 이렇게 이름 지은 것이다. 세상에서 전하기를, 가락국 때 참시선인이 놀던 곳이라 한다.'고 적고 있으니 당시에는 칠점산이 양산군에 속해 있었음을 알 수 있다. 이후 김해에 속했던 칠점산은 이제 부산광역시 강서구 대저동이다. 아무리 행정 구획상 지명이 변한다 하더라도 이곳이 가락국의 정기를 간직한 곳이라는 사실은 영원히 변할 수 없다.

조선조 중기의 시인 이만부(李萬敷 : 1664~1732)는 칠점산의 모습을, '나뉘어 세 갈래로 바다에 들어가니 삼분수라 하였는데 달리는 삼차수라고도 한다. 그 물줄기가 바다로 들어가는 곳이 취량(鷲梁)이며 산에는 일곱 봉우리가 있으니 비취빛 쪽찐 머리나 푸른 소라 같았다. 강물은 넓고 아득하며 흰 모래가 신기루처럼 펼쳐졌다. 그 밖은 푸른 바다로서 남으로 북으로 배가 출몰하며 엇갈려 지나갔다. 하군(河君) 회일(會一)이 전에 세 물줄기와 칠점의 빼어난 경치에 대해 대단하게 이야기한 적이 있었다.'라고 하였다.

조선조 후기의 시인 조명채(曺命采 : 1700~1764)는 1748년 일본 통신사로 가면서 김해에 잠시 머무는 동안 다음과 같이 칠점산의 모습과 당시의 사정을 적고 있다. '옮겨 정박한 곳은 경치가 아주 아름다웠다. 일곱 개의 작은 섬이 있는데 마치 석탑이 항구 안에 흩어져 떠 있는 것 같고, 좌우의 소나무와 삼나무의 비취색 그늘이 물에 거꾸로 서 있었다. 작은 배에 옮겨 타고 일곱 개 섬 사이를 돌아다니니 돌아올 근심이 조금 사라지는 것 같았다. 정사와 부사가 쪽지를 보내어 뒷산 봉우리에 올라가자고 하였는데, 피차 모두 배를 정박한 뒷산이다. 드디어 지팡이를 짚고 올라가니, 산봉우리의 형세가 차츰 험준하고 시계(視界)도 널찍하였다. 세 사신이 소나무 밑에 모여 앉아 함께 칠언율시를 지었다. 제술관과 서기 등은 시 지으라는 말을 듣자, '일 났다'고 하였다. 길에서 시를 주고받느라 시를 지을 마음이 이미 싫증났기 때문이다.'

　이만부와 조명채의 묘사를 보면 필자의 설명이 필요 없이 그 옛날 칠점산의 아름다운 풍경을 충분히 상상할 수 있을 것이다. 안타깝게도 이제는 바다 위에 신선의 고향 삼신산(三神山)인 듯 자리 잡고 있던 칠점산은 사라지고 없다. 그러나 마지막 한 봉우리가 남아 이곳이 그렇게도 많은 시인들의 마음을 설레게 했던 칠점산이었음을 증언하고 있어 탄식과 함께 옛 칠점산의 모습을 상상할 수 있는 여지가 남았다는 위안을 준다. 비록 칠점산은 그 모습을 거의 잃어버렸지만 우리는 그 옛날 칠점산의 모습을 바라보고 읊었던 많은 시들을 통해 그 감동을 느껴볼 수 있다.

　고려 말 시인 안축(安軸 : 1282~1348)은 칠점산의 모습과 그곳에서의 감동을 다음과 같이 읊고 있다.

　　바다 문 천리에 물이 하늘에 떠 있으니　　海門千里水浮空
　　일곱 점 푸른 봉우리 안개 속에 아득하네　　七點靑峯杳靄中

칠점산 가운데 유일하게 남은 봉우리 이러한 봉우리가 일곱 개 모여있었다고 상상해보자.

| 이곳이 바로 금선이 살던 곳 | 此是琴仙捿息處 |
| 배타고 가는 길 총총히 하지 말게 | 乘舟且莫過蔥蔥 |

〈안축, 金海七點山〉

황산강이 삼차수에서 갈리어 바다로 들어가는 곳은 너무나 넓어 마치 물이 하늘 위로 떠올라 있는 듯하다. 그 하늘로 떠오른 듯 신비로운 배경 속에 푸른 봉우리 일곱 개가 떠 있다. 시인은 참시선인이 살았다던 이곳의 아름다움에 온 마음을 빼앗겨 간절히 부탁하고 있다. 제발 배를 빨리 저어가지 말라고……. 참으로 대단한 찬사다.

다음은 고려 말 정이오(鄭以吾 : 1347~1434)의 시다.

| 삼분수 가 갈대꽃 흰 눈과 같고 | 三分水畔蘆花雪 |
| 칠점산 앞 단풍잎 가을이로다 | 七點山前楓葉秋 |

| 그림 같은 배 뜨고 퉁소와 북 목 멘다 | 畵舸中流簫鼓咽 |
| 여기 신선의 경치 바로 김해로구나 | 一區仙致是金州 |

　가을이다. 물줄기가 갈리면서 점점이 떠있는 섬들과 만난 시인의
눈에 뜨인 것은 눈처럼 하얗게 핀 갈대꽃과 일곱 개의 점을 물들인
색색의 단풍잎이다. 여기에 아름다운 색으로 치장한 배가 강에 떠
있고, 울음인 듯 탄식인 듯 퉁소 소리에 북 장단이 섞이니 그야말로
신선이 오지 않을 수 있으랴? 마지막 구절의 '바로 이곳이 김해다'
라는 표현은 칠점산에서 받은 시인의 감동이 얼마나 컸던가를 잘
알 수 있도록 한다.

　태종(太宗 : 재위 1400~1418)・세종(世宗 : 재위 1418~1450) 대의 시인 우
균(禹均)은 경상도 관찰사로 내려왔을 때

| 칠점산은 그림 같고 | 七點山如畵 |
| 삼차수는 허공에 닿았네 | 三叉水拍空 |

라고 읊었는데, 그 어떤 시적 장식도 없어 오히려 칠점산의 아름다
움에는 더 이상 장식을 가할 필요가 없다는 느낌을 준다.
　다음은 허적(1563~1641)의 시다.

칠점이라 올라본지 오래되었고	七點躋攀久
삼차라 배 띄운지 아득하구나	三叉臨泛遙
떠가던 배 풀 돋은 강 언덕에 기대었다가	行舟依草岸
밧줄로 끌듯 바람 부는 물결 거슬러간다	牽纜泝風潮

넓은 들판 차가운 기운에 쓸쓸하구나	曠野寒蕭瑟
가을 하늘 저 먼 허공 고요하여라	秋天迴沈寥
강과 바다의 뜻을 따르려 하나	且從江海志
거룩하고 밝은 조정 어찌할 수 없네	無奈聖明朝

〈허적, 自七點山還 泛舟泝黃山江〉

　시인은 칠점산에 올라가 풍광을 감상한 뒤 다시 배를 타고 황산 강을 거슬러 양산 쪽으로 가면서 시를 읊고 있다. 마지막 두 구절에 서 '강과 바다의 뜻을 따르려 하나, 거룩하고 밝은 조정 어찌할 수 없네'라고 읊어 칠점산과 주변의 풍광이 너무나 아름다워 떠나고 싶지 않으나 벼슬아치로서 조정의 명을 어길 수 없어 떠나야 한다 고 표현하고 있다. 이 안타까움의 표현이야말로 칠점산에 대한 지 극한 칭송이 아닐 수 없다.

　허적(1563~1641)은 앞의 시에 이어 40구나 되는 장시를 지어 당시 의 칠점산을 상세히 읊고 있다. 그는 시의 서문에 '(칠점산은) 양산 황산강 대저도 안에 있다. 봉래주인(蓬萊主人)은 바로 동래부사(東萊府 使) 윤수겸(尹守謙 : 1573~1624)으로 자는 명익(鳴益)인데, 그와 함께 노닐 었다.'라고 적었다. 윤수겸은 1614년 동래부사로 부임하였으니, 이 시에서 묘사되고 있는 칠점산은 바로 1614년경의 모습이며, 시 내용 에서 보면 가을임을 알 수 있다. 시가 워낙 긴지라 여기서는 칠점산 과 주변의 풍광을 묘사한 부분만 보기로 하자.

큰 모래톱 넓은 물에 이어지기 삼십 리	大渚瀰迤三十里
저 밖으론 큰 강물이 둘렀네	其外回環大江水

숫돌처럼 바다로 이어진 가락지 같은 강 　環江接海平如砥
갈대와 물억새가 푸르고 아득한 가운데 　葭菼荻葦蒼茫裏
기이한 봉우리 일곱 점을 늘어놓았으니 　中有奇峯列七點
이어진 듯 우뚝 선 듯 깎아낸 듯도 하네 　或迤或豎或如剗
뒤는 기복 없고 앞은 벋은 데 없고 　後無起伏前無奔
우뚝 끊기고 솟아 산세가 이어지지 않네 　峭蔵竦擢勢非漸
〈이하 생략〉

〈허적, 遊七點山歌〉

　이만부(1664~1732)는 칠점산의 모습을 비취빛 쪽찐 머리나 푸른 소라 같다고 하였고, 조명채(1700~1764)는 석탑이 항구 안에 흩어져 떠 있는 것 같고, 소나무와 삼나무의 비취색 그늘이 물에 거꾸로 서 있다고 하였다. 이 둘의 묘사와 허적의 묘사를 종합해보면, 칠점산은 비취빛의 뻐죽뻐죽한 봉우리 일곱 개가 쪽찐 머리나 푸른 소라처럼 이어진 듯 떨어져 섰으며, 위에는 소나무 삼나무 등이 울창하게 섰고, 이것이 바다에 비취빛의 석탑처럼 비쳐있던 모습이었음을 상상할 수 있다.

　다음은 강대수(姜大遂 : 1591~1658)의 시로, 칠점산의 풍광보다는 그곳에서의 놀이가 중심을 이루고 있다.

가을 물굽이에 고깃배 타고 흥에 이끌려 　漁舟牽興落秋灣
바다 산에 노니는 늙은이 마음 한창 즐겁다 　霜意方酣海上山
아름다운 배 잠깐 모래톱 안에 머물렀더니 　蘭棹乍留洲渚裏
웅어가 때마침 갈대 사이로 뛰어오른다 　銀刀時擲荻蘆間
몇 년 새 큰 뜻이 모두 허망해지더니 　年來壯志渾蕭瑟

난 후엔 세속 떠난 놀이로 등한하지 못했지	亂後淸遊未等閑
한창 술에 돌아갈 길 어두운 줄 몰랐더니	細酌不知歸路暝
숲과 물에 잠자는 새 나그네 함께 돌아간다	林皐宿鳥客俱還

〈강대수, 七點山〉

갈대 사이로 웅어가 뛰어오른다는 묘사로 보아 시인이 칠점산에서 노닐던 계절은 4~5월 쯤이었음을 알 수 있다. 따뜻한 봄빛에 그동안 벼슬아치로서의 책무를 등한히 할 수 없었던 시인은 모든 것을 풀어헤치고 마음껏 노닐어 본다. 이러한 그의 마음은 술에 취해 돌아가는 길이 어두워지는 줄 몰랐다는 표현에서 잘 알 수 있다.

강대수는 수많은 관직을 거치고 1641년 잠시 낙향하여 진주에서 살다가, 1652년 전주부윤을 끝으로 관직을 그만두었다. 그가 칠점산에서 노닐었던 것은 이 두 시기 가운데 하나일 터인데, 스스로 늙은이라고 표현한 것으로 보아서 1652년 이후라고 할 것이나, 늙은이라는 스스로의 표현은 한시에서는 일반적으로 세속의 근심을 잔뜩 겪은 사람이라는 뜻이니 어느 시기인지 정확히 알기는 어렵다. 다만 그가 벼슬아치로서 겪어야 했던 많은 고민을 모두 풀어버릴 수 있는 놀이로서 칠점산을 택한 것은 최선이었던 것 같다.

다음은 강대수보다 7~80년 뒤 시기 신익황(申益愰 : 1672~1722)의 시를 보자.

나루터에 말을 매고 사공을 불렀더니	渡頭停馬喚篙工
아낙네가 바람 두려워 않고 배 저어오네	江女操舟不畏風
어촌 포구 돛대는 갈대 잎 밖에 있고	漁浦帆檣蘆葉外

주막 촌 울타리가 살구 꽃 속에 있네 　　酒村籬落杏花中
산은 일곱 점 별 모양 벌여 섰고 　　　山排七點星形列
물은 셋으로 얽혀 글자 획과 한가지로다 　水作三叉字畫同
봉래가 그리 멀지 않은 줄 알겠네 　　　卻望蓬萊知不遠
취량 동쪽 가로 바다가 하늘에 이어졌네 　鷲梁東畔海連空

〈신익황, 七點山〉

　시의 제목은 정확히 '칠점산'이라고 하였으면서도 신익황은 묘사의 초점을 일곱 봉우리에 두지 않고, 주변에 많이 할애하고 있다. 이는 마을에서 배를 타고 칠점산으로 향해가는 그의 시각이 주변에서 점차 칠점산으로 집중되어가서는 다시 주변으로 이동해 나가는 과정을 보여주는 동영상과 같은 효과를 준다. 풍광의 중심에는 칠점산이 있고, 주변 풍광은 이곳으로 이동하기 위한 배경일 뿐이니, 칠점산을 중심으로 배경과 시인이 움직이는 것이다.

다른 방향에서 본 남아 있는 칠점산의 모습

이제 조선조 후기의 칠점산으로 가보자.

큰 강에는 모래톱도 없구나	大江無洲渚
흐릿한 속에 혼돈을 담았네	晦冥函混沌
이어진 일곱 봉우리 떠 있고	連綿七峰浮
멀고 멀구나 황산이 멀구나	迢遞黃山遠
외로운 언덕 서쪽 기슭에 솟았으니	孤丘擢西岸
마늘이 돋는 동산 같기도 하구나	忽如蒜生苑
대나무가 그 꼭대기 덮고 있나니	篁竹被其頂
그윽한 가지가 그 위에 무성하구나	幽枝上偃蹇
신선이 거문고를 타고 있는지	羽人彈瑤琴
아득하여라 구름 밖 봉우리	杳杳隔雲巘
맑은 소리는 들을 수 없어도	清音不可聞
아름다운 경관은 참으로 부드럽네	芳景正婉娩
벼슬아치의 굴레에서 벗어나	願脫簪組累
영원히 바위굴로 달아나고 싶어라	永從巖穴遁
어찌 헛된 영예를 탐내려 하겠는가	何必貪虛榮
내 성령의 근본을 다듬어보리라	斲我性靈本

〈황경원, 涉蒜山江 夕陽西眺七點山 世傳昆始彈琴處〉

시의 제목을 보면 시인은 산산강(蒜山江)을 건너가면서 해질녘에 서쪽으로 칠점산을 바라보았다. 산산강은 김해 대동의 동쪽과 부산시 북구의 서쪽인 삼차수에서 갈린 물줄기가 대동 앞으로 흘러나가는 서낙동강의 입구로, 과거 대동 예안(禮安)에는 칠점산 아래쪽 명지도(鳴旨島)에서 생산한 소금을 보관하던 산산창(蒜山倉)이 있었다. 황경원(黃景源 : 1709~1787)은 대동 앞쪽의 산산강을 건너 부산의 구포·

화명동 쪽 삼차수로 배를 타고 가면서 서쪽으로 칠점산을 바라본 것이다.

해질녘이라 모래벌판인지 물인지 구분이 되지 않으니 멀리 떠있는 칠점산이 더욱 도드라져 보인다. 제목에서 보듯 시인은 이곳이 참시 선인이 거문고를 타며 지냈던 곳이라는 전설을 듣고 있었다. 그는 칠점산을 경치로서보다는 참시선인의 전설에서 보듯 모든 것을 버리고 은둔할 수 있는 은자의 세계로 생각하고, 이곳에서 스스로를 수양하며 지냈으면 하는 마음을 표현하고 있다.

이제 조선조 말 허훈(1836~1907)의 시를 감상해보자.

강 위 푸른 빛 점점이 기이하고	江上靑蒼點點奇
흘러가는 검은 구름 서로 어울리네	流雲螺黛兩相宜
봉래산에 어젯밤 높은 바람 일더니	蓬壺昨夜天風起
신선의 바둑판에 흩어져 떨어졌구나	散落仙枰一角棊

〈허훈, 七點仙臺〉

허훈은 경상북도 선산(善山)에서 태어났다. 1895년 명성황후가 시해되고 친일 성향의 김홍집(金弘集) 내각이 단발령을 공포하자 항일운동에 나서 군자금을 제공하는 등 활약을 하였다.

일곱 점의 푸른 점들이 늘어서 있고, 그 위로 검은 구름이 머물러 있더니 밤새 부는 바람에 모두 떨어지고, 칠점산은 더욱 아름답게 보인다. 치열하면서도 아름다운 시인의 삶인 양 칠점산은 검은 구름 속에서도 그와 어울려, 구름이 걷힌 뒤에는 신선의 고향인 양 더욱 아름답게 그 자리를 지키고 있다.

칠점산은 이제 부산광역시의 행정 구역에 속해 있다. 그러나 초 선대와는 떼려야 뗄 수 없는 관계를 가지고 있고, 가락국 거등왕과 참시선인의 전설을 지금까지도 세상에 남기고 있는 칠점산은 가락 국 수도인 김해의 서정을 영원히 벗어날 수 없다.

이제까지 우리는 초선대와 칠점산의 전설과 풍광을 읊은 시들을 감상하였다. 이제는 칠점산과 관련된 기생(妓生) 이야기를 해보자.

고려 말 전녹생(田祿生 : 1318~1375)은 계림(鷄林 : 경주)의 판관(判官)으 로 있을 때 김해 기생 옥섬섬(玉纖纖)과 사랑을 나누었다. 뒤에 원수 (元帥)가 되어 합포(合浦 : 창원시 마산구 합포)에 와서 다시 옥섬섬을 찾 았을 때 그녀는 많이 늙어 있었다. 그러나 10여 년 동안 옛 연인과 의 만남이 아쉬웠던 그는 그 옛날을 생각하며 가까이에서 거문고를 타게 하였다. 전녹생은 옥섬섬에게 거문고를 타게 한 뒤 다음과 같 은 시를 읊었다.

바다 위 신선의 산 일곱 점 푸르고	海上仙山七點青
거문고 속 희고 둥근 달 밝게 빛나네	琴中素月一輪明
세상에 옥섬섬의 손이 없었다면	世間不有纖纖手
누가 태고의 정을 타보려 하겠는가	誰肯能彈太古情

그 옛날 칠점산에서 거문고를 타며 지냈던 참시선인은 떠났으나, 가락국의 신비로운 전설은 옥섬섬의 거문고에서 되살아나고 있다. 비록 옥섬섬은 늙었으나 젊은 시절 들었던 그녀의 거문고 소리는 변함없이 전녹생의 마음을 울리고 있다.

이는 워낙 유명한 이야기인지라 전녹생의 문집뿐만 아니라 정몽주(鄭夢周 : 1337~1392)의 문집, 조선조 세종 2년(1420) 일본 통신사로 다녀오는 길에 김해에 머물렀던 송희경(宋希璟)의 기록에도 있다. 정몽주는 그의 마음을 다음과 같이 읊고 있다.

이 생애 어느 날에나 반가운 얼굴 보려나	此生何日眼還青
태고부터 끼친 소리 뜻이 본디 밝은데	太古遺音意自明
십 년 만에 연인과 푸른 바다 달 아래	十載玉人滄海月
다시 노는데 어찌 정이 없었을까	重遊胡得獨無情

　멀리 떠나 있어도 전녹생은 오랜 세월 옥섬섬을 그리워했다. 그렇게도 그리던 연인을 만나 그녀가 타는 거문고 소리를 듣는 그의 마음이야 짐작하고도 남음이 있다. 그의 시에서 보듯 옥섬섬의 손이 없었다면 가락국의 옛 정을 담은 거문고 소리야 어찌 다시 들을 수 있었겠는가? 옥섬섬은 전녹생의 연인이었을 뿐 아니라, 당대 김해의 아름다운 음악의 전통을 이어가는 인물이었던 것이다.
　다음은 송희경의 시다.

뭇 산들이 남으로 달려 바다 속에 푸르른데	衆岀南驅入海青
삼차강 동쪽에 닿아 누대 그늘 또렷하여라	三江東接浸樓明
김해의 좋은 경치 아름답다곤 하지만	盆城勝槪雖云美
홀로 있으매 임금 생각 견디기 어려워라	獨倚難禁戀主情

　전녹생과 옥섬섬의 사랑 이야기를 추억하고 난 뒤 읊은 시치고는 그다지 깊은 애정의 표현이 보이지 않는다. 그런데 전녹생이 사랑

한 것은 옥섬섬이지만, 통신사로서 임금의 명을 받고 일본으로 가는 그의 입장에서 사랑하는 이는 임금이었던 것이다. 조선조 전기 정치인이며 출중한 가사 작가인 송강(松江) 정철(鄭澈 : 1536~1593)의 <사미인곡(思美人曲)>이나 <속미인곡(續美人曲)>을 보면, 사랑하는 님을 그리워하는 여인이 애절하게 말하는 것처럼 보이지만, 사실은 임금을 그리워하는 신하의 심경을 읊은 것임을 잘 알고 있듯, 전녹생과 옥섬섬의 사랑을 신하인 송희경이 임금에게로 옮긴 것은 당시로서는 자연스러운 것이었다.

전녹생의 사랑 이야기는 이쯤에서 거두고 이제는 이름에 칠점(七點)이 들어간 기생에 대한 이야기를 해보자.

고려 말과 조선조 초기에 칠점선(七點仙)이라는 기생이 있었다. 『고려사절요(高麗史節要)』 우왕(禑王) 11년(1385) 조에는 '기생 칠점선(七點仙)을 영선옹주(寧善翁主)로 삼았다. 사가(私家)의 종과 관가(官家)의 종을 옹주로 봉한 것은 예로부터 없던 일이므로, 나라 사람들이 놀라고 해괴하게 여겼다'는 내용이 있다.

그리고 우왕 14년(1388) 조와 안정복(安鼎福 : 1712~1791)의 『동사강목(東史綱目)』 우왕 14년 3월 조에는 더욱 구체적으로 기록하고 있으니, '칠점선 등 세 옹주의 궁에 공급하려는 물품 창고가 모두 비었다. 3년 동안의 세금을 미리 징수하였으나 부족하자 다시 더 거두었다. 그 폐단이 극도에 달하였다'는 내용이다.

이러한 기생의 옹주 책봉과 도에 넘친 대우는 조선조 초기에도 있었다. 『조선왕조실록(朝鮮王朝實錄)』 태조(太祖) 7년(1398) 1월 7일 조에는 '김씨(金氏)를 화의옹주(和義翁主)로 삼았다. 김씨는 김해 기생 칠점선(七點仙)이다'라는 내용이 있다. 그리고 태종(太宗) 7년(1407) 11월 2일 조에는 '태상왕(太上王 : 태조 이성계)의 궁인(宮人)인 화의 옹주의 사위 홍귀해(洪龜海)를 우군부사직(右軍副司直)으로 임명하였다'라는 기록이 보인다.

이 부분에서 '어떻게 왕이 기생과 사랑을 나누며, 더구나 첩으로 삼고 사위에게 벼슬을 내려주기까지 할 수 있을까?' 하고 의아해할 수 있다. 그러나 전통 시대의 기생에 대해 이해한다면 의아해할 이유가 없다. 고려 시대의 기생은 국가 주도의 종합 문화 축제인 팔관회(八關會)나 불교 행사인 연등회(燃燈會) 등에서 가무(歌舞)를 담당하였다. 이러한 고려 시대의 기생들은 조선조에 들어 관청 소속의 관기(官妓)인 창기희(唱技戲)로 발전하였으니, 태조 이성계가 개경(開京)에서 서울로 수도를 옮길 때 많은 관기가 따라갔다고 한다.

조선 말기에는 기생을 일패(一牌)·이패(二牌)·삼패(三牌)로 구분하여 생각하였다. 이 가운데 일패 기생은 관기를 말하는 것으로 남편이 없는 경우도 있었으나, 대개는 남편이 있는 기생으로 몸을 내맡기는 일을 수치스럽게 여겼다. 이들은 전문적인 가무의 전승자이며 뛰어난 예술인들이었다. 그러나 이패 기생은 '은근짜'라고 불리는 밀매음녀(密賣淫女)에 가까웠고, 삼패 기생은 바로 몸을 파는 창녀(娼女)였다.

우왕이나 조선 태조 이성계가 가까이 하였던 칠점선은 굳이 말하자면 일패기생이라고 할 것이며, 칠점산의 아름다움과 신비로움 속에 참시선인이 있었다면, 우왕이나 조선조 태조에게 있어서 그녀들은 재물이나 옹주의 직첩이 아니라 더한 것을 주어도 아깝지 않은 선녀(仙女)였던 것이다. 이외에도 조선시대의 인물들과 기생 칠점생(七點生)과의 사랑 이야기 등이 있으나 여기에서는 생략하기로 한다.

　그런데 여기에서 필자는 하나의 의문을 제기하고자 한다. 즉, 칠점산은 봉우리가 일곱 개였고, 분위기가 몽환적이었으며, 가락국 시대 거등왕과 참시선인의 전설이 깃들어 있었다는 이유만으로 많은 시인·풍류객·기생들과 관련을 맺었던 것일까? 이제 이에 대한 답을 구해보기로 하자.

　조선조 초기의 김시습(金時習 : 1435~1493)은 '북두(北斗)는 천극(天極)의 가로서 일곱 점의 빛인데, 그 모양은 국자와 같다'라고 하였으니, 이는 바로 북두칠성을 말하는 것이다. 많은 시에서도 일곱 점은 대부분 북두칠성의 뜻으로 쓰이는데,

　조선조 중기의 시인 이민구(李敏求 : 1589~1670)는

　　　어둠침침한 운무 사이로　　冥濛雲霧間
　　　일곱 점 가을별이 희구나　　七點秋星白

　　　　　　　　　　　　　　　〈이민구, 東游錄 高城四詠〉

라고 읊었고,

　조선조 후기의 시인 이현조(李玄祚 : 1654~?)는 이민구의 시에서 운을 빌어

　　　높이 솟은 일곱 점 별　　　　　　森森七點星
　　　밤낮으로 푸른 하늘에 잠겼다　　日夜浸空碧

　　　　　　　　　　　　　　　〈이현조, 東遊錄 次高城二詠〉

조선조 말의 시인 정범조(丁範祖 : 1723~1801)는

일곱 점 북두칠성이 온 몸에 서리고 　　　七點斗星蟠九竅
맑은 한 줄기 가을 물 두 눈에 비친다 　　　一泓秋水射雙瞳
〈정범조, 遷都丹圃 建白瑤宮 김李長吉 作新宮記〉

라고 읊었다.

　이상에서 인용한 시에서 보는 칠점은 모두 북두칠성이다. 사실은
여기에 모두 제시하지 못해서 그렇지 이 밖의 많은 시문뿐만 아니
라 역사적인 인물들의 탄생에서도 일곱 개의 점은 북두칠성의 의미
로 쓰이고 있다. 김수년(2007) 선생은 '북두칠성은 동양천문에서 '하
늘 공간의 기준방위'가 된다. 24절기 등을 표시하는 '지상 시간의
기준지표'가 된다. 점성술적 차원에서 '인간행위의 기준근거'가 된
다. 불교나 도교 및 민속신앙에서 종교 습합의 기본주체가 된다. 음
양오행으로 형상화되어 나타나는 등 '역학 해석의 기본도구'가 된
다고 하였다.

　그리고 박성의(1980) 선생의 말을 빌자면, 도교는 다신교(多神敎)로
서 원시천존(元始天尊 : 옥황상제)을 비롯한 여러 신을 모시고 있는데,
이 가운데 중요한 신의 하나가 현천상제(玄天上帝 : 북극성 또는 북두칠
성)이다. 칠점산과 기생 칠점선·칠점생 등은 모두 이와 관련시켜
생각하여야, 그것이 고려와 조선 시대의 임금, 양반 사대부들에게까
지 파급된 연유를 설명할 수 있다.

　칠점산은 인간의 운명과 도덕적 기준인 북두칠성의 이미지를 가

진 이상향으로서, 참시선인과 관련하여서는 도교 및 민속신앙의 중심으로서, 기생 칠점선 및 칠점생과 관련하여서는 김해에서 가장 눈에 띄는 풍광인 칠점산의 이름과 의미 및 도교적 상징성을 차용한 당대 최고의 기생으로서의 의미를 가진 존재라고 할 수 있다.

칠점산은 김해 자연 경관의 중심이고, 김해 역사와 종교의 중심이며, 이러한 칠점의 상징성은 김해 기생 칠점선·칠점생과 함께 많은 김해사람들 뿐만 아니라 외지 사람들에게도 관심의 대상이 되었으며, 시의 중요한 소재가 되었던 것이다.

황산강 黃山江

황산강(黃山江)은 낙동강이 밀양강(密陽江)과 만나 세 개의 물줄기를 이룬 삼랑진(三浪津)을 지나고 원동(院洞)과 물금(勿禁)을 지나가는 곳으로부터 다시 세 갈래로 갈려지는 김해 대동과 부산시 화명동 부근의 삼차수 위까지의 낙동강을 말한다. 이 부근에는 조선조 때 황산역(黃山驛)이 있었고, 신라 최치원(崔致遠)의 추억이 깃든 임경대(臨鏡臺)가 있으며, 건너편은 김해시 상동면(上東面)이다.

이긍익(李肯翊 : 1736~1806)의 『연려실기술(燃藜室記述)』을 읽어보면 이 흐름을 더욱 상세히 알 수 있으니, 참고삼아 읽어보자. '밀양 남쪽 30리, 김해 북쪽 50리 경계에 이르러서 뇌진(磊津)이 되는데, 이곳은 해양강(海陽江)이라고도 한다. 청도(淸道)와 밀양의 물은 응천(凝川)이 되어서 영남루(嶺南樓) 남쪽을 돌아 합쳐진다. 또 동쪽으로는 삼랑창(三浪倉)이 있고 남쪽으로 흘러 옥지연(玉池淵) 황산강이 된다. 다시 남쪽으로 양산의 동원진(東院津)이 되며, 남쪽으로는 삼차강이 되었다가 김해부 남쪽 취량(鷲梁)에 이르러 바다로 들어간다.'

옥지연은 가야진(伽倻津)의 다른 이름이기도 한데, 원동면 용당리(龍塘里)에 있는 나루터다. 마을의 이름대로 세종대왕(世宗大王) 때 황

양산시 원동면 임경대에서 상류 쪽으로 바라본 황산강 강의 왼쪽은 김해시 상동이고, 오른쪽은
원동역이 있는 원동면이다. 산이 중첩되는 저 위쪽에 가야진사가 있다.

룡(黃龍)이 물속에 나타났으며, 가뭄에 비를 빌면 그때마다 효험이 있었다고 한다. 지금도 가야진사(伽倻津祠)에서 용신제(龍神祭)를 지낸다. 동원진(東院津)은 부산도시철도 율리역(栗里驛)과 금곡역(金谷驛) 사이이며, 건너편은 김해시 대동면이다.

『동국여지승람』을 비롯한 지리서들에서 황산강은 양산에 속한 것으로 설명되어 있다. 그리고 앞서 보았던 칠점산 또한 양산의 땅[梁山地]으로 표시되어 있다. 그러나 칠점산은 거등왕과 참시선인, 초현대와 함께 가락국의 대표적 상징으로 인식되었다. 황산강 또한 『삼국유사』 가락국기에 '가락국의 경계는 동쪽으로 황산강, 서남쪽으로는 푸른 바다, 서북쪽으로는 지리산, 동북쪽으로는 가야산, 남쪽으로는 나라의 끝이다'라고 하였듯이 가락국의 동쪽 기슭을 감싸안고 2,000년을 흘렀다.

이제 시를 통해 황산강의 정서를 읽어보자. 처음 감상할 것은 신라 시대 최치원(崔致遠 : 857~?)의 시다.

안개 낀 봉우리 옹긋쫑긋 강물은 넘실넘실   煙巒簇簇水溶溶
인가가 산을 마주하고 거울 속에 잠겼어라   鏡裏人家對碧峯
바람 잔뜩 외로운 돛배 어드메로 가시는고   何處孤帆飽風去
새 날아가듯 순식간에 자취 없이 사라졌네   瞥然飛鳥杳無蹤

〈최치원, 黃山江 臨鏡臺〉

작중 화자의 위치를 보면 이 시는 양산 원동의 임경대에서 황산강 주변으로 시각을 옮기면서 읊은 것이다. 마치 신선의 세계인양 아른아른 안개 사이로 비치는 봉우리 아래로 강물이 넘실거린다.

저 앞으로 보이는 강물 속에는 인가 몇 채가 강물에 비치고, 그 위로 세찬 바람을 받은 돛단배가 순식간에 지나가버린다.

임경대의 위치에 대해서 아직까지도 여러 가지 추측들이 있으나 양산시에서는 황산강가 언덕 위에 임경대를 복원하여, 빼어난 경관을 감상하기에 대단히 편리하도록 해두었다. 더욱 면밀히 사실을 밝힌다면 좋은 일이겠으나, 지금도 물금에서 원동으로 넘어가는 고개 위 임경대에 올라 유유히 흐르는 황산강과 그 주변을 바라보면, 신라 시대의 최치원이 황산강을 왜 이렇게 읊었는지 분명히 알게 될 터이니 이로 만족한다 해도 그리 억울하지는 않을 것이다.

다음은 최치원보다 약 300년 뒤인 고려 명종(明宗 : 1170~1197 재위) 때의 대문호 김극기(金克己 : ?~?)가 노래한 황산강이다.

여관에서 새벽 밥 먹고 강을 건너니	起餐傳舍曉度江
강물은 아득하고 하늘은 검푸르다	江水渺漫天蒼茫
검은 바람 사방에 일어 흰 물결 일으키니	黑風四起立白浪
배가 황산강과 서로 다투듯 오르락내리락	舟與黃山爭低昂
나루터 사람은 마치 내가 평지 밟듯	津人似我履平地
노 저으며 뱃노래 소리 짧았다 길어졌다	一棹漁歌聲短長
죽다 살아나 언덕에 오르니	十生九死到前岸
느티나무 버드나무 그늘 속 촌길 거칠구나	槐柳陰中村徑荒

〈김극기, 黃山江〉

황산강은 낙동강의 하류로서 물이 엄청나게 넓다. 넓기는 하여도 평소에는 호수처럼 잔잔하며 대단히 느리게 흘러간다. 그런데 김극

가야진사

기가 이 강을 건너던 당시는 시에서 보듯 검푸른 하늘에 모래 먼지를 안은 세찬 바람이 몰아치고 있었으니, 배가 아래위로 요동치는 것은 당연하다. 그래도 그 동네 사람들과 뱃사공은 워낙 배를 자주 타고 이런 일을 많이 당한 터라, 평지에 서있듯 자연스럽게 뱃노래가 흥겨우니 감탄스러우면서도 얄밉기 그지없다. 겨우 배에서 내린 시인 앞에 맞닥뜨린 것은 편안한 길이 아닌 숲이 깊고 거친 시골길이다. 시에서 보면 당시 김극기가 겪었던 공포감과 고통을 여실히 알 수 있다.

다음은 같은 시대를 살았고 결코 김극기에게 문호의 자리를 양보할 수 없었던 이규보(李奎報 : 1168~1241)의 시다.

푸른 강 맑디맑고 물결도 잔잔한데   碧江澄淨不生波
가벼이 난주 띄워 거울 속 지나가네   輕漾蘭舟鏡裏過
미인 보내 놓고 내심 후회되리니   訶遣紅裙君心悔
예서 노래라도 한 곡 들어야하리   此間宜聽一聲歌

〈이규보, 同朴侍御將向梁州 泛舟黃山江口占〉

시에는 '밀성(密城)의 기녀(妓女)가 따라오려는 것을 공이 꾸짖어 보냈기 때문에 일컫는 말이다'라는 주가 달려 있어 이 시의 내용을 더욱 잘 확인할 수 있다. 여기서의 박시어(朴侍御)는 당시 보문각시어(寶文閣侍御)를 지낸 박순(朴純)으로 보이는데, 이규보는 박순과 함께 배를 타고 밀양에서 양산으로 가며 황산강을 지나고 있다.

맑고 아름다운 강을 지나면서 풍경에 도취한 그들에게 아쉬운 것이 있다면, 그것은 이 풍경에 어울리는 기생의 노래다. 그러나 박순이 따라오려는 기생을 쫓아버렸으니, 이제 와서 후회한들 무슨 소용이겠는가?

이제 조선조의 시인들을 만나보자. 다음은 오성(鰲城) 이항복(李恒福 : 1556~1618)과의 우정과 장난으로 우리에게 많은 이야깃거리를 제공해주기도 하였고, 임진왜란의 파도를 넘기기 위해 갖은 애를 썼던 한음(漢陰) 이덕형(李德馨 : 1561~1613)의 시다.

아름다운 곳 풀만 그득 싸움터로 변하니 　草滿名區變戰場

다시 온 요동학이 상처만 품었구나 　重來遼鶴獨含傷

강산은 인간의 한은 생각지 않고 　江山不管人間恨

옥거울 아미산에 노을이 지네 　玉鏡蛾眉伴夕陽

〈이덕형, 黃山江有感〉

가야진사에서 건너다본 김해 상동 나루터

이덕형은 임진왜란이 일어나자 일본 사신 겐소[玄蘇]와 단 둘이 배를 타고 교섭하는가 하면, 왕을 모시고 피난을 가기도 하였다. 그 혼란 중에 부인 한산(韓山) 이씨(李氏)는 왜적을 피하려고 절벽에서 뛰어내려 자결하였다. 전쟁이 끝난 뒤인 1601년 경상·전라·충청·강원도의 4도 도체찰사(都體察使)가 된 그는 전쟁 후의 민심 수습과 군대 정비에 애를 썼으니, 이 시는 이때 썼던 것으로 보인다.

요동학[遼鶴]은 중국 전설 속의 도사 정영위(丁令威)가 도술을 배워 학으로 변한 뒤 천 년 만에 고향 요동(遼東) 땅에 찾아왔다는 이야기다. 전쟁은 아름다운 황산강도 사람이 살 수 없는 곳으로 만들어버렸다. 이곳을 다시 찾은 시인의 마음에는 상처만 가득하다. 시인의 가슴에 가득한 한(恨) 따위야 아랑곳없이 오늘도 아름다운 황산강에 노을이 진다.

이제 마지막으로 조선조 중기 유계(俞棨 : 1607~1664)와 김익희(金益熙 : 1610~1656)가 서로 운을 주고받은 차운시를 보자.

서로 만나 손을 잡고 고깃배에 오르니	相逢携手上漁舟
바람은 자고 물결은 잔잔히 십리를 흐른다	風定波殘十里流
바람에 날리는 한 개 돛 석양에 기대었고	一棹飄然倚斜日
술 취하니 시흥이 푸른 강물에 가득해지네	醉來詩興滿滄洲

〈유계, 黃山江上 同金仲文益熙泛舟口呼〉

맑은 술 항아리 아름다운 촛불 켠 작은 배	淸樽華燭木蘭舟
비단 닻줄 천천히 끌어 푸른 물결 거슬러간다	錦纜徐牽泝碧流
노을을 마주하고 앉으니 강 위로 달이 뜨고	坐待黃昏江月上

한 소리 우는 기러기 강물 아래로 날아간다　一聲鳴雁下汀洲

〈김익희, 與兪武仲泛舟黃山江 至夜深 武仲有絕句 次其韻〉

　두 사람은 노을이 질 녘부터 황산강에 배를 띄우고 술을 마시다
가 밤이 깊어지자 촛불을 켠다. 취흥이 도도해지자 유계가 먼저 칠
언절구를 읊었고 김익희가 '주(舟)', '류(流)', '주(洲)'의 '우(尤)' 운을 빌
어 답하였다.

　고요한 물결과 붉게 물든 노을에 비치던 서로의 얼굴이, 밤이 되
자 촛불과 달빛에 비친다. 달빛과 촛불에 비쳐 황산강에 그림자 진
배와, 술을 마셔 불콰해진 얼굴로 시를 읊는 두 사람의 모습이 참으
로 생생히 떠오른다.

　황산강을 읊은 시는 여기에 소개한 것보다 훨씬 많다. 여기에 소
개한 것은 황산강과 그 주변의 아름다운 풍광을 노래한 것이긴 하
여도 시대를 안배하였고, 독특한 상황의 것들을 주로 소개하였다.

삼차수 三叉水

　김해의 상동과 대동, 양산의 원동과 물금을 지나온 황산강으로 넓은 호수 같은 풍경을 이루고 흘러내린 낙동강은, 바다로 가기 위한 마지막 여정을 마련한다. 그런데 오랜 세월 조금씩 조금씩 모래가 쌓여 이루어진 대저도(大渚島)가 이 물줄기를 서낙동강과 동낙동강의 두 갈래로 가른다. 이렇게 갈려져 내려온 두 줄기의 물과 대저도의 가운데를 가르는 평강천(平江川)은 셋 삼(三)자처럼 보이니, 이를 세 갈래로 얽힌 물줄기라는 뜻의 삼차수(三叉水)라고 한다. 사람들에 따라서는 삼분수(三分水), 삼차강(三叉江), 삼차하(三叉河)라고도 불렀다.

　다른 이름은 놔두고 삼차하라는 이름은 혼돈을 조심해야 한다. 이 이름은 우리 문헌에 엄청나게 많이 등장하면서, 김해의 삼차수를 달리 부르는 이름이 아닌 중국의 삼차하일 경우가 대부분이다. 이 물 이름이 우리들의 수많은 문헌에 기록된 이유는 세 가지다. 첫째, 이 물줄기 또한 김해의 삼차수와 마찬가지로 백두산(白頭山) 서북쪽에서 발원한 혼하(渾河)가 흘러흘러 태자하(太子河)와 합류한 다음 서쪽으로 요하(遼河)에 들어가서 세 줄기 물줄기가 되어 바다로 들어가고, 둘째, 과거 우리나라 사신들이 중국의 북경(北京)으로 들어가기

구포대교 쪽에서 황산강 쪽으로 본 삼차수 왼쪽 조그마한 집은 대저수문이고 여기에서 김해의 대동, 불암 등으로 흐르는 서낙동강과 부산의 구포, 사상, 사하로 흐르는 동낙동강이 나뉜다. 보이는 다리는 부산 북구 화명동에서 김해 대동으로 건너가는 화명대교다.

위해서는 반드시 거쳐야 했던 곳이며, 셋째, 이곳이 과거 고구려(高句麗)와 중국의 경계였던 곳이기 때문이다.

옛날 우리 사신들은 중국으로 가면서 물줄기가 세 갈래로 갈려진 이곳에서 고국을 떠나 본격적으로 중국 땅에 들어서는 흥분을 안고 옛 고구려를 추억하며 수많은 기록과 시를 남겨두었던 것이다. 만약 삼국을 고구려가 통일했더라면 우리나라에는 두 곳의 삼차하가 있을 뻔했다.

『동국여지승람』 김해도호부 조에는 '전해 오는 말에, '낙동강 물이 남쪽으로 흘러 북쪽 뇌진에 이르고, 다시 동쪽으로 흘러 옥지연·황산강이 되며, 또 남쪽으로 흘러 취량에 와서 바다에 들어가니 예성강(禮成江)과 한가지다. 바닷물이 국맥(國脈)을 지키고 지세(地勢)가 서로 응하니 고려 문종(文宗) 때 김해를 오도 도부서(五道都部署)의 본영(本營)으로 삼았다. 그 뒤에 도부서사(都部署使) 한충(韓冲)이 도내(道內)가 넓고 멀다고 조정에 아뢰니, 3도로 나누어 각각 본영을 설치하였다. 그곳에서 쏠린 황산강 물이 세 가닥으로 갈라져서 바다로 들어갔으므로 삼분수 또는 삼차수라 하였다고 한다. 양산군 칠점산이 두 갈래 사이에 있다."라고 적었다.

고려 시대에는 예성강이 서쪽으로 중국과의 교통을 책임지는 포구 역할을 했다. 이와 마찬가지로 김해의 삼차수는 한충에 의해 3도로 나뉘기 전에는 한반도 남쪽의 가장 중요한 포구 역할을 했던 곳이다.

지금 이 지역은 낙동대교, 화명대교 등이 지나고, 주변은 갈대가 우거지고 물새가 지저귀며, 각종 어류와 수생 생물들이 풍부한 습지로 조성되어 있어, 삼락(三樂) 생태공원 주변, 을숙도(乙淑島)와 함께 낙동강 하류를 대표하는 아름다움으로 자리 잡고 있다. 이 물은 대저수문을 지나가면서는 크게 서낙동강과 동낙동강으로 나뉜다. 이 가운데 동낙동강은 부산의 서쪽 풍광을 담당하고 명지(鳴旨)에서 바다와 하나가 된다. 서낙동강은 김해를 책임지는 물줄기로서 김해평야의 한 가운데를 지나 녹산(菉山)에 이르러 바다로 들어간다.

조선조 초기의 시인 성현(成俔 : 1439~1504)은 삼차수를 건너가는 감동을 다음과 같이 노래하고 있다. 원래는 두 수인데, 여기에서는 한 수만 감상하도록 하자.

구름과 물 아득히 바다 어구에 닿았고	雲水蒼茫接海門
모래톱 끝 해는 황혼으로 진다	沙頭風日易黃昏
늘어선 일곱 점 산 금자라로 솟았고	山橫七點金鰲聳
물은 세 갈래로 엇갈려 눈 같이 뒤집힌다	水作三叉雪浪飜
거룻배 타니 갈대 어지럽기 대자리 같고	舴艋蒲汀紛似簟
띠풀 곁 언덕은 자연스레 마을이 되었다	茆茨傍岸自成村
남쪽으로 오니 큰 계획 펼치기 좋아라	南來好展鵬圖壯
독 안의 초파리는 말할 것도 없다네	甕裏醯鷄不足論

〈성현, 渡三叉水 二首〉

황산강을 세 줄기로 나눈 대저도 저 편으로 지금은 거의 사라지고, 구포대교 등에 가려 잘 보이지 않지만, 석양녘 칠점산이 삼신산(三神山)을 떠받친 금자라인양 떠있고, 흰 물결을 일으키며 강물이 흐른다. 우거진 갈대는 푸른 대자리를 펼쳐둔 듯하고, 강둑을 중심으로 조그마한 마을들이 늘어서 있다. 일곱 번째 구절의 붕도(鵬圖)는 붕새가 북쪽에서 남쪽으로 한번에 9만 리를 날고자 하는 계획이다. 성현은 1493년 경상도관찰사로 온 적이 있었다. 그는 당시 관찰사로서의 임무를 맡아 이루고자 한 모든 계획의 완성이 마치 삼차수를 건너는 감동과 한 가지인 듯 표현하고 있으니, 삼차수에서 느낀 감동이 얼마나 컸던가를 잘 알 수 있다. 다음은 조선조 중기 허적(1563~1641)의 시다.

골짝을 나오니 동정호처럼 평평한 호수	出峽湖平似洞庭
해질녘 작은 배 띄우니 넓이가 아득하여라	扁舟晚泛浩冥冥
눈꽃 피운 갈대는 긴 모래톱에 하얗고	蘆花黏雪長洲白
안개 어린 댓잎은 외로운 섬에 푸르다	竹葉縈煙孤嶼靑
미풍에 덜걱이는 노가 강 언덕에 이어졌고	鼓枻微風緣岸防
석양에 올린 돛은 넓은 바다로 나아간다	揚帆落日向滄溟
바람에 날려 구름을 건너갈 뜻 있는 듯	飄然若有凌雲志
은하수에 올라 객성이 된 것 같아라	擬上銀河作客星

〈허적, 晚泛三叉江 在梁山〉

작은 물줄기를 벗어나오니 삼차수는 마치 중국 최고의 호수 동정호처럼 평평하고 아득한 넓이로 시인의 눈앞에 펼쳐진다. 갈대는 눈꽃인양 물가에 빽빽하고, 잔대들이 푸릇푸릇 그 사이사이에 삐죽삐죽하다. 멀리 포구에 이어져 있는 배의 노를 바라보면서 바다를 향해 나아가는 시인의 마음은 마치 저 하늘 아득히 펼쳐진 은하수를 타고 가는 나그네별이 된 듯하다.

부산 북구 화명동 화명생태공원에서 본 삼차수 건너편은 김해 대동이고, 그 앞 서쪽으로 벋어있
는 산이 김해의 성산인 신어산이다.

황산 나루에서 어제 한 무리 오더니	黃山步昨日一條來
오늘 삼차에서 떠난다	今日三叉去
삼차는 스스로 가로막지 않으니	三叉自不妨
차라리 관리가 없어지는 것이 나으리	無乃國服除
아아! 나라 사람들이여	嗟嗟乎邦人
세 부서 둔 것을 안타까워하노라	悔設三部署

〈이학규, 三分水〉

삼차수 유역은 김해와 부산광역시 사하·사상·구포를 거쳐오는 배가 모였다가 다시 물금, 원동, 양산, 삼랑진, 밀양으로 이어져 가는 중요 포구였다. 이 길은 특히 동래, 밀양의 관료들이 업무상 이용하던 물길이었다. 이학규는 당시 천주교도(天主敎徒)로 몰려 김해에 유배와 있던 상황이었다. 이 시는 김해를 다녀가던 관료들의 행차가 삼차수를 지나가는 것을 보고 읊은 것으로 보인다. 시의 내용을 보면 이 관료들은 그렇게 긍정적으로 받아들일 수 있는 자들이 아니었던 것으로 보인다.

나 봉래로 가려고 하니	我欲蓬萊去
삼강 길에서 미혹되지는 않지	三江路不迷
산은 외로운 배 따라서 돌고	山隨孤帆轉
하늘이 먼 들밖에 들어와 낮게 깔렸네	天入遠郊低
뚜렷하구나 늘어선 숲에 얹힌 구름은	歷歷雲千樹
쓸쓸하구나 양 둑에 펼쳐진 풀은	凄凄草雨堤
그리운 사람에게 아직 이르지 못하니	懷人殊未極
어느 날에나 속세를 떠나볼까	那日返巖棲

〈허유, 渡三叉江〉

허유(許愈 : 1833~1904)는 합천(陜川) 삼가현(三嘉縣) 출신이다. 그는 많은 선비들과 교유를 하였는데, 특히 1864년 김해부사로 부임해 향음주례(鄕飮酒禮)를 행하고 향약(鄕約)을 강론하고 선비들을 모아 학문을 가르쳤던 허전(許傳)과도 1866년 만난 적이 있다. 이렇듯 그는 김해 출신이 아님에도 김해의 선비들과도 교유를 게을리 하지 않았던 것이다. 그는 이러던 과정에 김해에 들러 이 시를 읊었던 것으로 보인다.

삼차수를 건너는 그의 마음은 신선의 고향인 봉래로 향하고 있다. 아득히 펼쳐진 들이 하늘과 이어져 있고 푸른 풀이 깔린 강둑이 저 멀리 봉래로 이어질 듯하다. 마음은 그러하나 만나고 싶은 사람, 즉 신선을 만날 수도 없고, 속세를 떠나는 것 또한 이루기 어렵다.

다음은 조선조 말 허훈(1836~1907)의 시다.

평평한 들 잡초가 무성 흐릿한 물결 끝없고	平蕪煙浪共漫漫
차자 모양 강이 나뉘어 기운이 넉넉하구나	叉字江分地勢寬
한 자락 어부가가 저 끝 포구에 일어나더니	一曲漁歌生極浦
일엽편주에 밝은 달빛 싣고 돌아온다	扁舟滿載月明還

〈허훈, 三叉歸帆〉

삼차수는 황산강이 대저도에서 양 갈래로 나뉘어져 흘러내리는 모양이 주(州)자처럼 직선으로 흘러내리는 것이 아니라, 차(叉)자처럼 넓게 흐르던 강이 양 갈래로 교차된 가운데 섬이 놓인 모양이다. 큰 섬인 대저도에서 갈렸다고는 하지만 이 주변의 조그마한 모래톱들은 작은 물줄기를 만들어두었다. 김해 쪽이나 부산 쪽이나, 고기잡이를 하거나 배를 대기에 아주 적절하다. 따라서 작은 고깃배들이 수시로 떠다니며 한가로운 풍경을 만들어내는가 하면, 해가 지면서 부터는 포구로 연이어 들어오는 배 그림자가 석양과 달빛과 어울려 아름다움의 극치를 이룬다. 김해 대저나 대동의 강둑, 부산 화명동의 생태공원으로 가서 허훈이 150년 전에 보았던 삼차수의 풍광을 되살려 보는 것은 어떨까.

죽도 竹島

　낙동강은 삼차수에서 부산시 북구 쪽으로 흘러가는 동낙동강과 김해시 대동면 초정리(草亭里) 앞으로 흘러 불암동(佛巖洞)을 거쳐 가는 서낙동강으로 나뉜다. 서낙동강은 계속하여 부산시 강서구(江西區) 가락동(駕洛洞) 죽림(竹林) 마을 앞을 지나가게 된다. 이곳은 1989년 이전까지는 김해군 가락면 죽림리였으며, 빽빽한 갈대가 우거져 특히 물이 불게 되면 바다 속의 대나무섬처럼 보였다고 죽도(竹島)로 불렸던 곳이다.

　『동국여지승람』에 죽도는 '부의 남쪽 10리 지점 강 가운데 있다'고 기록되어 있는데, 부산 쪽에서 보면 김해공항이 있는 대저동 곁 현재는 부산시 강동동(江東洞)인 옛 덕도(德島)의 강 건너편이다. 이곳은 북쪽의 초현대와 건너편 쪽 칠점산이 그러하듯 오랜 세월 가락국과 김해의 정서가 짙게 드리워진 곳이다.

　조선조 후기의 시인 이학규(1770~1835)는 당시 죽도의 모습을 다양하게 읊고 있다. 그의 시를 보면 18세기 중반의 현 죽림 마을인 죽도의 다양한 풍경과 풍속을 그대로 읽을 수 있다.

죽도왜성으로 들어가는 입구 대숲이 우거져 걸어 들어가기가 불편할 정도다. 강가의 갈대숲과 어울려 푸른 봉우리가 둥둥 떠있는 모습이다.

대숲 속 옛 성가퀴	古堞脩篁裏
바닷가 성긴 울타리	疎籬積水涯
북치는 소리에 문 열어보니	開門聞擊鼓
조운선이 서울로 올라 가네	轉漕上京華
집집마다 여합으로 회를 치고	蠡蛤家家鱠
배와 복숭아 나무엔 꽃이 피었네	棃桃樹樹花
선술집이 너무도 멀어	當墟更幽絶
돌 모서리 술두루미 기울어졌네	石角置罇斜

〈이학규, 竹島看放漕船〉

　시인은 첫 구절에서 대숲 속의 성가퀴를 묘사하고 있는데, 지금 죽림에는 임진왜란(壬辰倭亂) 당시 일본군 장군 니베시마 나오시게[鍋島直茂]가 쌓은 왜성(倭城)의 흔적이 남아 있다. 이학규가 이 시를 지을 당시 죽도 왜성은 많이 변하였을 것이지만, 임진왜란 당시 새로 지은 성의 모습은『조선왕조실록』선조 28년(1595) 2월 10일 일본 장수 고니시 유키나가[小西行長]와 만나기 위해 김해에 들렀던 접반사(接伴使) 이시발(李時發 : 1569~1626)의 보고서를 보면 잘 알 수 있다.

그 보고서에는 '진영의 기지는 넓이가 평양(平壤) 정도나 되었는데, 3면이 강에 닿아 있으며 목성(木城)으로 둘러쌓고 토성(土城)으로 거듭 쌓은 다음, 안에는 석성(石城)을 쌓았으며, 높고 웅장한 누각은 현란할 정도로 화려하고 크고 작은 토우(土宇)가 즐비하게 늘어서 있어 한 조각 빈 땅도 없는 것 같았으며, 규모가 만여 명의 군사를 수용할 만하였습니다. 크고 작은 선박들은 성 밑에 줄지어 매어 있었는데, 그 수를 기억할 수 없을 정도였습니다. 그들에게 붙어있는 우리 백성들은 성 밖에 막을 치고 곳곳에서 둔전(屯田)을 짓고 고기를 잡아 생활을 하였습니다.'라고 되어 있다.

또 여덟 달 뒤인 11월 2일 훈련 주부(訓鍊主簿) 김경상(金景祥)의 보고서를 보면 '죽도에 이르러 탐문을 해보니 적의 수효는 대개 7~8천 명쯤 된다고 하였고, 배의 수효는 1백여 척이었습니다. 김해부를 살펴보았더니, 성 안의 왜인들이 죽도에 모여 있고, 오직 세금을 거두어들이는 수조왜(收租倭) 2~3백 명이 있을 뿐이며, 장수는 유여문(劉汝文)으로 죽도를 출입한다 하였습니다. 이 진영의 객사에는 석성을 쌓아 장수가 들어가 살고 밖은 우리나라 사람 및 왜적이 서로 뒤섞여 들어가 살고 있으며, 우리나라 사람의 집은 6백여 호에 이르렀습니다.'라고 적혀 있어 성 안과 밖의 모습과 인구 및 산업의 형태까지도 잘 알 수 있다.

임진왜란 때 왜군이 주둔했던 죽도왜성의 흔적

세 번째와 네 번째 구절에서는 지방의 세금을 거두어 서울로 싣고 가는 조운선(漕運船)에 대해 언급하고 있는데, 이에 대해서는 이학규의 다음 시를 볼 만하다.

해창 삼 월이라 달이 처음 둥그러질 제　　　海倉三月月初圓
피리소리 삘릴리 조운선을 보내누나　　　　簫篷喧喧送漕船
그저 선왕이 일을 잘 돌보시어　　　　　　但得船王饒解事
수월하게 물을 건너 목적지에 도달케 하소서　不愁飛度碇渠前

〈이학규, 金官紀俗詩〉

이학규는 '고을에서는 으레 삼월 보름이면 죽도 강어귀에서 조운선을 띄운다. 이날 선왕신(船王神)에게 제사를 지내는데, 구경꾼이 성을 기울일 정도다.'라고 설명하고 있으니, 조운선이 서울로 출발하는 날의 떠들썩하고도 경건한 분위기를 잘 읽을 수 있다.

또 죽도와 관련하여 재미있는 이야기가 있으니, 바로 모기에 대한 이야기다.

죽도의 모기들이 떼 지어 구름 같고　　　　竹島蚊兒陳似雲
견줘볼 손 불암 떼와 그 얼마뇨　　　　　較來多少佛巖羣
서리 전에 날카로운 주둥이 가시보다 뾰족하니　霜前利喙銛於刺
중양절 떡할미의 치마가 걱정되네　　　　愁殺重陽餅媼裙

〈이학규, 金官紀俗詩〉

이학규는 이 시에도 설명을 달아두었으니, '사람들이 말하기를 불암의 모기는 죽도의 모기와 구혼(求婚)하지 않는다고 하는데, 불암의 집안이 더욱 번성한다는 말이다. 경칩(驚蟄)에 나왔다가는 상강(霜降)에 사라진다. 고을 사람들이 말하기를 '모기가 사라질 때 중양절에는 떡할미의 음부를 문다'고 한다.'라고 하였다.

상강은 양력으로 10월 23일 무렵으로 중양, 즉 중구절인 음력 9월 9일과 거의 일치한다. 이 시기가 되면 사라져야 할 모기가 사라지지 않고 별 기력도 남아 있지 않을 떡할미의 가장 은밀한 곳까지 찾아 문다고 하니, 죽도 모기의 위력을 잘 알 수 있다. 그런데 이 이야기에서 모기는 바로 그곳의 사람으로서 결국 불암과 죽도는 낙동강에 있어 가장 번성한 두 나루터로서의 자존심 경쟁이 대단히 심했다는 것이고, 김해 사람들의 강인하고 끈질긴 성격을 표현한 것이라고 보아야 할 것이다.

죽도의 풍습에 대한 시를 또 한 수 보도록 하자.

지나가는 곳에 주문외기 신인 듯 하거니와	大蛇過處呪如神
모심이 진미란 말 믿기가 어려워라	叵信茅鱓饌味珍
화사는 뭣이길래 업보가 없는건지	何物花蛇無業報
백 마리의 건포는 손님에게 이받누나	百頭乾鱐供來賓

〈이학규, 金官紀俗詩〉

시인은 '사람들은 큰 뱀을 보면 감히 마음대로 욕하지도 못하면서 업보가 있다고 한다. 다만 꽃뱀이 보이기만 하면 포를 뜨거나 술을 담근다.'라고 주를 달아두었다. 죽도 사람들은 큰 뱀을 보면 신처럼 모시다가도 꽃뱀만 나타나면 날름 잡아서 포를 떠 말려두었다가 귀한 손님을 대접하기도 하였던 모양이다. 그러나 이학규의 입

장에서 이것은 참으로 납득이 가지 않았던 것이다. 두 번째 구절의
모심(茅鱘)에 대해 이학규는 '본디 뱀인데 조금 다른 이름이다.'라고
주를 달아두었다. 뱀을 맛있는 음식으로 여겨 손님을 대접하는 죽
도 사람들의 풍습이 그에게는 낯설기도 기이하기도 했던 것이다.

다음은 죽도의 밤 풍경을 읊은 시들이다.

한 무리 어선의 불빛을 보곤	一簇看戲火
작은 성 모퉁인 줄 알았네	懸知小郭隅
갈대 속에 돌아다니며 짖는 개	蘆中行吠犬
대숲 밖으론 놀라 흩어지는 까마귀	竹外散驚烏
물이 어두워지니 돛 그림자 넓어지고	水黑帆陰闊
모래가 밝게 역로를 휘감았구나	沙朗驛路紆
마을의 노래 소리 반쯤 죽었고	邨歌聲半死
술집 있어 술을 꾹꾹 눌러 담는다	壓酒有當壚

〈이학규, 竹島夜泊〉

죽도 앞 넓은 물에는 한창 고기잡이 중인 어선이 떠있고, 멀리 갈
대 숲속에 고요한 밤의 정적을 깨는 개짖는 소리가 들린다. 이 소리
에 놀란 까마귀가 갈대 위로 한 무리 날아오른다. 어두운 밤 마을과
떨어진 물가에 배를 대고 술잔을 기울이는 시인의 풍류와 당시 죽
도의 밤이 생생히 떠오른다.

다음은 조선조 말 허훈(1836~1907)의 시다.

게잡이 불이 멀리 갈대 버들 물가에 피어오르니	蟹火遙生葭柳湄
붉은 빛이 해질녘 노을 같구나	紅明更似落霞時

아침에 남쪽 저자에 새로 잡은 게 나오면　　　**朝來南市新螯出**
놋쇠 주고 바꿔 왼손에 들고 와야지　　　　　**換得青銅左手持**

〈허훈, 竹島漁火〉

　캄캄한 밤 죽도 앞의 갈대 숲 사이사이로 고깃배가 떠있다. 그 불
빛이 얼마나 붉은지 마치 해질녘 노을 같다. 이 배들은 게를 잡기도
하고, 조개를 채취하기도 한다. 시인은 기대가 크다. 내일 아침 일찌
감치 나서면 싱싱한 게를 살 수 있을 터이니.

　죽도는 군사적으로는 김해의 목 줄기로 결코 빼앗겨서는 안 될
곳이었고, 임진왜란 당시 일본군의 입장에서는 한반도를 공략할 수
있는 전진기지(前進基地)였다. 경제적으로는 한반도 동남 지역의 세금
을 책임지는 중요 나루터요, 백성들에게 있어서는 많은 곡식과 어
패류를 제공해주는 삶의 터전이었다. 여기에 하나를 덧붙일 수 있
다면 시인에게 수많은 소재를 제공해줄 수 있는 시의 원천이 되는
곳이기도 하였다.

명지도 鳴旨島

　황산강으로 흐르다 대저도에 의해 삼차수로 나뉘었던 낙동강이 다시 하나가 되는 것은 취도(鷲島) 또는 취량(鷲梁)과 명지도(鳴旨島)에 이르러서부터다. 지금은 김해평야의 농업에 크나큰 악영향을 끼치던 염해(鹽害)를 방지하기 위해 바다 쪽으로 가로막은 수문(水門)·하구언(河口堰) 등과, 상류로부터 쓸려온 모래가 쌓여 서쪽으로 가락(駕洛)·생곡(生谷)·신호(新湖)와 북쪽으로 대저(大渚), 동쪽으로 을숙도(乙淑島)·하단(下端)과의 사이를 흐르는 강이 그렇게 넓어 보이지 않는다. 특히 신호대교·을숙도대교·서낙동강교 등의 다리로 연결되어 있어 명지가 섬이었다는 사실을 믿기가 어려울 것이다. 그러나 지금도 낙동강과 바다를 연결한 다리를 지도에서 모두 지우면 명지는 다시 섬이 되고 만다.

　『동국여지승람』에 '명지도는 김해부의 남쪽 바다 복판에 있는데 물길로 40리 거리다. 동쪽 취도와는 2백 보쯤 떨어져 있으며 둘레는 17리다. 큰 비나 큰 가뭄, 큰 바람이 불려고 하면 반드시 우는데, 그 소리가 어떤 때는 우레 같고 북 소리나 종소리 같기도 하다. 그러나 이 섬에서 들으면 그 소리가 다시 멀어져, 우는 소리가 어느 곳에서 나는지 모른다.'고 기록되어 있다.

명지 포구와 아파트 밀집 지역 섬의 왼쪽은 을숙도, 저 아래쪽은 다대포, 오른쪽은 녹산이다.
조선시대까지만 해도 이 지역은 영남 제일의 소금 생산지였다.

취도가 부 남쪽 30리 지점에 있으며, 여기에서 낙동강의 물이 바다로 들어간다고 하였으니, 그 아래쪽인 명지는 과거 육지와는 완전히 동떨어져 바다 가운데 있었던 섬이었음을 명확히 알 수 있다. 그리고 지명에 소리 내어 운다는 뜻의 울 명(鳴)자가 붙은 이유도 알 수 있다.

조선조 후기 이학규(1770~1835)는 지금의 김해시 강동(江洞) 지역인 옛 강창포(江倉浦)에서 배를 타고 명지까지 가면서 다섯 편의 시를 읊었다. 이를 통해 당시 낙동강 하구와 명지의 모습을 상상해보자.

동쪽 해 흐릿한 물가에 숨고	東方之日隱煙汀
쌀쌀한 서풍 부니 술이 깨는구나	颯颯西風吹酒醒
한 길로 모든 갯물 가지런히 나누니	一路平分全浦水
반은 은백 반은 쪽빛이로구나	半邊銀白半藍青

갈대와 물억새 꽃 지고 구름 조각 드물고　　　　蘆荻無花雲片稀
갯가 물결 천 겹 거울 빛으로 에웠구나　　　　浦瀾千疊鏡光圍
한 무리 물오리가 사람 치며 흩어지는데　　　　一行野鴨衝人散
그 솜씨가 물에 붙었다 날아오를 수 있네　　　　伎倆能爲貼水飛

검은 거위 흰 거위 같이 곱지는 않아도　　　　玄鵝未似素鵝鮮
무리지어 안개 낀 물가에서 꽉꽉거린다　　　　隊隊羣吟煙水邊
마치 삼랑의 작은 노점에서　　　　略似三浪小墟市
길 가득 사람들 시끄럽게 싸우는 것 같네　　　　白衣誼閧滿晴阡

해질녘 포구 밖으로 어부노래 들리더니　　　　黃昏浦外有漁歌
달이 뜨는 동쪽 봉우리 많기도 하구나　　　　月上東岑寸寸多
갯가에 삼백 리나 늘어선 빛 멀리 바라보니　　　　極望浦光三百里
동시에 번쩍이며 움직여 헬 수 없는 장지뱀　　　　一時閃動萬金蛇

물억새 울타리 갈대 집에 바람이 우수수　　　　荻籬蘆舍共颼颼
새와 말이 바람에 고개 돌리기 두려워 하네　　　　鳥馬風來怕轉頭
알겠네 낮 조수가 언덕에 평평하게 닿은 줄　　　　知是午潮平到岸
숱한 돛이 처마 끝으로 높이 솟았네　　　　數帆高出屋檐頭

〈이학규, 舟行 自江倉浦至鳴旨島〉

명지는 은빛 모래밭과 쪽빛 바다가 펼쳐진 속에 갈대와 물억새가 우거지고, 물오리가 힘차게 날아오르며, 그 사이사이로 시장 바닥에서 사람들이 싸우는 것처럼 거위가 꽉꽉거리고, 어부의 뱃노래가 울려 퍼지고, 해질녘 수많은 어등(漁燈)이 붉은 장지뱀처럼 흔들리는 등 평화롭고 아름다운 섬이었음은 위의 시에서 보아 잘 알 수 있다.

그런데 사실 이보다 더 주목해야 할 것은 명지가 조선 시대에는 우리나라 최고의 소금 생산지였다는 사실이다. 이는 정약용(丁若鏞 : 1762~1836)이 『경세유표(經世遺表)』에서 '나라 안에서 소금의 이익은 영남(嶺南)만한 데가 없다. 명지도에서만 매년 소금 수천만 섬을 구우니 드디어 낙동포(洛東浦 : 상주 지역) 가에다 염창(鹽倉)을 따로 설치하기까지 했다. 감사(監司)가 해마다 천만 섬을 헤아리고 해평(海平 : 구미 지역)의 옛 현(縣)에 해마다 소금 만 섬이 오니, 소금의 이익이 나라 안에서 첫째임은 이것으로도 알 수 있다.'라고 한 말을 비롯한 여러 기록들에서 확인할 수 있다.

이러한 사실은 여러 시인들의 시에서도 표현되고 있으니, 조선조 말 허훈(1836~1907)은 1800년대 말 명지의 풍경을 다음과 같이 읊었다.

해마다 모래 모여 큰 물결 위로 드러났네	年年沙聚出洪波
근본이 단단하니 물결이 어찌 하겠나	根蒂堅牢浪奈何
세찬 흐름 재물의 근원 소금이 눈 같고	滾滾貨源鹽似雪
넓고 아득한 땅의 기세 풀이 비단 같구나	茫茫陸勢草如羅
때 아닌 비바람에 몰려오는 물결 소리	非時風雨來潮響
오래 묵은 모래톱에서 들려오는 뱃노래	從古汀洲落棹歌
고개 돌리니 봉래산이 구름 가에 솟았네	回首蓬山雲際出
오늘 외로운 배 지나가기 좋아라	孤帆此日好經過

〈허훈, 鳴旨島〉

천고의 세월 동안 모래가 쌓여 이루어진 명지도. 거센 물결을 견뎌내어 명지 사람들의 삶의 원천인 소금과, 비단 같은 풀이 펼쳐진

터전을 마련하였다. 명지는 이름 그대로 비바람이 몰아치면 물결로
울고, 잔잔해지게 되면 어부의 뱃노래가 그를 이어받는다. 바다 멀
리 구름 저편은 신선의 고향이러니, 배에 올라앉은 시인의 마음은
황홀할 뿐이다.

　그러나 황홀함도 잠깐, 현실에서는 소금이 명지도 사람들에게 있
어 삶의 원천이자 고통이 되었다. 소금을 생산하는 방법은 두 가지
로, 솥에 불을 때어 소금을 얻는 전오법(煎熬法)과 햇빛과 바람 등 자
연의 힘을 빌어 얻는 천일법(天日法)이 그것이다. 명지는 이 가운데
바닷물을 가마솥에 넣고 바로 불을 때서 소금을 생산하는 해수직자
법(海水直煮法)을 사용하였다.

넓고 아득한 겹겹의 바다에 둥근 연잎　　　層溟澔淼出圓荷
사십의 가마솥 연기 수많은 집이로구나　　四十釜煙十百家
섬의 숲 침침해지고 모래톱 어둡더니　　　島樹沈沈洲渚暗
남쪽 하늘 우기가 여기에 짙어지네　　　　南天雨候此中多

〈허훈, 鳴湖鹽煙〉

　첫 번째 구절은 명지도의 모양을 묘사한 것으로 시인은 시에다
'명지도는 연잎 같은 모양이다.'라는 주를 달아두었다. 두 번째 구절
에서는 명지의 소금 생산 규모를 알 수 있으니, 소금을 볶는 가마가
40곳이나 되었다. 그런데 갑자기 섬 전체가 침침해지면서 우기가
짙어진다. 비가 오면 당장 소금 생산을 중단하여야 하니, 소금을 생
산하는 백성들의 입장에서는 일손을 놓아야 하는 중대 사태였다.

　같은 시기의 이종기(李種杞 : 1837~1902)는 더욱 구체적으로 당시 명

지의 소금 생산 모습을 묘사하고 있다.

명호 십리 소금 볶는 연기가 일어	鳴湖十里起塩烟
한낮 모래밭 열기가 한들한들 피어오른다	白日沙塍暑露娟
배에 싣고 짊어지고 가기 천백 리	航走擔行千百里
집집마다 항아리 바리때 채워지기 샘 같네	家家瓷鉢貯如泉

〈이종기, 鳴湖塩烟〉

당시의 명지는 둘레가 약 20리가 되지 않았다. 시인은 십 리에 소금 굽는 연기가 일어난다고 묘사하고 있으니, 명지는 허훈의 묘사대로 땔감 연기와 소금 볶는 연기가 자욱했을 것이다. 더욱이 이곳의 소금은 영남 일대의 각 창고로 옮겨 보관하고 판매되었으니, 끊임없이 소금을 생산하고 보관할 수밖에 없었을 것이다.

이러한 사정은 앞에서 보았던 정약용의 기록뿐만 아니라 심상규(沈象奎 : 1766~1838)도 『만기요람(萬機要覽)』에서 잘 묘사하고 있는데, 수영(水營)이나 감영(監營)의 소금 생산 및 판매의 독점과 세금 탈루, 이에 따른 명지 염민(鹽民 : 소금을 생산하는 백성)들의 고통 및 수요자의 소금 부족 등 부정적인 내용이 대부분이다.

명지동 주민센터 곁 명지파출소 앞에는 두 개의 비석이 세워져 있다. 이는 경상도 관찰사(觀察使) 김상휴(金相休 : ?~1827)와 홍재철(洪在喆 : 1799~?)의 영세불망비(永世不忘碑)인데, 중리마을 입구에 세워져 있었으나 훼손을 방지하기 위해 1945년 광복 후 현재의 위치로 옮긴 기록인 이건비(移建碑)와 함께 서 있다. 그 내용을 보면 명지의 소금 문제가 얼마나 심각했던가를 잘 알 수 있다.

명지파출소 앞에 있는 경상도 관찰사 김상휴와 홍재철의 영세불망비 및 이건비

1. 염민의 책임자인 소택(所宅)이 여러 가지 폐단을 일으킴에 따라 문제가 되므로 이를 없앤다. 2. 산산창(蒜山倉 : 대동 예안에 있는 소금의 유통을 관할한 창고)의 감색(監色 : 관리자)과 조선(漕船 : 화물선)과 공선(公船 : 관청의 배)의 사공 및 각 군청(軍廳 : 군부대)의 장무(掌務 : 사무 담당 관리)와 어금군(御禁軍 : 금부나졸)이 염민들을 침범하지 못하도록 하는 규정을 만들어 이를 따르라. 3. 을유년(乙酉年 : 1825년) 절목과 그 전후의 절목을 바르게 하여 길이 지키도록 하라.

지금은 새로운 도시의 면모를 갖추면서 많은 변화가 이루어지고 있는 명지. 20,000명이 넘는 인구에 명지시장 전어 축제, 강서 낙동강 갈대꽃 축제 등이 벌어지는 아름답고 풍요로운 강 하구와 해변의 도시 명지. 파 생산지로 전국적인 명성을 가진 명지. 그런데 조선시대에 오랜 세월 영남 일대의 소금을 책임지던 곳이었다는 사실 또한 켜켜이 쌓여 단단하게 굳은 모래의 그것만큼 명지를 버틴 생명력임을 잊어서는 안 될 것이다.

산산대 蒜山臺

이제는 낙동강을 거슬러 올라가 서낙동강의 출발점인 대동면(大東面) 초정리(草亭里)에서 김해로 들어가는 중요 포구였던 불암(佛巖)으로 가보자. 대동은 조선 시대에 중앙 정부 및 각 지역으로 곡식 등 산물을 운송하던 조운(漕運)의 핵심 지역이었다.

따라서 김해에는 많은 창고들이 있었으니, 진휼창(賑恤倉)·설창(雪倉)·해창(海倉)·산창(山倉) 등이 그것이다. 특히 대동 포구 주변 산산대(蒜山臺)에는 산산창(蒜山倉)이라는 창고가 있었는데, 이에 대해서는 많은 기록이 있으나 이를 정리 발표한 이욱(2003) 선생의 논문을 보면 더욱 쉽고 상세하게 알 수 있다.

영조 20년(1744) 영의정 김재로(金在魯)는 김해 명지도(鳴旨島)의 소금을 통해 얻을 수 있는 이익을 국가 재정에 활용하기 위하여 창고를 설치하자고 건의하였다. 산산창 설치의 명분은 포항창(浦項倉) 곡식의 부족을 보충하는 한편 호서와 호남지방의 흉년에 대비한다는 것이었다. 이에 진휼청(賑恤廳) 당상(堂上)과 경상감사에게 사정을 살펴 절목을 만들게 하였다. 경상감사는 현지민들과 접촉한 다음, 산산창 설치는 매우 좋은 계책이며 명지도 백성들도 만약 한곳에다 소금을

마늘처럼 생겼다고 마늘산(산산 : 蒜山)이라 불렸으며, 마음산(馬飮山)이라고도 한다. 풍수지리설로 보면 목마른 말이 물을 마시는 모양의 명당이 이곳에 있는데 누대로 만석꾼이 나올 자리라고 한다. 산산창은 마산의 사창(社倉) 터라 불린 곳에 있었다. 영조 21년(1775) 이곳에 산산창을 세워 명지도의 소금굽는 염간(소금 생산자)을 상대로 소금 2석을 쌀 1석과 교환해주고 그것을 저장했다. 비닐하우스 뒤편으로 보이는 건물 자리가 산산창 자리로 추정되는 곳이다. 바로 오른쪽 곁으로 서낙동강이 흐르고 있어 이곳이 옛날에는 수로의 중심이었음을 알 수 있다.

전속시키면, 세금으로 소금 천 석을 자진해서 바치겠다고 한다는 보고를 하였다.

명지도에 대한 궁방(宮房), 아문(衙門), 통영(統營) 등의 침탈이 매우 심했기 때문에 명지도 소금 생산 백성들 또한 첩징(疊徵)과 남징(濫徵)의 폐단을 제거해 줄 것을 바랐다. 이처럼 정부 재정에 명지도의 소금을 활용할 필요를 느꼈던 일부 관리들과 명지도 소금 생산 백성들의 이해관계가 맞아 영조 21년(1745) 산산창이 설치되었다. 그런데 산산창은 조선조 후기에 설치된 것이라, 이곳을 읊은 시의 내용은 창고로서의 산산창보다는 산산대 주변 포구가 품은 풍광의 아름다움에 집중되어 있다. 지금도 산산창이 있었던 대동면 예안리(禮安里)는 뒤로는 백두산(白頭山)·마산(馬山) 등의 산을 배경으로 하고 앞으로는 서낙동강이 흘러내리는 절경을 이루고 있으니, 그 옛날 한적하던 시절의 그곳이야 얼마나 아름다웠겠는가?

조선조 초기 시인 정사룡(鄭士龍 : 1491~1570)은 대동의 건너편이며 과거 양산에 속했던 부산시 북구 덕천동(德川洞)의 낙동강변인 축포(杻浦)에서 불암(佛巖)까지 배를 타고 가면서 네 수의 시를 읊었다. 여기에서는 산산 나루터와 불암 나루터에서 읊은 것을 보도록 하자.

산산 나루에 해질녘 배를 대고	蒜山渡口停橈晚
마음대로 가벼운 수레타고 부드러운 모랫길 걷네	取意輕輿踏軟沙
빙 두른 길 아름다운 가로 그늘진 섬돌 굽었고	繚徑巧緣陰磴曲
아름다운 난간 높이 솟아 바다와 하늘 아득하네	雕欄高壓海天遐
듣자하니 지을 때 마음을 수고롭게 했다 하는데	經營見說勞心匠
큰 집 아름다움 다투어 전하니 감탄을 일으키네	輪奐爭傳起咄嗟
이리저리 서성이니 은은한 향기 옷소매 덮어오는데	徙倚幽香來拂袖
반쯤 내린 발이 가을 대나무에 성긴 꽃을 감췄네	半簾秋竹隱疏花

〈鄭士龍, 自杻浦舟行 抵盆城佛巖 雜記所歷〉

시인은 시의 말미에 '유하동(柳河東)의 별채다'라고 덧붙이고 있어 이 시는 당시 산산대 주변에 살고 있던 지인의 집에서 주변 풍광을 읊은 것임을 알 수 있다.

휘도는 강물 끊어진 골짝 가로 펼쳐진 바다	江回峽斷海橫通
사또께서 맞으러오니 음악 소리 웅장하네	地主來迎鼓角雄

바람 잠잠 돛대 깃발 서북으로 던져졌고	風約檣旗西北擲
빛나는 기생 배 물 거슬러 오니 한 무리로다	光生妓舸泝洄同
고상한 이야기 참으로 왕가의 일에서 벗어났고	高談正脫王家塵
좋은 시구는 백수통에 전한다	佳句仍傳白守筒
맑은 흥 다 못하고 떠날 생각 드러내나니	淸興未闌挑去思
길은 등귤이 향기로운 속으로 려있구나	路穿橙橘噴香中

〈鄭士龍, 自枏浦舟行 抵盆城佛巖 雜記所歷〉

　　시인은 여기에도 '지주(地主)가 마중을 나왔다'라는 설명을 붙여
두었다. 이를 통해 당시 김해 부사가 직접 시인의 행차를 맞이하러
나왔던 사실을 알 수 있다. 또한 시에서 볼 수 있듯 모든 공무(公務)
를 잊고 음악과 시를 즐기던 당시의 풍경과, 참으로 아름다운 풍광
을 떠나기 아쉬워하는 시인의 심경을 잘 읽을 수 있다.

　　다음은 이학규(1770~1835)의 시다.

문 밖에서 돛 거두고 가까이 배를 매니	聚帆門外近維舟
한 조각 거친 산산대 나루터엔 달빛	一片荒臺臘渡頭
빼어난 경치 우연히 부평초 되어	勝地偶成萍水合
차가운 날에 또 산산에 노닐게 되었네	寒天又作蒜山遊
잔물결 움직임 없이 강줄기는 넓고	漣漪不動江身闊
흐릿한 숲 가없이 해 뿌리 거두어 들인다	煙樹無邊日脚收
고개 돌리니 고요한 언덕에 오랜 서재	回首康厓老書屋
닫힌 문 떨어지는 잎 참으로 시름 깊어라	閉門黃葉正深愁

〈이학규, 蒜山臺贈崔同知有懷南雨村上舍〉

시 제목에서 보듯 이 시는 산산대에서 진사(進士) 남우촌을 생각하며 읊은 것이다. 남우촌은 남상교(南尙敎 : 1783~1866)로 시인 이학규의 집안과 가까운 천주교도였다. 그는 진사시에 합격하고 목사(牧使)·동지돈령 부사(同知敦寧府事) 등을 지냈으며, 글을 매우 잘 했다. 1866년(고종 3) 아들 남종삼(南鍾三)과 함께 공주영(公州營)에 투옥되었다가 사형 당했다. 유배된 상황이라 만나고 싶은 사람을 만나지 못하는 시인의 답답하고 시린 심경이 잔잔히 흐르는 찬 물결과 잘 어울려 있다.

불암 佛巖

　대동이 1934년 수문이 만들어지기 전 삼차수를 중심으로 수로가
형성되어 있을 때까지 김해의 동쪽 관문이었다면 남포(南浦)는 서쪽
관문이었으며, 불암(佛巖)은 중앙 관문이었다. 불암동에는 배중개라
는 자연부락이 있는데, 풍랑이 일거나 하면 배를 대기도 했던 개[浦]
라고 한다. 현재 서낙동강과 멀리 떨어져 산자락 아래에 위치한 배
중개가 그러했다면 옛날 불암은 서낙동강과 동쪽의 대동, 남쪽의
죽도, 서쪽의 남포 등과 더불어 김해로 들어가기 위해서는 반드시
거쳐야 하는 포구였음은 두말 할 것도 없다.

　불암에는 지명이 말해주듯 미륵암 마애석불(彌勒庵磨崖石佛)이 있었
다. 현재는 남해고속도로 공사 때 파손되어 김해시 동상동(東上洞)의
불교 포교원인 연화사(蓮華寺) 내의 뒷마당으로 옮겨져 있다.

　안면부가 파손되어 형태는 분명하지 않으나 두 귀가 어깨까지 늘
어진 모습이며, 눈은 반쯤 뜨고, 짧은 목에 삼도(三道 : 불상의 목에 가
로로 표현된 세 줄기 주름)의 흔적이 있고, 통견(通肩 : 양 어깨를 모두 덮은
가사)의 선은 뚜렷하나 전체적으로 부자연스럽다. 오른손은 노출되
었으나 팔목 이하는 사라졌다. 두광(頭光 : 부처나 보살의 정수리에서 나

오는 빛)을 새긴 선이 희미하게 남아 있으나, 다리 부분 아래로는 마멸되었다. 높이는 약 80cm이며, 어깨넓이는 약 65cm이다.

앞의 산산대를 읊은 시에서 시인들이 산산창보다 그 주변 풍광에 시상을 집중하고 있었듯, 불암을 읊은 시인들 역시 불암이라는 지명 또는 부처상에 대한 감흥보다는 그 주변 풍광에 시상을 집중하고 있다.

다음은 조선조 중기의 시인인 조임도(趙任道 : 1585~1664)가 불암을 지나면서 읊은 시다.

남명의 높은 절개 높은 산 우뚝하고	南冥峻節高山聳
수로의 웅장한 기풍 큰 바다 깊어라	首露雄風大海深
한필 말로 홀로 왔다 홀로 떠나가니	匹馬獨來還獨去
십분 흥취가 가슴에 가득하구나	十分佳趣滿胸衿

〈조임도, 盆城佛巖路中〉

조임도는 김해의 진입로인 불암에 들러 김해를 대표하는 두 인물을 회상하고 있으니, 바로 김해에서 학문과 수양에 정진하면서 후학을 양성하였던 남명(南冥) 조식(曺植)과 김해의 상징인 김수로왕이다. 김수로왕에 대해서는 앞에서 다룬 적이 있고, 조식과 그의 유적지인 산해정(山海亭)은 뒤에서 다루기로 한다.

조선조 초기 시인 정희량(1469~?)은 불암에 올라 두 수의 시를 읊었는데, 이 가운데 당시 그곳의 풍광을 읊은 시를 보기로 하자.

원래는 불암에 있다가 연화사 연못 뒤편으로 옮긴 불암 마애불

땅은 오래되어도 산하는 그대로이고	地古山河在
숲 깊숙이 물총새가 운다	林深翡翠啼
강이 휘돌고 하늘은 굽었고	江回天屈曲
들이 넓고 나무는 들쑥날쑥	野廣樹高低
돌과 모래 물가 파리하고	石髮磯邊瘦
매화와 대숲 밖이 흐릿하구나	梅花竹外迷
어정거리다 생학 지나는 걸 만났으니	徜逢笙鶴過
여기에서 그윽히 살고 싶구나	玆境欲幽捿

〈정희량, 登佛巖 二首〉

정희량은 1500년 김해로 유배되었다가, 모친상을 지내던 중 1592
년 의복만 남기고 행방을 감추었다. 그는 유학 뿐만 아니라 음양학
(陰陽學)에도 밝아 사실은 죽지 않고 이름만 바꾸어 숨어살았다는 설
화가 많이 전한다. 이러한 그답게 시에서도 그는 불암의 뛰어난 풍
광을 신선이 나타나는 곳으로 생각하면서 이곳에서 조용히 살고 싶
다고 노래하고 있다.

산해정 山海亭 · 신산서원 新山書院

　대동면의 중심인 대동면주민자치센터에서 불암동으로 길을 잡고 가다보면, 이정표에 조선시대 석학(碩學)인 남명 조식(1501~1572)이 후학을 가르치며 지냈던 산해정(山海亭)의 진입로가 표시되어 있다. 이 길을 따라 오른쪽 골짜기로 들어가면 몇 채의 민가와 사찰을 지나 산해정에 이르게 된다. 입구에는 조식의 시를 새긴 시비, 안내문 등이 놓여 있고, 입구인 진덕문(進德門)을 지나 신산서원(新山書院)의 편액이 붙어 있는 강당 안에 산해정(山海亭)의 편액이 있다. 이곳이 바로 남명이 김해에 살면서 학문 수양과 교육을 이루어내었던 터전이다.

　원래 조식의 고향은 합천(陜川) 삼가(三嘉)였는데, 부친상을 마친 30세 되던 해에 어머니를 모시고 김해 탄동(炭洞)에 있는 처가로 거처를 옮겨 김해 일대의 부자였던 장인 조수(曹琇)의 도움으로 산해정을 짓고 독서에 힘썼다. 45세가 되던 1545년 모친이 돌아가시자 고향으로 돌아가 시묘(侍墓)하고, 상복을 벗은 후에는 그곳 토골[兎洞]에 정착하였다.

공경하고 엄숙하다는 뜻의 산해정 사당 입구 신문(神門)인 지숙문(祗肅門)

조식은 이곳에서 18년 세월을 지내면서 김해의 아름다운 풍광과
산해정에서의 생활, 사람들과의 교유를 여러 편의 시로 읊었다. 이
제 그의 시를 통해 그의 김해 생활과 당시 산해정의 모습을 상상해
보도록 하자.

십 리 저곳 왕이 내려오신 곳	十里降王界
긴 강에 흐르는 한 깊기도 해라	長江流恨深
구름은 누런 대마도에 떠있고	雲浮黃馬島
산은 비취빛 계림으로 통한다	山導翠雞林

〈조식, 山海亭偶吟〉

제목에서 보듯 시인은 갑자기 김해의 역사가 떠올라 그것을 산천
에 실어보고 싶었던 것이다. 산해정에서 김수로왕이 탄강한 구지봉

까지는 약 10리다. 한때 가야의 맹주였던 김수로왕. 그의 산하였던 낙동강은 흐릿한 구름만 아득한 바다 멀리 대마도로 흐르고, 저 건너 백양산·금정산의 비취빛 산자락은 그의 후손들이 그러했듯 신라의 왕도였던 계림으로 이어져간다. 그러나 세월 속에 흘러가버린 가락국의 한만은 되돌릴 수 없다.

산에 살며 컴컴한 속에 오래 있게 되니	山居長在晦冥間
해를 볼 기약 없고 사물 관찰하기 어렵네	見日無期見地難
상제가 아마도 수자리 모임을 만들었으리	上帝還應成戍會
반쪽 얼굴 보인 게 언제였던가	未曾開了半邊顏

〈조식, 山海亭苦雨〉

장마철이다. 지금도 그렇지만 산해정은 깊은 산속이라 그다지 밝지 않은데, 날마다 비가 내리니 더욱 어두워 도대체 사물을 관찰하기도 어렵다. 하느님이 해가 뜨는 걸 지키려고 보초를 세웠는지, 하늘 반쪽이 빤한 걸 본 적이 없는 것 같다. 그런데 이 장마는 날씨로서의 장마이기도 하지만, 남명의 학문에 대한 열망과 이를 이루지 못하는 답답함을 토로한 것이라고 하면 지나친 해석일까?

일생 근심과 즐거움 둘 다 번뇌일지라도	一生憂樂兩煩寃
앞선 현인 푯대 세운 바에 의지한다네	賴有前賢爲竪幡
부끄럽구나 책 쓰기에는 학술이 없으니	慙却著書無學術
억지로 마음을 시에라도 부쳐봐야지	强將襟抱寓長言

〈조식, 在山海亭 書大學八條歌後 贈鄭君仁弘〉

이 시에는 지은 유래가 밝혀져 있으니 '병인년 가을에 선생은 산해정에 있었다. 인홍이 가서 모시면서 반 개월을 머물렀다. 인홍이 북으로 돌아가자 선생은 손수 <격치성정가(格致誠正歌)>를 쓰고 또 이 한 절구를 그 뒤에 그에게 써주었다.'고 되어 있다. 정인홍(鄭仁弘 : 1535~1623)은 조식의 수제자라는 학문적 정통성 뿐만 아니라, 임진왜란 때 58세라는 고령에 직접 의병을 일으킬 만큼 충의를 실천한 인물이었다.

그는 조식과 같은 합천 출신으로 어릴 때 조식에게서 글을 배웠다. 조식은 항상 방울을 차고 다니며 주의를 환기시키고 칼끝을 턱 밑에 괴고 흐릿한 정신을 일깨웠는데, 말년에 방울은 김우옹(金宇顒 : 1540~1603)에게, 칼은 정인홍에게 넘겨주면서 이것으로 심법(心法)을 전하였고, 이후 정인홍은 칼을 턱 밑에 괴고 반듯하게 꿇어앉은 자세로 평생을 변함없이 하였다고 한다. 광해군 즉위의 일등공신이었던 그는 광해군이 여러 차례 관직을 내렸으나 대부분 사직하고 고향 합천으로 내려갔다. 그러나 중앙정계에는 그의 정치적 대리인 이이첨(李爾瞻 : 1560~1623)이 핵심으로 성장하였고, 정국에 주요한 사안이 발생할 때마다 반대파에 대해 강력한 응징을 주장하였다.

광해군 2년(1610) 성균관(成均館) 문묘(文廟) 종사(從祀) 논란이 일자, 그는 이언적(李彦迪 : 1491~1553)과 이황(李滉 : 1501~1570)을 비판하고 문묘 배향에서 제외하라고 요구하면서 스승 조식의 문묘종사를 강력히 요청하였다. 이것은 대부분의 사류(士類)들이 정인홍에게 등을 돌리는 계기가 되었다. 또한 강경하고 비타협적인 그의 정치적 실천은 심지어 자신을 지지하던 문인들조차 이탈하게 만드는 결과를 초

래했다. 그는 나이 88세 되던 1623년 인조반정 직후 참형되었으며 재산은 모두 몰수당했다. 이후 그는 서인과 노론 주도의 정국이 전개되면서 조선후기 내내 역적의 굴레에서 벗어나지 못하였다.

　제목과 주에서 보듯이 이 시는 그의 나이 31세 때인 1566년에 조식이 <격치성정가(格致誠正歌)>와 <대학팔조가(大學八條歌)>를 써주고 난 뒤 지어준 것이다. 일생을 살면서 근심이네 즐거움이네 해봐도 결국은 그것을 명확히 깨닫기는 어렵다. 그러나 선현들의 가르침이 전해져 있으니 그 얼마나 큰 다행인가? 스승인 내가 제대로 된 학술을 책으로 엮어 전해주어야 하지만, 재주가 없으니 시 한 수로 마음을 전할 수밖에 없다. 선현들의 가르침에 의지하여 학문 이루기를 바라는 스승의 제자에 대한 애정이 가득 담겨있는 시다.

이 이는 외로운가 외롭지 않은가　　　此君孤不孤
소나무가 곁에서 이웃하고 있으니　　　髥叟則爲隣
바람과 서리 기다려보지 않고도　　　莫待風霜看
아름답고 성함에 참모습을 본다네　　　猗猗這見眞

〈조식, 種竹山海亭〉

　제목에서 보듯 시인은 대나무를 심고 그 감회를 읊었다. 대나무는 곁가지도 거의 없이 위로 위로 커 올라가고, 그 푸른 색깔 또한 계절의 변화에도 바뀌지 않으니 도무지 주변의 그 무엇과도 어울릴 수 있을 것 같지 않다. 그래서 시인은 묻고 있다. 외로운가? 외롭지 않은가? 아마도 대나무의 성질과 같은 이웃이 없다면 대나무는 분명히 외로울 것이다. 그런데 다행히도 사시사철 푸르른 소나무가 곁에 있으니 대나무는 외롭지 않다. 이랬다저랬다 시세에 따라 변하는 세상 속에서 변하지 않는 절개와 충의를 지키는 사람은 외로운 법이다. 그러나 진정한 참 모습을 유지하며 변치 않는 사람은 스스로 그러하다고 억지로 드러내지 않아도 모든 사람이 알아보고 따르게 되는 법이다.

산해정 안에서 꿈을 몇 번이나 꾸었나	山海亭中夢幾回
황강 늙은이 귀밑머리 눈이 가득하네	黃江老漢雪盈腮
반생에 세 번 궁궐에 갔으나	半生金馬門三到
군왕의 얼굴 보지도 못하고 왔구나	不見君王面目來

〈조식, 聞李愚翁還鄕〉

제목은 '이우옹(李愚翁)이 고향으로 돌아왔다는 것을 듣고'이다. 우옹은 이희안(李希顔 : 1504~1559)의 자고, 시에 보이는 황강(黃江)은 그의 호다. 합천 초계(草溪) 출신으로 중종(中宗) 12년(1517) 사마시(司馬試)에 합격하고, 중종 33년(1538)에는 이언적의 추천으로 참봉(參奉)이 되었으나 사퇴하였다. 명종(明宗) 9년(1554)에 고령현감으로 부임하였으나 관찰사와 뜻이 맞지 않아 곧 사직하였다. 그 뒤 군자감판관(軍資監判官)으로 제수되었으나 사직하고, 고향에 돌아가 조식과 교유하며 학문을 닦았다.

1519년(중종 14) 기묘사화(己卯士禍)가 일어나면서 조광조(趙光祖)가 죽게 되었는데, 이때 조식의 숙부 조언경(曺彦卿)도 화를 당하자, 조식은 벼슬길에 회의를 가졌다. 1520년(중종 15) 진사 생원 초시와 문과 초시에 모두 급제한 그는 이듬해 문과회시(文科會試)에 응시했으나 낙방했다. 25세 되던 해 과거 준비를 하던 그는 『성리대전(性理大典)』에 실려 있는 '대장부가 벼슬길에 나가서 아무 하는 일이 없고, 초야에 있으면서 아무런 지조도 지키지 않는다면 뜻을 세우고 학문을 닦아 무엇 하겠는가?'라는 원나라 학자 허형(許衡 : 1279~1368)의 글을 읽고 출세를 위한 형식적이고 지엽적인 공부를 버리고 유학의 본령을 공부하는데 전념하였다.

조식의 명성이 중앙 정계에까지 알려지자, 1538년 조정에서 그에게 헌릉(獻陵 : 조선 3대 태종과 원경왕후 민씨의 쌍릉) 참봉을 제안했으나 그는 뿌리쳤다. 그 뒤에도 몇 차례에 걸쳐 조정의 부름이 있었지만 번번이 사양했고, 1553년에는 벼슬길에 나아가라는 퇴계 이황의 권고조차도 물리쳤다.

도학(道學)과 도덕(道德)을 숭상한다는 뜻의 사당 숭도사(崇道祠)

이러한 이희안과 조식의 관계와 시에 대한 일화는 사람들의 입에 오랜 세월 오르내렸으므로, 다양한 자료에서 발견된다. 특히 차천로(車天輅)의 『오산설림초고(五山說林草藁)』와 이제신(李濟臣)의 『청강선생시화(淸江先生詩話)』에는 세 번째 구절이

반평생 세 번을 조정에 조회하러 갔네   半生三度朝天去

라고 되어 있다.

금마문(金馬門)은 고려 시대 궁문의 이름으로, 고려 인종 16년(1138) 5월 여러 전각과 궁문의 이름을 고칠 때 연명문(延明門)으로 고쳤다. 시에서는 임금이 있는 대궐의 뜻으로 썼다. 시인은 젊은 시절 산해정에서 겪었던 인생의 진로에 대한 갈등을 회고하면서 늙어서 귀밑머리가 하얗게 될 때까지 벼슬살이 하다 고향에 온 이희안을 '벼슬한다더니 임금 얼굴 한번 보지도 못했다'고 놀리고 있다. 사실 놀리고 있다고는 하지만 그가 벼슬을 그만두고 돌아온 것에 대한 반가움이 짙게 묻어나오고 있다.

앞에서 우리는 조식의 여러 시를 통해 조식이 살았던 당시의 산해정과 그 주변 풍광 및 그곳에서의 삶을 살펴보았다. 이후 그가 지냈던 산해정 곁에는 그의 학문과 얼을 기려 신산서원(新山書院)을 세웠고, 지금도 많은 사람들의 걸음이 멈추지 않고 있다. 이러한 내용은 조식 전공자이며 신산서원의 창건과 훼철 및 중건에 대해 연구한 경상대학교 이상필 교수(2008)의 논문 ─ 남명 조식 유적 소고(1), 대동한문학회지 29권 ─을 참고하는 것이 가장 정확할 것으로 보인다.

후학들이 남명 조식의 학덕을 기리며 학문에 정진하는 신산서원

　서원의 이름은 지명이나 산 이름을 취하는 게 보통이다. 신산서
원은 신어산(神魚山) 자락 아래의 주동리(酒洞里) 주부(酒府)골에 있다.
그렇다면 신산서원(神山書院)이나 신어서원 또는 주부서원 정도가 되
어야 할 터인데, 신어는 불교적인 색채가 강하고 주부는 하필 술 주
(酒)자가 들어가 있다. 그래서 발음도 비슷하거니와 유교 경전의 하
나인 『대학(大學)』에 나오는 '일일신우일신(日日新又日新 : 나날이 새로워
지고 또 새로워진다)'에서 '신(新)'의 의미를 생각하여 이름하였다.

　드디어 1588년 감사 김수(金睟)와 부사 양사준(楊士俊)의 협조로 안
희(安憙)가 일을 주도하여 산해정 동편 아래쪽에 창건하였다. 불행히
도 임진왜란 때 신산서원과 산해정이 모두 불타자, 1608년 안희와
황세열(黃世烈)·허경윤(許景胤) 등이 주도하고 부사 김진선(金振先)이 협

조하여 1609년에 산해정의 빈터에 다시 세워졌고, 이 해에 사액(賜額)되었으니, 이때의 원장은 문경호(文景虎)였다. 1618년 배대유(裵大維)는 「신산서원기(新山書院記)」를 남겼고, 1705년 조이추(曺爾樞)가 현판을 써 지금까지 걸려 있다. 1818년에는 원장인 김해부사 이석하(李錫夏)의 제의로 송윤증(宋允增)·유방식(柳邦栻)·조석권(曺錫權) 등이 주도하여 서원 곁에 산해정을 복원하였다. 이때의 기문은 양산군수 김유헌(金裕憲)이, 상량문은 이석하가 지었다. 이석하의 상량문은 아직까지 확인되지 않았고, 김유헌의 기문은 순조 때 편찬된 읍지에 실려 있으나, 산해정에는 걸려 있지 않다. 1830년대에 김해부사 류이좌(柳台佐)의 제의로 송윤증·송석순(宋錫洵)·허학(許㶇)·노병연(盧秉淵)·조중진(曺重振) 등이 주관하여 강당을 중수하였고 류이좌가 기문을 썼으나 이 기문도 서원에 걸려 있지는 않다. 1871년 국가의 서원훼철령이 내리자 신산서원은 산해정과 함께 문을 닫았다. 1890년 하경도(河慶圖)·조종응(曺鍾應)·허찬(許燦) 등에 의해 서원 터에 산해정이 중건 복원되었다. 이때의 상량문은 허훈(許薰)이, 기문은 박치복(朴致馥)이 지었으나 기문은 산해정에 걸려 있지 않다. 그 뒤 1924년과 1949년 및 1972년, 1983년에 산해정은 각각 중수되었고, 1998년에 신산서원이 복원되면서 산해정이 서원의 강당으로 되었다. 도학(道學)과 도덕(道德)을 숭상한다는 뜻의 사당 숭도사(崇道祠)와 공경하고 엄숙하다는 뜻의 사당 입구 신문(神門)인 지숙문(祗肅門), 어리석음을 깨우친다는 뜻의 동재인 환성재(喚醒齋)와 마음 속에 의로움을 쌓는다는 뜻의 서재인 유위재(有爲齋), 서고(書庫)인 장서각(藏書閣)과 정문인 진덕문(進德門) 등 옛 서원의 규모에 걸맞게 복원되었다. 이때의 상량문은 김철희(金喆熙)가 지었고, 기문은 이우성(李佑成)이 지었다. 이렇듯 수 많은 파란을 겪으면서 유지되어온 신산서원에서는 지금도 후학들이 춘추로 향사(享祀)를 받들며 학덕을 기리고 있다.

크게 잠긴 웅장한 등성이 제일의 지경	巨浸雄巒第一區
긴 세월 덕 있는 이 응대하며 노닐었지	千秋應待碩人遊
활달하던 마음 풍격과 성망 남아 있고	當時磊落風聲在
시대 달라도 쓸쓸해라 물색은 남아있네	異代蕭條物色留
옛 터 사당 이루니 우러러 사모함 남겼고	刱廟舊墟存景仰
새 서원 책 남기니 서로서로 학문에 힘쓰네	貯書新院待藏修
나그네 와도 보지 않고 유생들 한가하고	客來不見青衿伴
문밖에는 영롱하게 푸른 시냇물 흐른다	門外玲瓏碧澗流
이름난 산해정 오랫동안 들었더니	久聞山海擅名區
하늘이 내린 고상한 자취에 홀로 노닌다	天放高蹤獨往遊
아직도 강당의 섬돌에서 음성을 듣는 듯	猶想堂階聞謦欬
이리저리 떠돌다 의지해 오래 머문다	却憐萍梗寄淹留
십 년 전쟁에 잡초 덮혀 가슴 아팠더니	十年兵甲傷蕪沒
일백 보 서원에서 중수를 기뻐한다	一畝儒宮喜刱修
인간 세상 이래로 갈림길이 달랐으니	人世遍來歧路異
참된 갈래 찾아 원류를 묻고 싶구나	願尋眞派問源流

〈신지제, 新山書院〉

신지제(申之悌 : 1562~1624)는 1613년 창원부사(昌原府使)로 와 임진왜 란 이후의 혼란을 틈타 창궐하던 명화적(明火賊 : 횃불을 들고 무리를 지 어 부잣집을 주로 털던 도적)을 토벌한 적이 있다. 그가 신산서원을 찾은 것은 이때였을 것인데, 서원이 건립된 지 4년 밖에 지나지 않았다. 두 번째 시 5, 6구에서 임진왜란 때 잡초에 묻혀 영원히 사라진 것을 걱정했더니 중건된 것을 기뻐한다는 표현에서 그가 바로 이 시기에 왔었음을 알 수 있다.

조식의 풍격과 성망을 이어받아 손님이 와도 공부에만 매진하는 유생들의 모습과 주변에 끼친 조식의 영향에 기꺼워하는 시인의 마음이 잘 드러나 있다. 특히 마지막 두 구절에서 신지제는 인간 세상이 아무리 사람들마다 가는 길이 모두 다르더라도 원류는 하나이며, 이곳이야말로 인간이 나아가야 할 도(道)의 원류가 있는 곳임을 강조하고 있다.

세 봉우리 큰 강 모퉁이에 우뚝 솟았고	三峯嶢兀大江隈
아름다운 단청 변함없이 서원이 열렸네	丹碧依然廟宇開
선생께서 한적하게 지내던 곳이라 하더니	聞昔先生考槃處
지금도 많은 자제들 경서 끼고 오는구나	看今諸子抱經來
옳고 그름 정해지지 않아 논란은 많아도	是非未定論雖貳
모든 이들이 높이 받들어 도는 어기지 않네	邅迴猶尊道不回
돌아가는 배 잠깐 대고 우러러 그리워할 뿐	暫駐歸橈徒仰止
솔바람 부는 한 골짝 저녁 북소리가 슬퍼라	風松一壑暮聲哀

〈허적, 題新山書院〉

신어산이 불암을 거쳐 예안에서 초정으로 넘어가는 산자락 끝에 삼차수를 마련해두어 산수가 어우러지는 최고의 경관을 자랑하는 곳에 신산서원은 자리 잡고 있다. 서원에 입힌 단청이 그 옛날의 아름다움을 그대로 간직하고 있는 것과 마찬가지로, 지금도 조식이

제자들을 가르치던 그 옛날처럼 주변의 자제들이 유학의 도를 찾아 경서를 끼고 모인다. 세상 모든 것이 이런저런 논설에 휘둘릴지라도 후세에 끼친 남명 조식의 도는 모든 사람들이 어기지 않으니, 허적(1610~1680) 또한 그 도에 취한 듯 마음이 스산하다.

다음은 조선조 후기 권만(權萬 : 1688~?)의 시다.

천지를 소요하던 남명이 있었더니	逍遙天地有南冥
붕새 날개의 바람이 더러운 냄새를 쓸었지	鵬翼風長掃濁腥
홀 괴고 서쪽 바라보니 그 맑음 넉넉하여	拄笏西看餘爽在
지금 산해에는 외로운 정자가 남았네	至今山海有孤亭
산문은 적적하고 바닷문은 깊은데	山門寂寂海門深
선생의 넓고 밝은 마음 상상해본다	像想先生曠朗襟
영철이 천하의 선비를 가볍게 논하더니	靈澈輕論天下士
어찌 알았겠나 이러한 산림처사 있을 줄	那知世有此山林

〈권만, 江上望新山書院〉

제목을 보면 강가에서 멀리 서원을 바라보며 읊은 시다. 시 전체에서 조식의 맑고 의로운 선비 정신이 표현되고 있다. 특히 첫 번째 시 세 번째 구절의 '홀(笏 : 벼슬아치가 손에 들고 있는 것)'을 괴고라는 표현에서 권만이 당시 벼슬을 하고 있었음을 알 수 있는데, 이것은 평생 벼슬에 뜻을 두지 않고 학문에 정진했던 선비 조식의 풍모는 벼슬에 묶여 있는 권만 자신을 부끄럽게 하기에 충분하다는 표현이다. 두 번째 시 세 번째 구절의 영철(靈澈)은 중국 당나라 때 시를 즐겨 쓰던 승려다. 그는 승려로서 많은 선비들과 교유하고 시인으로서 이름을 날렸다. 권만은 승려로서 시를 쓰던 영철과 조식을 비교하여 진정 세속의 욕심을 끊고 살아가던 이는 영철과 같은 산속의 승려가 아니라 조식과 같은 산림처사라고 표현하여 조식의 맑은 풍모를 더욱 강조하고 있다.

유학의 조종이 남쪽에서 일찍 이름 감추고	宗儒南服早韜名
바닷가 산자락에 집을 이루었네	傍海臨山結構成
예물 갖추고 세 번 불러도 일어나지 않고	聘幣三徵猶倦起
범종 한번 쳐도 아직 소리가 없네	洪鐘一扣尚無聲
지금까지 나라에서 구서를 추천했으니	至今鄕國推龜筮
예로부터 궁성에서는 향기를 누리네	從古宮牆享苾馨
동쪽 바라보다 문득 돌아가 섬돌에 오르니	東望便違陞砌級
눈 내린 날 차가운 달에 그 모습 떠올린다	雪天寒月想儀形

〈안명하, 望新山山海亭寓懷〉

신산서원 내부에 걸려 있는 산해정 편액

시인 안명하(安命夏 : 1682~1752)는 평생 관직에 나가지 않고 퇴계 이황의 학통을 잇는 성리학과 예학을 깊이 연구하였던 인물이다. 세 번째 구절의 삼미(三徵)는 임금이 세 번 부르는 것으로, 조식이 조정에서 세 번 마련한 벼슬에 응하지 않은 사실을 말한다. 안명하는 벼슬을 하지 않고 학문에 매진한 점에서 남명과 유사하다. 이런 점에서 앞의 네 구절은 조식이 산해정에 숨어 벼슬을 하지 않았다는 내용이긴 하지만 자신의 생각을 표현한 것일 수도 있다. 다섯 번째 구절의 구서(龜筮)는 길흉을 점치는 물건으로, 일의 향방을 가늠할 수 있는 재목을 말한다. 비록 조식을 천거해 등용은 못했어도 조정은 조식과 같은 재목을 추천함으로써 이미 아름다운 향기를 누린 것이다. 시인은 눈 내리는 하늘 차가운 달빛에서 조식의 서늘한 절개를 떠올린다.

남포 南浦

해반천(海畔川)은 바닷가 냇물이라는 뜻이다. 오랜 세월 이 지역은 바닷물이 밀려들어와 냇물과 만나는 곳으로 민물과 바다, 산과 들의 조화가 가장 잘 이루어졌던 곳이었으므로 사람이 살기에 적합한 곳이었다. 실제로 해반천 주변은 호계 주변과 마찬가지로 대성동, 봉황동 등 많은 가락국 시대의 고분 및 생활 유적이 발굴된다. 현재도 주변은 아파트 등의 주거지와 공원 등 편의시설 및 박물관 등의 문화시설이 집중되어 있다. 내외동과 서상동 사이를 가로지른 해반천은 흥동(興洞)과 전하동(田下洞)을 지나면서 봉곡천(鳳谷川)과 만나 화목(花木) 3통과 4통의 서쪽을 휘감은 뒤 남쪽의 조만강(潮滿江)과 만나 바다로 향한다.

해반천이 봉곡천과 만나는 그곳은 옛날 조만강을 거슬러 올라 온 배들이 정박하던 남포어장(南浦漁場)으로 유명한 곳이었다. 조선 후기 넓은 갈대밭이 형성되었다가 일제 강점기를 거친 뒤 차츰 개간되어 오늘날과 같은 농토가 되었다. 현재도 자연마을인 개골동·공이등·남포·도란지·신포(新浦)·이양지·효동(孝洞)·신포답(新圃畓) 등의 이름들 속에 남포가 계속 들어 있으나 주민들조차 이곳이 남포였다는 사실은 잘 알지 못한다.

임호산 정상에서 본 남포 왼쪽 직선으로 조성된 물줄기가 해반천이고, 오른쪽 약간 굽으면서 흘러가는 것이 봉곡천이다. 저 아래 들판 너머 조만강에서 두 물줄기가 서로 만나 죽도 앞을 거쳐 녹산으로 흘러간다. 여기에 갈대가 펼쳐지고, 게를 잡는 배의 불이 반짝거리는 풍경을 상상해보자.

지도상에 옛 남포의 앞들인 화목 3통에 남포들이라는 지명을 표시하고 있는가 하면 화목동에는 남포교회가 있어 아직도 이 지역이 그 옛날 바다를 건너고 조만강을 거쳐 온 수많은 배들이 정박하던 남포였음을 기억하게 한다. 게다가 김해에 거주하는 할머니들이 부르는 민요 속에 남포라는 지명이 들어가 있는 것 또한 꼭 기억하려 하지 않아도 이미 김해 문화 속에 남포가 각인되어 있음을 잘 알게 해준다.

　　『고려사절요』 우왕(禑王) 3년(1377)에는 '김해부사 박위(朴葳)가 황산강(黃山江)에서 왜구를 공격하여 물리쳤는데, 처음에 왜구의 배 50척이 먼저 김해 남포에 왔다.'는 기록이 남아있기도 하니 왜구가 김해로 들어오기 위해 배를 정박할 정도로 고려시대 당시에도 남포는 포구로서의 역할이 대단하였음을 알 수 있다.

　　조선 후기 이학규(1770~1835)는 시에 붙인 주에 '남포는 부의 남쪽 5리에 있다. 안개 낀 물이 끝이 없고, 갈대가 멀리 넓게 바라보인다. 가을과 겨울밤에는 물짐승이 무리를 이루어 새벽까지 시끄럽게 부르짖는다. 매년 상강(霜降) 전후 3일 동안 갯가의 모래 속에서 벌레가 잡히는데, 색은 청황색이고 모양은 집게벌레와 같으며, 낚시 미끼로 쓰면 여러 고기들이 참으로 좋아한다. 고을 사람들은 벌레가 왔다는 소식을 들으면 앞 다투어 잡는데 '고깃밥'이라고 한다.'라고 하였다. 이제 그의 시를 감상해보자.

갈대꽃 핀 남포에 달빛이 부서지는데	蘆花浦上月紛紛
밤이든 낮이든 온갖 새소리 들려오네	夜咙朝嘲百鳥聞

상강 고깃밥 소식에도 기뻐하는구나 　　　　　却喜降霜蟲信至
다들 다래끼 들고 물가로 내려가네 　　　　　盡提筌箸下湖濆
〈이학규, 金官紀俗詩〉

　앞 두 구절에서는 이학규가 살았던 당시 남포의 풍경을 상상할
수 있도록 하였으니, 넓게 펼쳐진 벌판에 하얗게 핀 갈대꽃이 살랑
살랑 부는 바람에 달빛을 흩어낸다. 새들은 빽빽이 우거진 갈대 속
에 숨어 모양은 보이지 않고 지저귀며 귀를 간질인다. 그런데 이렇
듯 잔잔하고 조용하던 강가로 사람들이 추위에도 불구하고 와르르
몰려 내려와 소란스러워진다. 바로 고깃밥을 잡으려는 무리들이다.
풍광의 아름다움과 사람들의 역동감이 함께 했던 옛 남포의 분위기
를 제대로 느끼게 해주는 시다.

　다음은 김해로 들어와 남포에서 풍광을 즐기며 노닐다가 배를 타
고 떠나면서 허훈(1836~1907)이 지은 '무자(戊子 : 1888) 4월 9일 김해에
도착하여 바다를 보면서 노닐다가, 남포에서 배를 타고 내려갔다'라
는 뜻의 <무자사월구일 도금관 작관해지유 자남포승주이하(戊子四月
九日 到金官 作觀海之遊 自南浦乘舟而下)>라는 시 두 수를 보자.

맑은 놀이 이 호숫가로 다시 정하니 　　　　清遊重卜此湖邊
달빛 비친 갈대꽃에 지난 해 생각나네 　　　月色蘆花憶去年
돛 그림자 높아지자 붉은 빛 다시 비추고 　帆影忽高紅返照
강줄기 커지니 푸른빛이 하늘에 이어진다 　江身轉大碧連天
뿌연 연기 부드럽게 고기잡이 집과 만나고 　疎煙冉冉逢漁戶
먼 숲이 우뚝우뚝 섬과 밭을 구분하네 　　　遠樹亭亭記島田

| 금릉의 서화 가득 실은 선비 | 滿載金陵書畫士 |
| 이 길이 미불의 배와 몹시도 흡사하구나 | 此行多似米家船 |

허훈은 한 해 전인 1887년에 남포에 와서 놀았던 기억을 더듬으며 새로 만난 남포에서의 감동을 노래하고 있다. 돛을 높이 달고 고기잡이에 여념 없는 고깃배의 불빛, 멀리 넓은 강과 하늘이 하나로 이어진 풍경, 마을로 내려앉은 희뿌연 안개, 섬과 밭 사이사이로 이어진 숲 등 남포의 풍경을 말로 그려 놓았다. 마지막 구절의 미가(米家)는 중국 북송(北宋 : 960~1127)시대의 화가 미불(米芾)을 가리킨다. 그는 항상 서화(書畫)를 배에다 싣고 강호를 유람했는데, 여기에서 '미가선(米家船)'이라는 이름이 나왔다. 허훈은 자신이 타고 있는 배를 미불의 미가선에 비유하고, 미불이 그림을 배에 싣고 다니듯 자신은 배에서 바라본 남포의 풍경을 배에 싣고 간다고 표현하고 있다.

물 위에 뜨니 광한의 뜰에 오른 듯	汎汎疑登廣漢庭
신선의 바람 두 겨드랑이에 절로 시원하구나	仙風兩腋自泠泠
수많은 산이 모든 이에게 영구의 붓 들게 하고	羣山摠人營丘筆
수많은 물은 모두 역씨의 경전을 이루게 하네	衆水都成酈氏經
큰 개펄 어둑한 연기 짙은 숲에 기대었고	大鹵冥煙依樹黑
세 모래톱 향기로운 풀은 푸른 하늘에 닿았네	三洲芳杜接天青
이번 길에 강호의 빼어난 경치 넉넉히 얻으니	此來剩得江湖勝
굽이굽이 어촌에 마침 역정을 두었네	曲曲漁灣合置亭

광한전(廣漢殿)은 달에 있다는 궁전이다. 따라서 첫 구절 광한의 뜰

은 달 앞에 넓게 펼쳐진 뜰이니 여기에서는 남포 앞으로 펼쳐진 그 옛날 낙동강이다. 바람이 살랑살랑 부는 남포 앞의 강은 신선이 사는 곳인 양 신비로운 풍경을 펼쳤다. 세 번째 구절의 영구(營丘)는 중국 송나라 초기 산수화의 3대가로 꼽히던 이성(李成 : 919~967)으로, 평탄한 산야를 그리는 평원산수법(平遠山水法)을 완성하였다. 네 번째 구절의 역씨(酈氏)는 중국 북위(北魏)의 학자 역도원(酈道元 : 466~527)이다. 그는 중국 북쪽 지역의 하천지(河川誌)인 『수경주(水經注)』를 펴냈다.

시인은 남포의 아름다운 평야 풍경은 그 누구라도 산수화를 그리도록 하고, 이리저리 얽혀 흐르는 물줄기들을 보면 하천의 모양을 기록하지 않고는 배기지 못할 것이라고 표현하여 남포 주변의 풍경을 극찬하고 있다. 숲이 배경으로 자리 잡은 개펄 주변으로 안개가 흐릿하게 두르고, 삼각주로 형성된 모래톱에 펼쳐진 갈대는 아득히 하늘과 맞닿았다. 이러한 남포의 풍광 속에서 노닐 수 있었던 것은, 나그네가 머물 수 있는 역정(驛亭)이 있기 때문이니 얼마나 큰 행운인가?

남포는 개간이 이루어지기 전에는 갈대가 넓게 펼쳐져 장관을 이루던 곳이다. 이는 모든 사람들에게 남포를 기억하게 하고, 시인에게는 시의 소재를 제공하였다. 이제 조선조 말 세 사람의 시를 통해 당시 갈대꽃이 장관이었던 남포의 풍경을 상상해보자.

게 잡는 포구 어촌에 하나의 색 길게 뻗더니	蟹澂漁灣一色長
길게 자란 갈대가 벌써 가을빛이로구나	脩脩蘆荻已秋光
맑은 새벽 사공이 작은 문 밀고나가더니	淸晨艄子推篷户

강 하늘에 이른 서리 내렸다 착각을 하네 　　　錯道江天落早霜

〈허훈, 南浦蘆花〉

　살이 꽉 찬 게가 갈대 사이를 점령하는 계절이다. 갈대꽃이 하얗게 핀 남포 벌판은 한 줄기 빛인 듯 서리가 내린 듯 온통 하얀 색 뿐이다. 이른 새벽에 일어난 사공이 이 가을 서리가 내린 줄 알고 깜짝 놀라는 모습이 손에 잡힐 듯 잘 그려지고 있다.

　다음은 이종기(1837~1902)가 본 남포의 갈대꽃이다.

긴 세월 남포의 갈대꽃 　　　　　　　　　　　南浦千年蘆荻花
바다 문에 흰 빛 내어 어부의 집 묻혔네 　　　海門生白沒漁家
변두리의 빼어난 감상은 인위가 없는데 　　　荒陬勝賞無人管
소금과 생선 장수가 함부로 자랑을 하네 　　　塩客魚商浪自誇

〈이종기, 南浦蘆花〉

　천 년 세월을 피었다가 지고 졌다 피어난 갈대꽃은 바다가 시작되는 곳으로부터 하얀빛을 뿌려 온 마을을 뒤덮고 있다. 이렇듯 아름다운 남포의 갈대꽃과 같은 풍경은 사람이 어찌할 수 없는 것인데, 소금장수 생선장수 등 남포 어장을 찾은 사람들은 갈대꽃이 핀 아름다운 남포의 풍광을 자신들과 관계가 있는 양 자랑하기에 정신 없다. 당시 남포의 갈대꽃 핀 풍경은 남포지역뿐 아니라 드나드는 주변 사람들에게도 큰 자랑거리였던 것이다.

남포의 갈대꽃 서리 내리고 나니 　　　　　南浦蘆花已著霜

저녁 물가의 갈매기와 해오라기 줄 짓지 않네　　**晩汀鷗鷺不成行**

다시 오겠다 호숫가 사는 벗과 함부로 약속하고　　**重來倘約湖邊伴**

가을바람 달빛에 배 띄우려하네　　　　　　**料理秋風月一航**

〈조긍섭, 駕洛懷古〉

　조긍섭(曺兢燮 : 1873~1933)이 시에서 표현한 시간은 갈대꽃에 서리가 내리고 어두워진 뒤라 새들도 잠든 때였다. 스산해 보이기도 하는 풍경이지만 반드시 다시 오겠다고 김해에 사는 벗과 약속하는 그의 태도에서 그가 얼마나 김해 남포의 아름다움에 감동했는지를 확인할 수 있다.

신어산 神魚山

　　신어산의 신어(神魚)는 한자 뜻 그대로 신령스러운 물고기다. 사전에는 '길조(吉兆)와 상서로움을 상징하는 물고기'라고 뜻풀이를 하고, 『한서(漢書)』 <선제기(宣帝紀)>의 '하늘의 기운이 맑고 고요하니 신령스런 물고기가 물에서 춤을 추었다.'는 기록을 예로 들고 있다. 이는 마치 봉황(鳳凰)이나 기린(麒麟)이 나타나면 훌륭한 임금이나 성인이 나타나 세상이 태평하게 된다는 이야기와 비슷한 내용이다.

　　신어산은 가락국 시조인 김수로왕과 허황옥의 신화 및 가락국의 전설을 품고 있는 성스러운 산이다. 여기에서의 신어는 쌍어문(雙魚紋 : 수로왕릉 봉분 입구의 납릉 정문에 그려진 물고기 두 마리가 마주 보고 있는 그림)을 두고 이름 지어졌다고 한다. 그런데 신어산뿐만 아니라 수많은 물고기가 부처의 교화에 의해 바위가 되어 머물렀다거나, 용왕의 아들이 수명이 다해 자신이 마지막을 맞을 장소를 찾다가 뒤를 따른 수많은 물고기들과 바위가 되었다는 전설들이 전해오는 주변 삼랑진(三浪津)의 만어산(萬魚山)이 있으니, 이곳의 만어사(萬魚寺)는 김수로왕이 창건했다고도 한다.

김수로왕의 능인 납릉의 정문을 장식한 쌍어문과 파사탑

그리고 부산광역시의 진산(鎭山)인 금정산(金井山)에는 세 길 정도 높이의 돌이 있는데 그 위에 우물이 있다. 가뭄에도 마르지 않으며 그 빛은 황금색이라고 한다. 이 속에 금빛 나는 물고기 한 마리가 오색구름을 타고 하늘[梵天]에서 내려와 그 속에서 놀았다고 하여 산 이름은 금정(金井)으로, 그곳에 있는 대표적 절은 하늘나라 고기라는 뜻의 범어사(梵魚寺)라고 지었다 한다.

이상의 전설들은 모두 불교와 관련이 있고, 심지어는 김수로왕과도 관련을 맺고 있다. 쌍어문이 메소포타미아 문명에서 출발하였다고 하고 중국의 사천성(四川省), 심지어는 일본에서도 발견되고 있어 굳이 허왕후가 인도에서 가져온 문양이 아니라든지 하는 논란은 끊이지 않는다. 그러나 물고기를 신령스러운 존재로 여기는 동양사회의 민간신앙적 기원이 보편적인 것이었음은 분명하다. 따라서 신어산이 신령스러운 물고기라는 뜻의 이름을 가진 것이 이상할 일은 하나도 없는 것이며, 가락국과의 관계를 두고 설명한들 아무 이상할 것이 없다.

『동국여지승람』에 신어산은 '신(神)이 선(仙)으로 된 곳도 있으며, 부에서 동쪽으로 10리 지점에 있다.'고 하였다. 따라서 이 산은 신어산 또는 선어산이라고 불렸으며, 김해부 동헌(東軒)이 있던 구지봉 아래쪽으로부터 분성산을 넘어 시작되어 김해의 생활 중심권을 감싸 안고 흐르던 산이라는 말이다.

신어산은 이러한 신화적 상징성을 안고 김해의 핵심 지역에서 대동의 삼차수까지 이어지면서 김해의 경관과 힘의 원천을 모두 담당하고 있다. 이 산에 대한 상세 노정과 풍취(風趣)에 대해서는 독자들께서 조금 부지런을 떨어 2013년 1월 8일(화) 「김해뉴스」에 실린 최원준 시인의 글을 참조해주기 바란다. 또한 신어산은 불교의 상징성을 함축하고 있는 산인지라 오랜 사찰들이 많이 있어 이를 살펴보아야겠으나, 이곳의 사찰들에 대해서는 이후 다루기로 하고, 지금은 신어산과 한시에 집중하기로 한다.

정약용(丁若鏞 : 1762~1836)은 "지리산의 동쪽 한 가지가 다시 동쪽으로 300리를 달려 신어산이 된다. 김해의 진산이며 바다와 만나 멎는데, 바로 낙동강이 바다로 들어가는 곳이다. 변진(弁辰) 포상팔국(浦上八國)이 모두 이 산맥이다."라고 하였다. 이 내용 가운데 포상팔국이 눈에 뜨이는데, 이는 현재 창원시(昌原市) 일대에 있던 골포국(骨浦國), 함안군(咸安郡) 칠원면(漆原面) 일대에 있던 칠포국(漆浦國) 등 가야시대 김해 지역 외곽으로부터 거제도(巨濟島), 심지어는 전라남도 지역까지 있었다고 역사 기록이나 민간 구전으로 전해지는 작은 여덟 나라를 이른다. 이 나라들은 항상 가야(伽倻) 제국의 위협이었는데, 결국 김수로왕의 아들이자 가락국 2대 왕 거등 때인 209년에 가락국을 공격하였다. 그러나 신라의 도움으로 위난에서 벗어날 수 있었다. 이렇듯 신어산은 많은 왕국의 정기를 품고 동쪽으로 내닫던 지리산을 마지막으로 품은 그 옛날 가락국의 신령스러운 산이다.

천년 가락국	千年駕洛國
아득히 신선의 땅에 떨어져 있네	縹緲墮蓬瀛
강은 갈라져 하얗게 세 갈래지고	江折三叉白
산은 푸르게 일곱 점으로 떴네	山浮七點靑
물결과 하늘이 한 묶음 되었고	與波天作累

강둑에 기대어 물이 부들 같네	依岸水如萍
살아 있는 다리 잠깐 시험해	小試平生脚
산에 올라 호연지기를 펼쳐본다	登臨發浩情

〈정희량, 登神魚山望海〉

정희량(1469~?)은 신어산에 올라가 김해를 내려다보고 있다. 저 아래 천 년 세월 가락국의 땅. 삼차수가 흰 물줄기를 셋으로 나누어 동쪽 바다로 흐르고, 칠점산이 머리에 푸른 숲을 이고 그 물에 떠있다. 바다는 끝이 없어 수평선이 하늘에 이어졌고, 강둑을 따라 흐르는 강물은 초록빛 부들이 떠있는 것 같다. 시인은 이 신령스러운 가락국 신선의 산에서 세월과 공간을 초월한 호연지기를 펼쳐본다.

정상부인 영구암에서 서쪽으로 바라본 신어산의 경관

신어산 빛 허공에 가득 푸르고	神魚山色滿空靑
신어산 아래 물빛이 그윽하여라	神魚山下水冥冥
나란히 삼신산에 닿은 비단잉어 배	齊到三郞紅鯉舶
대나무 사이 울타리 금방 비릿해지네	竹間籬落一時腥

〈정범조, 雜謠〉

정범조(丁範祖 : 1723~1801)는 물가 마을에서 산 주변을 둘러보고 있다. 푸른 신어산과 멀리 보이는 물결, 이곳은 분명히 신선의 세계다. 그러나 잊지 말아야 할 것은, 이곳은 고깃배가 쉴 새 없이 드나드는 삶의 현장이기도 하다는 사실이다.

뱃머리 하나하나에 작은 다리 걸치고	船頭一一小橋橫
맛조개 굴 껍질 밟으니 소리가 난다	蟶殼蠔房蹋有聲
신어산에 해가 지는 것도 같구나	也似魚山山日暮
스무나무 남은 잎 비갠 뒤에 반짝인다	刺楡殘葉照新晴

〈이학규, 前浦行〉

이학규(1770~1835)는 김해 앞 포구에서 이 시를 포함하여 열 네 수의 시를 읊고 있다. 특히 이 시에는 '신어산은 김해부 동쪽 10리에 있다'고 설명을 붙이고 있어, 이 시가 낙동강 가 포구에서 신어산 쪽을 바라보면서 읊은 것임을 알 수 있도록 한다. 특히 첫 번째와 두 번째 구절에서 보면, 이 시는 배에서 내린 뒤 조개와 굴 껍질이 깔린 포구 길을 걸어 신어산 쪽으로 다가가면서의 풍경을 읊은 것이다. 마지막 구절의 스무나무 또는 시무나무는 주변에서 쉽게 볼 수 있는 흔한 나무로, 크게 자란 나무는 마을의 정자나무나 먼 곳에서도 쉽게 볼 수 있는 이정표목으로 많이 심었다. 시인은 포구에서 산 아래의 마을로 가다 비갠 뒤 햇빛에 반짝이는 스무나무 잎을 보고 해가 지는 풍광인 듯 그윽한 빛으로 다가오는 신어산을 느끼고 있다.

다음은 이학규가 김해에 있으면서 <집현재기(集賢齋記)>를 지어주기도 했던 조선장(曹善長)의 집현재와 재각에서 읊은 신어산 주변의 모습이다. 기문 가운데 재실로부터 동쪽 7리에 신산서원이 있다는 내용으로 보아서 집현재는 현재의 은하사(銀河寺)와 신산서원 사이인 삼방동(三芳洞) 근처에 있었던 것으로 보인다.

야윈 말 연이어 울며 짧은 담을 나서니	羸馬連嘶出短垣
시골 늙은이 전송하며 쪽문에 섰네	野翁相送立衡門
성긴 모 논 가엔 오르락내리락 해오라기	鷺飛鷺下疎秧際
큰 나무 밑동엔 이야기하거나 자는 사람	人語人眠巨樹根
베 고의 한 소리에 산의 해가 저물고	布袴一聲山日暮
보리마당 삼면에 산골 물 흘러 넘치네	麥場三面磵流飜
열흘에 바람 닷새에 비 한번 올해의 사정	十風五雨今秊事
앞 마을 오래된 질버치에 술 취하겠네	且醉前邨老瓦盆

〈이학규, 過曹善長神魚山齋 晚歸途中口號〉

주인의 전송을 받고 돌아오는 시인의 눈에 비친 신어산 주변의 시골 풍경은 참으로 평화롭다. 보리를 베고 모를 심은 지 얼마 되지 않아 듬성듬성한 논 주변으로 해오라기가 날아올랐다 내리고, 마을 앞 큰 나무 밑에는 사람들이 모여 있다. 이들은 조금 전만 해도 고의를 입고 시끌벅적 보리타작을 하던 사내들이리라. 타작이 끝난 보리마당은 고요하고, 시냇물 소리가 시원하다. 기후조차 열흘에 한 번 바람이 불고, 닷새에 한 번 비가 오니 더 바랄 것이 없다.

보리타작은 장마가 오기 전에 끝내야 한다. 그렇지 않으면 썩어 버리기 때문이다. 다음은 이렇게 서둘러 보리타작을 끝낸 뒤 조선 장과 함께 한 당시 신어산의 분위기다.

맴맴 매미소리에 해 떴다 지고	蟬吟唧唧日暘頹
백일홍 꽃이 자꾸자꾸 피어난다	百日紅花續續開
안지 오랜 주인은 그윽한 흥취가 익어	故識主人幽興熟
처마 앞에 마주 앉으니 마음이 한가롭네	檐前對坐意悠哉
노송 한 그루가 하늘 높이 꽂혔고	老檜一株高插天
동쪽 산 구름이 둥실둥실 이어졌네	東山雲出與之連
세찬 바람 눈 깜빡할 새 사람 쓰러뜨리고	迅風瞥地掀人倒
서쪽 봉우리에 비 내려 돌 누각 쓰러지네	雨在西峯石閣顚

〈이학규, 曹善長神魚山閣〉

은하사 銀河寺

　신어산은 신령스러운 물고기 모양을 그린 쌍어문에서 그 이름이
기원했다고 하고, 이 쌍어문은 허왕후가 인도에서 파사탑과 함께
들어왔다고 한다. 이를 근거로 당시에 이미 불교가 한반도 남부에
들어왔다는 주장이 있기도 하다. 사실이야 어떻든 신어산은 많은
불교 전설을 안고 있으니, 불교와의 관계 속에서 이해하고 느끼지
않을 수 없을 것으로 보인다. 이를 증명이나 하듯 『동국여지승람』
에는　감로사(甘露寺)·금강사(金剛社)·구암사(龜庵寺)·십선사(十善寺)·
청량사(淸涼寺)·이세사(離世寺) 등 신어산의 불교 사찰이 많이 언급되
어 있는데, 전란에 무너지고 사라진 상황이 너무나 많아서였는지
은하사(銀河寺)에 대한 언급은 없다.

　이에 대한 언급은 이학규(1770~1835)가 읊은 다음의 두 시

성의 북쪽 은하사　　　　　　　**城北銀河寺**
층대에 달빛이 비친다　　　　　**層臺月色分**

〈이학규, 寄西林仙正留坦二上人〉

골돌 연기 없이 등불 심지 더디 타고 　　　椚枊無煙燈爐遲

은하사 누각에선 꿈이 고르지 않구나 　　　銀河樓閣夢參差

〈이학규, 夜宿西林寺坦公房〉

등에서 잘 보이는데, 제목에는 서림사(西林寺)라고 쓰면서 내용에는
은하사라는 이름을 쓰고 있는 것을 볼 수 있다. 이학규는 다른 시에
서도 은하사라는 이름을 쓰고 있으니, 정식의 사찰명은 서림사일지
라도 일상적으로 부르기는 은하사라 하였던 것으로 보인다.

전설에 따르면 허왕후의 오빠 장유화상(長遊和尙)이 서역의 인도에
서 와 서녘 서(西)자의 서림사를 창건하고, 이어 오른쪽 곁에 동녘
동(東)자의 동림사(東林寺)를 지었다고 한다. 지금도 은하사와 동림사
는 나란히 자리 잡고 있다. 이학규도 '서림사의 선방(禪房 : 승려들이
참선하는 방)을 다시 수리한 기록'이라는 뜻의 「중수서림사선방기(重修
西林寺禪房記)」에서 '후한(後漢) 광무제(光武帝) 건무(建武) 18년(42) 가락국
의 수로왕이 옛 토성(土城)의 동쪽 신어산 기슭에 서림사(西林寺)를 창
건하였다. 세 개의 불전(佛殿 : 불당)과 일곱 개의 승료(僧寮 : 승방) 및
영구암(靈龜庵)이었다. 절은 여러 번 병란을 겪고 지금까지 1800년을
지나면서 너덧 번의 공사를 하였다.'고 하였다.

1800년대 초기의 「김해읍지」와 지도에 보면 신어산에는 서림사가
있고 바로 옆에 구암(龜菴)이 있고, 지금 은하사와 동림사의 위치와
도 일치한다. 더욱 상세한 기록은 1911년 일제강점기 조선총독부(朝
鮮總督府)에서 펴낸 『조선사찰사료(朝鮮寺刹史料)』의 것인데, 그래도 창
건부터 조선 전기까지의 연혁은 잘 알 수가 없다. 은하사는 임진왜

신어산 자락에 포근히 안긴 은하사

란 때 전소되었다가 1644년(인조 22)에 중건되었고, 1688년(숙종 14)에 십육전(十六殿)의 16나한상을 조성하고 1753년(영조 29) 법고(法鼓)를 조성하였으며 1761년(영조 37)에는 시왕전(十王殿)을 중수하였다고 한다. 1797년(정조 21)에는 취운루(翠雲樓)를 새로 세우고, 1801년(순조 1)에 대웅전을 새로 세웠으며, 1803년(순조 3)에 다시 사찰을 수리하고, 1812년(순조 12)에는 승당(僧堂)과 취운루를 다시 수리하였다고 한다. 1831년(순조 31)에 사찰을 다시 수리하고, 1835년(헌종 1)에 대웅전의 관음보살상에 다시 금을 입히고, 후불탱(後佛幀 : 부처를 그려 불당 뒤편에 거는 그림)을 조성하였고, 1861년(철종 12)에 대웅전을 새로 지었으며, 1866년(고종 3)에는 청량암(淸凉庵)을 새로 수리하였고, 1892년(고종 29) 사찰을 새로 수리하였으며, 1904년(광무 8)에 대웅전의 후불탱을 조성하였다고 한다. 그리고 1904년에는 대웅전의 후불탱화를 조성하였으며, 1932년·1938년·1948년에도 절이 새로 수리되었다고 하고, 1970년대에는 대성(大成) 스님이 주지로 부임하여 30여 년 간 낡은 전각들을 보수하고 도량을 정비하여 현재의 가람을 이룩하였다고 한다.

현존 절 건물로는 서림사라는 편액이 붙어 있는 화운루(華雲樓)를 들어서면 대웅전이 있고, 대웅전 왼쪽에는 설선당(說禪堂), 오른쪽에는 명부전(冥府殿)과 종각(鐘閣)이 있다. 또, 대웅전 뒷편 왼쪽에는 응진전(應眞殿)과 두 동의 요사채가 있고 오른쪽에는 산신각(山神閣)이 있으며, 오른쪽 아래에는 현대식으로 지은 객사가 있다.

이제 조선조 후기와 말 김해에서 읊은 이학규(1770~1835)와 허훈(1836~1907)의 시를 통해 당시의 은하사를 상상해보자.

바른 생각 헤아림 없이 세월을 보내더니　　定知無計送餘季
귀의해보니 봄이라 두루 신선 사는 곳이네　隨喜煙花徧洞天
십팔년 동안 가락의 나그네 되었더니　　　十八季來駕洛客
세 번 지팡이 짚고 취운루 가에 왔다네　　拄筇三度翠雲邊

〈이학규, 西林寺〉

시인은 시에다 '절의 누각 이름이 취운루다[사루명취운(寺樓名翠雲)]'라는 설명을 붙여 이 시가 취운루를 읊은 것임을 알 수 있도록 하였다. 취운루는 기록에서 보듯이 불타 없어진 것을 다시 세우고 수리하는 등 참으로 공력을 많이 들인 누각이었음을 알 수 있다.

참됨을 거스르지 않는 생각을 해보려고는 하지도 않고 허송세월하다가 은하사의 취운루에 오르면 진정으로 부처에게 귀의한 듯,

은하사 대웅전

신선의 세계에 다가온 듯하다는 표현에서 지금은 사라지고 없지만 당시 은하사 취운루의 아름다움에 빠진 시인의 흥취를 알 수 있다. 취운루는 이학규 뿐만 아니라 시인이라면 소재로 삼을 수밖에 없었던 듯, 50여 년 후의 허훈 또한 여기에서 시를 읊고 있다.

금빛과 푸른빛 다락 비갠 경관 맑구나	金碧高樓霽景鮮
앉았노라니 거의 신선 세계 같아라	坐來渾若十洲仙
궁궐 같은 전각 한가하니 전쟁 지난 곳이요	銅龍已冷經戈地
처마의 제비 돌아오니 장막 쳤던 그해로다	檐鷰初回設幔年
고목에 구름 걸리니 신라 시대 비취빛이요	古樹雲餘羅代翠
텅빈 못 달빛은 둥글기 한나라 때 같아라	空潭月似漢時圓
눈동자 굴리다 다시 물빛 아득하다 느꼈더니	流眸更覺波光遠
한 줄기 은하수가 아득하구나	一道銀河去杳然

〈허훈, 翠雲樓次板上韻〉

허훈은 특히 시에 주를 달아 '절의 기록을 보면, 허왕후가 처음 올 때 수로왕이 전각을 장막으로 바닷가에 치고 그녀를 맞이하였고, 마침내 이 절을 지어 신에게 제사를 지내 복이 내리기를 기원하는 곳으로 삼았다고 한다. 우리 선조(宣祖) 임금 때 섬 오랑캐들이 지른 불에 타서 다시 수리하기가 어려웠다. 지금 수백 년이 흘러 절 건물이 무너졌으니 매우 애석하다'고 하고 있다. 앞의 기록에서 보듯 여러 번 절을 새로 짓고, 수리를 하였으나 또 다시 훼손되기를 반복하였던 은하사의 안타까운 모습을 본 시인의 답답함이 묻어난다. 더구나 자신의 선조인 허왕후를 위한 절이었다는 전설을 알고 있는 시인에게는 더욱 안타까웠으리라. 그래도 이 당시 취운루는 건재하였던 듯 시인은 금빛과 푸른빛으로 단청이 선명하고, 고요하며 평온한 당시의 풍경과 김수로왕과 허왕후 당대에 은하사를 지었다는 이야기를 다시 떠올리며 물결인양 은하수가 한 줄기 하늘 가로 이어지는 밤늦은 시간까지 감상에 젖어 있다.

철쭉꽃 지는 산속 달은 둥글고　　　　　躑躅花殘山月圓
선방이 멀리 구름 속에 가렸네　　　　　禪堂迢遞絶雲煙
노승이 방울 울려 시각을 전하니　　　　老僧擊鈸傳更漏
나그네가 주렴 사이로 밤하늘을 본다　　宿客鉤簾看夜天
고요한 절 지붕 위 새끼 꿩 울음 듣고　　靜聽子雉啼屋上
높은 나무가 처마 앞에 닿은 걸 알았네　始知喬木到欄前
은하사 누각 가 시를 짓던 곳　　　　　銀河樓畔題詩處
맑은 꿈 하늘하늘 지난날과 한가지　　　清夢依依似往秊

〈이학규, 夜宿西林寺頓公房〉

　밤에 서림사에서 자면서 읊은 시다. 철쭉꽃이 지는 늦은 봄 포근하고 조용한 은하사의 분위기가 달빛과 노승의 방울 소리, 새끼 꿩 울음소리 등과 어울려 잘 느껴진다. 이러한 은하사의 분위기는 시인의 마음속에 예나 지금이나 맑은 꿈을 간직하게 한다.

산문엔 눈 내리는데 여기 지나가나니　　山門衝雪此經過
억겁의 아득함이야 어떠할는지　　　　　浩劫茫茫竟若何
한대의 시절 너무나 빨리 지나갔구나　　漢代年光流石火
수로왕 패기가 썰물처럼 사라져버렸네　金王霸氣落潮波
섬돌 덮은 늙은 대나무 오랜 풍상 겪었고　侵堦老竹風霜古

골짝에 누운 장송은 세월 많이도 겪었네 臥壑長松歲月多
남은 승려들만 부지런히 부처를 지키니 惟有殘僧勤護佛
한밤중 범패가 노래 소리 같구나 中宵梵唄響如歌

〈허훈, 西林寺〉

이학규가 은하사의 분위기와 자신의 감정에 시의 많은 부분을 할
애했다면, 허훈은 김해 허씨의 후손답게 가락국 유물로서의 은하사
를 주로 읊고 있다. 특히 이 시의 마지막 구절에서 절이 황폐해지고
승려들도 많지 않은 은하사의 분위기를 그는, 남은 승려들이 불교
노래인 범패를 읊조리는 것이 웅장하거나 엄숙하지 않고, 일상의
노래 소리 같다는 표현으로 대신하고 있다.

영구암 靈龜庵

영구암(靈龜庵)은 신어산의 발원지라는 말이 있으니, 신령스러운 물고기 즉 신어가 살았다는 샘이 여기에 있었다고도 한다. 영구암은 낙동강 하구나 부산 다대포 몰운대에서 바라보면 산에서 거북이가 기어 나오는 듯한 형상을 하고 있다고 한다.

인제대학교를 지나 신어산 삼림욕장의 맑은 공기를 마시며 골짜기 깊숙한 곳으로 들어가면 동림사(東林寺)와 은하사(銀河寺 : 西林寺)가 있다. 은하사 쪽으로 길을 잡아 가다보면 '영구암 1.5km'라고 적힌 푯말을 만나게 된다. 다소 멀다고 느껴지기도 하고 가파른 곳도 있으나 천천히 걸으면 느긋한 기분마저 느끼게 하는 숲길이 참으로 정겹다. 이 푯말에서 1.1km를 가면 왼쪽으로 '영구암 0.4km'라는 푯말이 보인다. 거친 바윗길을 걸어 올라가 절 입구쯤에 이르면 이 절이 왜 거북 구(龜)자를 절 이름에 붙이게 되었는지를 정확히 알 수 있는 바위의 절경이 펼쳐진다.

『동국여지승람』에는 이 절을 구암사(龜巖寺)라고 적고 신어산에 있다고 하였다. 여기에서 또 하나 발견할 수 있는 것은 바위 암(巖)자로, 아마도 언제부터인가 이렇게 불리기도 했던 것으로 보인다. 그리고 1800년대 초의 『김해읍지』에는 '구암(龜庵)은 서림사 위에 있다. 사람들이 소금강(小金剛)이라고 한다'고 기록하고 지도에도 표시해두었다. 여기에서 발견할 수 있는 또 하나는 얼마나 경관에 반했으면, 이곳을 사람들이 작은 금강산이라고 했다는 점이다. 또 다른 기록에는 구암암(龜巖庵)이라고도 하였는데, 아무리 이름이 여러 가지로 불리어도 끝내 빠지지 않는 것은 '거북이'이니, 마치 구지봉의 거북과 짝을 이룬 듯도 하다.

바위를 지나고 계단을 올라 절에 들어서면 대웅전(大雄殿)을 비롯한 건물이 몇 채 있고, 오른쪽 언덕 위로 가면 삼층 석탑이 있는데, 고려시대의 것으로 추정하고 있다. 상당히 훼손되어 있긴 하지만 고풍스러운 모양이 참으로 세월을 잘도 머금었구나 하는 생각이 든다. 여기에서 아래를 내려다보면 왜 이곳이 작은 금강산이라고 불렸는지 설명하지 않아도 정확히 알 수 있는 풍경이 펼쳐진다.

저 앞으로 김해 시내와 평야, 강과 바다가 한 눈에 들어오고 오른쪽으로는 서쪽을 향해 굽이치는 산자락들이 물결치듯 한 폭의 산수화를 선사한다. 여기에 뒤로 신어산 정상의 자연 병풍이 절을 감싸 안고 있으니, 절로 '아아!'라는 감탄사가 터져 나올 수밖에. 여기에다 석양을 하나 더 얹으면 세상에서 둘도 없는 명품이 탄생한다니, 그때는 뭐라고 감탄을 해야 할까?

조선 후기 시인 이학규(1770~1835)는 다산(茶山) 정약용(丁若鏞 : 1762~1836)에게 답한 편지 <답정참의약용서(畣丁參議若鏞書)>에 '김해부에는 동쪽에 영구암이 있다. 암자는 신어산 꼭대기에 있는데, 돌로 지은 누각과 단풍 숲의 빼어남은 영남 동쪽에서는 최고다. 맑은 낮이면

영구암 3층 석탑 뒤편의 바위산이 거북의 몸뚱이라면 석탑이 있는 곳은 머리 부분이라고 한다.

대마도(對馬島)를 볼 수 있으니, 소라인양 옥으로 만든 죽순(竹筍)인양 구름 바다 속에 가라앉아 있다.'고 그 아름다움을 자랑하고 있다.

그는 또한 은하사를 수리한 기록인 <중수서림사선방기>에 '후한 (後漢) 광무제(光武帝) 건무(建武) 18년(42)에 가락국의 수로왕이 서림사 를 창건하였다. 세 개의 불전과 일곱 개의 승방 및 영구암이었다.' 라고 하였다. 은하사를 창건할 때 영구암도 지었다는 말이다. 창건 연대를 믿어야 할지에 대해서는 일단 보류를 해두고 어쨌든 영구암 이 은하사와 그 역사를 같이 한 것은 사실인 듯하다. 이학규는 이러 한 기록 외에도 영구암을 읊은 시 여러 수를 남겼다. 다음 시는 그 가 영구암에서 주변을 바라보면서 읊은 것이다.

한식날 납릉은 탱자꽃 천지라오	納陵寒食枳花天
서림 가서 진달래 구경하놋다	去向西林賞杜鵑
가장 좋을 손 영구암에서 바라보면	最好靈龜頭上望
맑은 저녁 안개낀 숲의 대마주라오	晩晴煙樹馬州堧

〈이학규, 金官紀俗詩〉

시인은 납릉 즉, 김수로왕릉 주변에 핀 탱자꽃, 은하사 주변에 흐 드러져 지천으로 피어있는 진달래로 시선을 옮긴 다음 영구암에서 다시 멀리 바다를 바라보고 있다. 마치 맑은 봄을 맞아 김수로왕릉 을 지나고 은하사를 지나 영구암에 올라가서 주변을 둘러보는 기행 의 느낌이 든다.

조선조 초기 시인 남명 조식(1501~1572)은 이 절에서 다음과 같이 시를 읊었다.

동쪽 고개 소나무는 나무인데	東嶺松爲木
불당에서 사람이 거기다 절하네	佛堂人拜之
남명 내가 늙어가는구나	南冥吾老矣
구차히 산의 영지나 찾다니	聊以問山芝

〈조식, 題龜巖寺 在金海〉

이 시의 첫 구절 '東(동)'이 조식의 문집 『남명집(南冥集)』에는 '冬(동)'으로 되어 있다. 동녘 동(東)자나 겨울 동(冬)자나 같은 평성(平聲)이라 문제는 없으나, 내용으로 보아서는 동녘 동자가 어울린다. 조식은 처가인 김해에 산해정을 짓고 거의 20년을 지냈다. 조식은 산을 통해 수양하는 마음을 기르기 위해 지리산(智異山) 천왕봉(天王峰)을 열두 번이나 올랐다. 산을 그렇게 좋아하던 그였기에 그는 자신이 살고 있던 신어산 자락을 여러 차례 찾았을 것이다. 이 시는 그 당시에 영구암에 들러 지은 것으로 보인다. 당시는 아직 임진왜란이 일어나기 전이었으므로 암자는 옛 모습을 잘 간직하고 있었을 것이다.

시에서의 동쪽 고개 소나무는 사람들이 신령스럽게 여기는 신목(神木)이었던 것으로 보인다. 사람들은 절에 와서 부처에게 절을 해야 하는데도 불구하고, 신목에 절을 하고 있다. 그러하듯 조식 자신도 마음이 늙어 가는지 스스로를 수양하려는 태도는 어디에다 버리고 좋은 약이나 찾는 것이 한심스럽다는 표현이다. 실제로 당시 영구암 불당 동쪽에는 신목이라 불릴 만한 큰 소나무가 있었던 것으로 보인다.

영구암에서 바라보는 서쪽 하늘 풍경 여기에 붉은 저녁놀을 입혀보자.

다음은 조선조 후기 김여진(金汝振)의 시다. 잘 알려진 인물은 아닌 데, 『김해읍지』에 다음 시가 실려 있고, 자신의 문집인 『상재헌문집 (相在軒文集)』에 39수의 시가 실려 있다. 따라서 이 지역에서는 상당히 명망이 있던 인물이었던 것으로 보인다. 시는 단 두 줄 밖에 남지 않았다.

만겹 물결은 먼 바다에서 돌아오고	水納萬泒歸海遠
천 겹 산이 높은 구름 속에 들어갔네	山連千嶂入雲高

시인은 부산의 엄광산(嚴光山)·승학산(乘鶴山)과 가덕도(加德島) 사이로 멀리 다대포(多大浦)의 몰운대(沒雲臺)와 거제도(巨濟島) 주변 바다에서 낙동강으로 시선을 옮겨가고 있다. 하구언 등의 시설이 없었던 그 옛날에는 밀물 때 바다 수위가 높아지면 낙동강으로 바닷물이 역류하여 올라왔으니, 실제로 물결이 먼 바다로부터 밀려오는 모양을 볼 수 있었을 것이다. 시인은 다시 시선을 오른쪽으로 돌려 영구암 경관 가운데 제일인 구름 속에 물결치고 있는 산자락을 바라보고 있다.

푸른 하늘 숨소리 가쁘게 하더니	靑冥驚歔欷
절벽에 높은 난간 두었네	絕壁置危欄
나무 끝에서 중의 말을 듣고	木杪聞僧語
섬돌 앞에서 산비둘기를 본다	階前見鶻盤
가을은 소먹이는 물가부터 차가워지고	秋從牛渚冷
하늘은 대마도 쪽으로 넓게 열렸다	天向馬州寬

전에 보았던 이 산 빛 생각하며 　　　緬憶玆山色

성 안에서 날마다 본다 　　　　　城中日日看

〈이학규, 靈龜庵〉

시인은 이전에 올랐던 영구암을 아래에서 바라보면서 이 시를 읊었던 것으로 보인다. 푸른 하늘이 나타나도록 길을 오르자 깎아지른 절벽 위에 절이 있다. 세 번째 구절의 목초(木杪)는 나무 끝이라는 뜻인데, 음력 8월을 말한다. 그리고 네 번째 구절의 계전(階前)은 계단 앞이라는 뜻으로 성리학의 집대성자인 주자(朱子)가 공부하기를 권하는 시 가운데

섬돌 앞의 오동잎은 벌써 가을 소리를 내네 　階前梧葉已秋聲

를 활용한 것으로 가을이 깊어졌다는 의미다. 가을을 맞은 영구암에서 멀리 소먹이는 낙동강을 바라보고 대마도를 바라보았던 추억에 젖어 있는 시인의 마음을 잘 읽을 수 있다.

영구암은 주변이 모두 빼어난 경관이지만 특히 일출이 경주 석굴암(石窟庵)이라면, 저녁놀은 영구암이라고 한다. 또한 영구암에는 경상남도 문화재자료 제504호로 지정된 김해 영구암 칠성탱(金海 靈龜庵 七星幀)이 있다. 이 그림은 북두칠성(北斗七星)의 일곱 성군(星君)을 그린 것으로, 1911년부터 1931년 사이 부산과 경남 지역에서 활약했던 불모(佛母) 양완호(梁玩虎)가 그린 것이다. 그는 부산 동래에서 태어나 20여 년 간 영남의 불교 미술계를 장악했다. 범어사의 불화소에서 불

화와 불상을 조성하면서 제자들을 양성하였다.

　또 하나의 자랑거리는 앞에서 잠시 보았던 삼층석탑인데, 탑 앞에 세워둔 안내문을 통해 탑에 대해 알아 본다. 이 석탑은 영구암 대웅전 앞쪽의 거북 머리처럼 돌출된 암괴(巖塊) 위에 형성된 편평한 대지에 세워져 있다. 원래는 삼층석탑으로 추정되지만, 현재는 하대갑석과 상대갑석 1, 2, 3층의 옥개석과 상단의 노반, 복발 부분만 남아있다. 현재 남아있는 부분만 살펴보면 대략 고려시대에 조성되었던 탑으로 추정된다. 탑 각층의 지붕돌인 옥개석의 경사면은 완만한 편이고, 그 단면의 높이와 너비의 비례도 비교적 날렵한 편이다. 특히 이 석탑은 비록 파손이 심하지만 오히려 다른 석탑에서는 잘 찾아볼 수 없는 노반과 복발이 하나의 돌로 조각되어 남아있어서 고려시대 석탑의 상륜부를 연구하는 데 참고가 된다.

금강사 金剛社

　전해오는 이야기로 김수로왕이 아유타국에서 온 허왕후의 오빠 장유화상과 함께 절을 창건하고, 산 이름은 금강산(金剛山)으로 절 이름은 금강사(金剛寺)로 하였다고 한다. 금강사의 위치에 대한 설명은 여러 자료에서 발견할 수 있다. 대부분의 자료에는 고려 장군 김방경(金方慶 : 1212~1300)이 여원연합군(麗元聯合軍)의 도독사(都督使)로서 일본을 칠 때 기도하였다고 알려진 송악단(松岳壇) 또는 송악당(松岳堂)이 부의 북쪽 3리에 있으며, 금강사에서 서북쪽으로 200보 쯤 언덕 위에 있다고 하였다. 그리고 고려 충렬왕(忠烈王)이 합포(合浦)에 행차하였을 때 여기에 와서 놀았다고 한다. 『동국여지승람』에는 부의 북쪽 대사리(大寺里)에 있다고 하고, 불훼루(不毁樓)가 있다고 하였으나, 1800년대『김해읍지』에는 불훼루가 있었는데 지금은 없다고 기록되어 있다. 『동국여지승람』에는 분산(盆山)과 향교(鄕校)가 부의 북쪽 3리에 있다고 하였다. 송악당 또한 부의 북쪽 3리에 있다고 하였으니, 이 당이 분산의 향교와 같은 위치에 있었던 것은 분명하다. 송악당이 금강사에서 서북쪽으로 200보쯤 언덕 위에 있었다면, 금강사는 분산의 송악당과 향교에서 동남쪽 200m 정도에 있었던 것이 된다. 게다가 금강사와 떼려야 뗄 수 없는 차(茶)와의 관련성을 첨부한다면, 지금까지도 불리고 있는 '다전로(茶田路)', '다곡(茶谷)' 등의 지명은 동상동 분산 아래쪽이 금강사가 있었던 대사리였음을 알 수 있도록 해준다.

그리고 이 절에 있었다고 하는 불훼루에 대해서는 고려 말 조선조 초기 사람 하륜(河崙 : 1347~1416)의 기문을 보면 정확히 알 수 있다.

이 절에는 경관을 조망할 수 있는 작은 집이 있었는데, 그 앞에 고려 충렬왕이 장군(將軍)이라고 이름 붙여준 산다수(山茶樹)가 뜰을 덮고 있었다. 그런데 작은 집은 마루가 낮고 작아서 경관을 보기에 적절하지 못하여 아쉬웠던 차에 김해 부사 우균(禹均)이 절의 남쪽에 강과 바다를 바라볼 수 있는 누각을 지으려고 한다면서 기문을 부탁하였다. 그래서 백성들을 동원하기는 어렵고 하여 절의 중들을 동원하여 두어 달 안에 지은 것이 불훼루다. 누각 남쪽에 못을 만들고 그 안에다가 연을 심었으며, 동쪽에는 흙을 쌓아서 뜰을 만들고 그 위에다 대를 심었다. 그리고 대일여래(大日如來)의 지덕(智德)이 견고하여 일체의 번뇌를 깨뜨릴 수 있다는 뜻의 금강(金剛)은 결코 무너지지 않는다는 의미로 불훼라고 이름 지었다.

이 불훼루는 경치를 보면서 잔치를 하는 장소로 쓰였는데,『조선왕조실록』세종 21년(1439) 음력 11월 11일조에는 경상도 관찰사 이선(李宣)이 도절제사(都節制使) 이교(李皎)와 잔치를 하다가 누각이 무너져 여덟 명이 죽었다고 기록되어 있다. 무너지지 않는다는 뜻의 불훼루가 잔치를 하다 무너졌으니, 참으로 기이하고도 우스운 일이다.

분산 아래쪽 동광초등학교 부근에는 아직도 '다전로'와 '다곡' 등의 지명이 전해내려오는데, 장군차가 뜰을 덮었다고 기록된 금강사와 관련이 있는 것으로 추정되고 있다.

조선 초기 시인 서거정(徐居正 : 1420~1488)은 금강사에서 다음과 같이 읊고 있다.

말굽 가는 대로 명승지 다 거쳐	歷盡名區信馬蹄
분성의 북쪽으로 절을 찾아들었네	盆城城北訪招提
금관은 옛 나라라 하늘 땅도 묵었고	金官故國乾坤老
왕이 와서 놀았던 세월이 아득하네	玉輦曾遊歲月迷
시조 왕릉 그윽하고 산은 적적하고	始祖陵深山寂寂
장군수 늙고 풀이 무성하구나	將軍樹老草萋萋
가야의 옛 물건 가야금이 남아 있으나	伽倻古物琴猶在
미인에게 고운 창을 낮추라 해야겠네	要遣佳人唱更低

〈서거정, 金海金剛社〉

서거정이 찾았을 때의 금강사는 그다지 번성한 모양이 아니었던 듯하다. 주변 가야의 유물들과 함께 낡은 절을 찾은 시인의 마음은 대단히 착잡했던 것으로 보인다. 충렬왕이 놀았던 시절 이 절이 얼마나 번듯했던가를 상상한 시인은 초라해진 금강사의 모습에 가슴 아팠던 것이다. 가야금 소리를 통해 가야의 옛 정취를 느끼고 즐기고 싶으나, 연주하는 기생에게 그 소리를 낮추라고 해야겠구나라는 표현에서 이러한 그의 마음을 잘 읽을 수 있다. 당시 사찰들이 얼마나 푸대접을 받았는지는 불훼루를 짓는 과정에서 중들을 동원한 것이나, 여기에서 술을 먹고 굴러대어 누각이 무너질 정도였다는 사실에서도 분명히 알 수 있으니, 서거정 당시의 금강사가 번성하였으리라고 상상하는 것은 크나큰 무리라고 하겠다.

조선조 말 시인 허훈(1836~1907)은 당시의 금강사와 그 주변의 풍경을 다음과 같이 읊고 있다.

금관성 동북쪽	金官城東北
골짜기가 깊고 길다네	有谷窈而長
맑은 물이 그 사이에 흘러내리고	淸流瀉其間
흰 돌은 그 옆으로 깔려있다네	白石鋪其傍
가다가다 드디어 끝닿은 수원	行行遂竆源
시내길 이끼 꽃이 푸르네	磵路苔花蒼
도중에 열리는 한 작은 골짜기	中開一小洞
고운 산기슭이 담처럼 둘렀네	姸麓圍如牆
내 듣자니 노인네들 말하기를	吾聞古老言
이 골짜기를 금강이라 한다네	此谷稱金剛

나라 사람들 사를 결성하고는	邦人曾結社
좋은 날 함께 잔치를 하였다네	令辰共釀觴
불훼루 있었는데	有樓扁不毀
천년 세월 갈 듯 하였다네	若將窮千霜
산차가 뜰 가득 그늘 드리워	山茶蔭一庭
여름철 녹음이 서늘하였다네	夏月綠陰涼
고려왕이 비를 피하였다가	麗王嘗避雨
장군이라 빛나는 이름 내렸다네	將軍賜號煌
나는 와서도 볼 수가 없고	我來不可見
잡풀만 거칠어 있네	但有雜卉荒
동쪽 바닷가로 머리 돌리니	回首東海上
일만 이천 산등성이이니	一萬二千岡
이것이 바로 금강산	此乃金剛山
기이한 절경 우리나라 최고라네	奇絶冠東方
이 골짜기 이름 비록 비슷하여도	玆谷名雖似
선인과 진인의 고향 되지 못했네	未作仙眞鄕
평범한 돌 가운데 아름다운 것	凡石之佳者
자리 되지 못하고	不堪爲席床
평범한 샘 가운데 우는 것	凡泉之鳴者
대 피리 같을 수 없네	不能若竽簧
초라하게 만든 흐르는 산세며	劣作流峙勢
겨우 갖춘 안개와 놀이 모였네	僅具煙霞藏
마을의 미인이 마음껏 분을 발라도	村娥縱傅粉
어찌 궁중의 단장과 같으랴	詎肖宮樣粧
그런데 이 고을 경계 안에	然斯郡境內
본디 자연의 아름다움 드문데	素稀泉石良
오직 이 골짜기가 있어	惟有此溪巒

한때 거닐어볼 수 있구나	可以時徜徉
이 고을 사람에게 말하기를	寄語玆土人
덤불을 열어젖히고 초가집을 짓고	闢榛置茅堂
서쪽 산엔 단풍과 전나무 심고	西崦植楓檜
남쪽 산엔 왕대를 심고	南岸種篔簹
다음에 내가 다시 오면	他年我復來
샘물 길어 차를 달이라 하였네	酌泉煮旗槍

〈허훈, 遊金剛谷〉

　시에서 보듯 허훈이 왔던 당시의 금강사에는 이미 불훼루도 없었고, 그 유명한 금강사의 장군차 또한 잡초밭으로 변해버린 다음이었다. 골짜기 이름은 금강산이라고 하여 일만이천봉을 자랑하는 금강산과 같아도 풍경은 소박하기 짝이 없어 촌색시의 모습을 넘어서지 않는다. 그래도 소박한 그 풍경은 그 나름대로 즐길 만은 하다. 그러니 시인은 고을 사람들에게 부탁한다. 다음에 내가 다시 올 때는 조그만 초가집이라도 짓고, 소박하게라도 주변을 단장하여 차 한 잔을 즐길 수 있게 해달라고. 마지막 구절의 기창(旗槍)은 중국 절강성(浙江省)에서 생산되는 녹차다.

금강골 안 푸른 기창차	金剛谷裏綠旗槍
아름다운 맛 참으로 고저차의 향과 한가지	美味眞同顧渚香
왜 옛날에는 쓸데없는 말을 가벼이 했나	何事昔年輕費說
진기하길 우리나라 으뜸인 줄 이제야 알았네	始知奇品冠東方

〈허훈, 金剛靈茶〉

허훈은 시에 주를 달아 '내가 전에 금강차를 배척한 적이 있었다. 뒤에 『다경(茶經)』을 살펴보고서야 이 차의 품질이 대단히 좋은 줄 알았다.'고 하였다. 두 번째 구절의 고저(顧渚)는 중국 절강성 장흥현(長興縣) 고저(顧渚)의 자쟁차(紫箏茶)다. 시인은 옛날에는 김해의 장군차에 대해 평가절하 하였다가 차에 대한 책을 보고서야 그것이 얼마나 좋은 차인가를 깨달았던 것이다. 조선조 말 이종기(1837~1902) 또한 <금강영차(金剛靈茶)>라는 시에서 김해의 장군차에 대해 칭송하고 있다.

현재도 장군차는 김해의 큰 자랑으로 자리잡고 있다. 그러나 그것의 생산지이며, 김해의 아름다운 풍광을 보며 차를 즐겼던 그 옛날 금강사가 사라져 버렸으니 안타까움 금할 수 없다.

다음은 다전리(茶田里 : 차밭) 쪽으로 발길을 잡는다. 이곳에는 아직도 그 옛날 차밭의 추억이 남아 있고, 저 위 분산 자락에는 차 군락지가 조성되어 있다. 이제 시를 따라 250여 년 전의 그곳으로 가보자.

열 집에 아홉은 우물 맛이 짭짜름하고	十家九井水如醝
으뜸이라 차밭만은 기미가 좋을시고	第一茶田氣味和
내지는 해마다 삼월이라 가뭄 들면	內地季季三月旱
두레박으로 옛 동쪽 언덕 물을 준다오	桔槹澆滿舊東陂

〈이학규, 金官紀俗詩〉

시인은 주를 달아 '다전(茶田 : 차밭)은 부의 성 동쪽 2리에 있다. 샘이 아주 달콤하고 차다. 고을 사람들은 평평한 곳을 포지(浦地), 높은 평지를 내지(內地)라고 한다'고 하였다. 바닷가라 물은 짭짜름하여도 지금 김해의 특산품이랄 수 있는 짭짜리 토마토처럼 당시 차 맛 또한 이 물의 영향으로 일품이었던 것으로 보인다. 김해 전통차를 한 번도 맛보지 못한 사람들일지라도 예나 지금이나 만나는 김해 사람들마다 차 자랑을 하는 통에 맛보지 않아도 그 맛을 훤히 느낄 수 있을 것이다. 그래도 기회가 닿으면 실제로 맛보는 것이 더욱 좋을 듯하다.

이세사 離世寺

『동국여지승람』에는 이전에 보았던 귀암사(龜巖寺 : 영구암)·십선사 (十善寺)·청량사(淸涼寺)와 함께 이세사(離世寺)가 신어산에 있다고 하였다. 다른 기록이 없어 이 절에 대해서 더 언급하기는 어려우나 다행히 여기에서 읊은 시가 한 수 있으니, 그래도 위안이 된다. 다음 시는 고려 시대의 곽여(郭輿 : 1058~1130)가 이세사에서 읊은 시다.

늦은 가을 푸른 바다 천 길 물결에	三秋碧海千尋浪
일엽편주로 만 리 길을 가는 사람	一葉片舟萬里人
멀리서 종소리 듣고 절 찾아 와서는	遠聽鍾聲尋到寺
잠깐 배 매어두고 신선이 되려하네	暫留風馭欲栖眞
가야국 왕업 강가 우거진 풀에 이어지고	伽倻國業連江草
수로왕 후손들 고을 백성이 되었네	首露王孫作郡民
남방 옛 도읍 이제 모두 보았으니	南土舊都今已見
배돌려 봄 깃든 바다와 산으로 가려네	片帆還向海山春

시인의 이동 경로를 보아 이세사는 신어산에서도 그렇게 높은 위치에 있지는 않았던 것으로 보인다. 배를 매어두고 산책하듯 느긋

하게 주변을 둘러보며 절을 찾은 나그네의 여유로운 마음처럼 숨이 차게 올라야 하는 곳은 아니었던 것으로 보인다. 그러니 시인은 속세의 인연이랄 수 있는 가야국 왕업과 수로왕의 후손을 사찰의 그것과 하나로 놓고 표현할 수 있었던 것이다.

감로사 甘露寺

다음은 감로사(甘露寺)로 가보자. 이만부(1664~1732)는 감로사에 대해 송(宋) 이종(理宗) 가희(嘉熙 : 1237~1240) 연간에 승려 해안(海安)이 지은 것으로 동쪽 옥지(玉池 : 양산시 원동면과 김해시 상동면 사이의 황산강)가에 있으며 최고 이름난 사찰이라고 한다고 소개하고 있다. 현재 이 절은 모두 사라지고 터만 남았는데, 원래 절터에 남아 있던 삼층석탑재와 비석대좌, 연화대석 등은 1975년에 동아대학교 박물관으로 옮겨 보존하고 있다.

『조선금석총람(朝鮮金石總覽)』에 1731년에 이 절에 진남루(鎭南樓)를 지었다는 기록이 있는 것을 보면 조선조 후기까지도 절이 있었던 것으로 보인다. 『동국여지승람』에는 이 절에서 읊은 두 편의 시가 실려 있으니, 다음은 고려 시대 안유(安裕 : 안향 1243~1306)의 것이다.

일엽편주 거울 같은 물에 나는 듯 오니	一葉飛來鏡面平
공중에 빛나는 금벽은 절이로구나	輝空金碧梵王城
고갯 머리 푸르름은 그림자 아니요	嶺頭蒼翠非嵐影
돌 위에 졸졸거리는 물 빗소리 같구나	石上潺湲似雨聲

포근한 햇살에 뜰의 꽃 옅은 푸름 감추고　　日暖庭花藏淺綠
서늘한 밤 산 달빛은 희미한 빛을 비춘다　　夜凉山月送微明
백성을 염려해도 도탄에서 건져내지 못하니　　憂民未得澗塗炭
부들 자리에 앉아 여생을 보내려한다　　欲向蒲團寄半生

　시에서 보면 고려 시대 당시 감로사는 금빛이 찬란하고, 산에 기
댄 절 주변으로는 바위 사이로 물이 졸졸 흐르고 소박한 뜰이 가꾸
어진 모습이었던 것 같다. 절에 들어선 시인은 아늑한 절의 분위기
에 빠져 벼슬살이를 잊어버리고 싶다고 토로하고 있다.
　다음은 안유와 거의 같은 시기 이견간(李堅幹 : ?~1330)의 시다.

감로사 터에 유일하게 남아 있던 삼층석탑 1975년 삼층석탑재와 비석대좌, 연화대석 등이 동
아대학교 박물관으로 옮겨져 보존되고 있다.

신선의 골짜기에 들어오니 넓은 들이요	竭來仙洞得寬平
절이 고을과 멀리 떨어진 걸 기뻐하였네	却喜蓮坊去郡城
삼면의 하늘은 모두 산 빛이요	三面半空皆嶽色
한 자락 빈 곳으론 강물 소리로구나	一襟虛處是江聲
앞마을 아득하고 고기잡이 등은 어둡고	前村縹緲漁燈暗
별원은 쓸쓸하고 안탑만 환하구나	別院蕭條雁塔明
어찌 임금을 받들어 축수하지 않으리	曷不戴君勤祝壽
검은 관복으로 포의의 선비를 등용하셨으니	紫泥徵起白衣生

이견간은 앞에서 본 안유의 시보다 더욱 상세하게 감로사 주변을 읊고 있으니, 삼면은 모두 산으로 둘러쌌고, 산 사이로 강물이 비치며, 마을과는 멀리 떨어져 고요한 절의 분위기를 잘 느낄 수 있다. 다만 앞의 안유와는 달리 이견간은 마지막 구절에서 절에 온 차에 관직에 등용해준 임금을 축수하겠다고 관리로서의 태도를 보여주고 있어, 절을 대하는 두 사람의 생각이 대조적인 것을 볼 수 있다.

흥부암 興府菴

　다음은 흥부암(興府菴)으로 간다. 김해 시내의 서쪽에 뾰족하게 솟아 있는 임호산(林虎山)은 가조산(加助山) 또는 유민산(流民山), 호구산(虎口山)이라고도 한다. 김해읍지에는 '가조산은 부에서 서쪽으로 5리다.'라고 하였다. 임호산은 호랑이가 입을 벌리고 있는 형상이라 가락국 때 장유화상은 호랑이의 기운을 누르기 위해 호랑이의 입에 해당하는 곳에 절을 지었다고 전해온다.

　그리고 조선조 말의 이종기(1837~1902)는 <고서영지(古西影池)>라는 시를 읊으면서 '군 서쪽에 유민산이 있는데, 험악하다. 그래서 못을 파서 그 그림자를 담궜다'고 하였다. 임호산이 얼마나 험하고 기운이 강했으면 이 산의 기운을 누르기 위해 절을 짓고, 못을 파서 그 그림자를 못 속에 담그려고 했겠는가? 여기에 지은 절이 바로 흥부암이다.

　　기와집 얽어놓은 바위 험준하여도　　　　架成蝸屋石嵯峨
　　시야가 흥부만큼 좋은 곳이 없어라　　　　眼界無如興府多
　　스물여덟 차례 나팔이 울리고 나면　　　　二十八聲囉叭後

성 가득 불 켜져 별 총총 모인 듯하네　　　滿城燈火總星羅

〈이학규, 金官紀俗詩〉

흥부암으로 올라가는 길은 상당히 가파르다. 이것은 이학규가 살았던 당시에도 다를 바가 없었던 것으로 보인다. 그러나 절에 올라가보면 김해 시내는 물론이요, 멀리 바다가 보이는 경관은 마음을 시원하게 해준다. 세 번째 구절의 '스물여덟 차례 나팔이 울린다'는 것은 성문이 닫히는 것을 알리는 것으로, 당시 도성에서는 밤 10시경에 종을 스물여덟 번 쳐서 성문을 닫고 통행금지를 실시하였다. 그렇게 되면 집집마다 불을 켜게 되어 별이 모인 것처럼 보일 수밖에. 밤에 흥부암에 올라가보면 이학규의 이 느낌이 충분히 이해가 될 것이다.

임호산 중턱에 자리잡은 흥부암 대웅전

진변 서쪽 성이 저 밖으로 두르고	辰弁西城俯廻郊
퉁소 피리 소리 구름 낀 산에서 들려오네	吹簫撇笛來雲嶅
산에 오르는 사람 개미가 개미굴에 오르는 듯	登山人似蟻緣垤
돌에 붙은 암자 제비가 둥지를 포개놓은 듯	貼石菴如燕疊巢
하얀 길이 종횡으로 저자 거리를 지나고	白道縱橫貫墟市
붉은 누각 모퉁이가 꽃나무에 얽혔네	丹樓隅絶交花梢
동쪽 밭이 지척이요 초가집이 가까우니	東田咫尺茆廬近
맑은 풍경소리 밤이면 밤마다 들리네	清磬曾聞夜夜敲

〈이학규, 春朝同鄭宅升使君 登西山興府菴〉

봄날 아침에 흥부암으로 올라 가면서의 느낌을 읊은 시다. 가파른 임호산을 오르는 사람들을 개미굴로 올라가는 개미에, 절은 포개어놓은 제비 둥지에 비유하여, 흥부암의 모습을 잘 그리고 있다.

조선조 말 허훈(1836~1907)은 흥부암에 오른 느낌을 다음과 같이 읊고 있다.

돌 울림 차디차니 사월이 서늘하고	石籟泠泠四月凉
처마 빈 곳으로 넉넉히 푸른 하늘이 들어온다	簷虛剩納碧天長
비 개자 벼랑의 대나무에 새 가루가 피어나고	雨晴崖竹生新粉
바람 따뜻하니 바위 꽃이 가득 향기를 풍긴다	風暖巖花送晚香
물가에 가득한 기운 어느 곳인 줄 알겠네	汀洲積氣知何處
인간 세상 맑은 인연은 저 위에 있다네	人世清緣在上方
뚜벅뚜벅 신 한 켤레 돌아가기를 미루더니	鏗然納屐遲歸去
석양에 강 물결이 하나같이 푸르구나	落照江濤一色蒼

〈허훈, 登興府菴〉

임호산 정상에 세운 임호정 이곳으로 오르는 길은 바위가 중첩되어 상당히 험하다.

4월인데도 산꼭대기에 있는 흥부암은 서늘하다. 그러나 역시 봄은 봄인지라 비가 개이고 햇빛이 비치자 대나무, 바위 주변의 꽃들이 생기를 되찾는다. 이러한 풍경에서 떠나고 싶지 않은 시인은 결국 석양녘의 강 물결을 보고야 말았다.

태평흥국은 아득해라 천 년이 되었으니	太平興國杳千秋
또 다시 사대부가 범루에 모였네	又復衣冠集梵樓
중들이 어찌 알겠나 글이 귀중한 줄을	白衲那知文事重
신선의 글로 흐르는 세월을 얽어맨다	丹經欲挽歲華流
세상 먼지가 어찌 산 속에 오겠는가	塵煙不到空山裏
세계가 큰 바다 위에 뜬 것 같아라	世界如浮大海頭
더구나 고상한 친구들 부지런히 왔으니	何況高朋勤命駕
평생의 운수가 이 놀음 보다 작다네	平生歷數少玆遊

〈허훈, 攜族弟明五 族姪景茂 埰 上興府菴 同賞秋景 李士澄訪余來此 喜劇共賦〉

제목에서 보듯이 시인은 집안 동생 허찬(許燦 : 자는 명오), 조카 허채(許埰 : 자는 경무)와 흥부암에 올라 가을 풍경을 보고 있다가 찾아온 이수형(李壽澄 : 자는 사징)과 함께 시를 지었다.

첫 번째 구절의 태평흥국은 이 절이 지어졌다고 알려진 송나라 태종 연간인 900년대 말이다. 이렇게 오래된 절에 올라 신선이 된 듯한 감상에 빠지는 맛도 좋지만 이보다는 가까운 여러 사람과 함께 하는 기쁨이 가장 큰 것이다.

장유사 長遊寺

　　장유사(長遊寺)는 김해시와 창원시의 경계인 불모산(佛母山) 또는 장
유산(長遊山)에 있다. 계곡 이름도 장유로 불리는 골짜기를 따라 오르
는 길가로 맑은 냇물이 여름이면 녹음의 서늘한 기운을, 가을이면
단풍의 붉은 기운을 골골이 녹이며 흐르고 있다. 꼬불거리는 길을
따라 걷다가 숨이 가빠 두 번째 쉴 때 쯤, 여기로부터 기운을 이끌
어간 산자락 아래로 김해 시내가 편편하게 펼쳐지고, 오른쪽으로는
부산 강서의 평야와 바다가 눈 끝에 걸리면서 장유사와 만나게 된
다. 물론 차를 가지고 가면 숨이 찰 일도 다리가 아플 일도 없다. 그
러나 차를 몰아가는 손과 발의 움직임도 그다지 단순하지는 않을
것이다.

　　이곳에는 가락국 제8대 질지왕(銍知王 : ?~492)이 절을 지을 당시 세
웠다는 장유화상사리탑(長遊和尙舍利塔) ― 장유화상은 허왕후의 오빠
허보옥(許寶玉)이라고도 한다 ― 이 남아 있다. 절에서 오른쪽 60m 아
래가 장유화상이 최초로 수도했던 토굴이라 하고, 장유사 입구의
사라진 절터는 질지왕이 허왕후의 명복을 빌기 위해 수로왕과 허왕
후가 처음 만나 장막을 치고 합혼(合婚)한 곳에 세운 왕후사터[王后寺

장유화상사리탑

바]라고 한다. 만약 이 이야기가 사실이라면 이 절은 한반도에서 가장 오래된 것이며, 불교의 전래는 김수로왕(42~199)까지 거슬러 올라가야 한다.

이는 중국 진(晉)나라 승려 순도(順道)가 소수림왕(小獸林王 : 371~384) 2년(372)에 고구려로, 같은 진나라의 마라난타(摩羅難陀)가 침류왕(枕流王 : 384~385) 즉위년(384)에 백제로, 고구려의 승려 아도(阿道)가 눌지왕(訥祗王 : 417~458) 때 신라로 불교를 전했다는 우리의 역사 상식으로는 이해할 수 없는 내용이다. 그러나 사찰들이 연원을 신비로움과 연계시키는 경우는 허다하니, 사실이 아닐지라도 이렇게 받아들이는 것이 이 절을 감상하기에는 더욱 유리할 것이다.

현존 소수서원(紹修書院)의 전신이며 우리나라 최초의 서원인 백운동서원(白雲洞書院)을 세운 주세붕(周世鵬 : 1495~1554)이 1545년 6월 김해에서 온 장유사 승려 천옥(天玉)의 부탁으로 적어준 <장유사중창기(長遊寺重創記)>를 보면, 이 절을 처음 지은 것은 신라 애장왕(哀莊王 : 800~809) 때의 화주(化主)였던 월지국(月支國) 신승(神僧) 장유(長遊) 스님이었다고 한다.

그리고 화주 소석(小釋)에 의하여 여덟 번째 중창을 하였다고 한다. 따라서 주세붕이 기문을 적어준 것은 아홉 번째 중창이다. 주세붕의 기문에서 천옥이 이야기하였다는 내용은 일반적으로 알려진 전설이나 기록과는 시기와 장유의 출신 지역 차이가 너무 크다. 필자는 다시 말한다. 절이 누구에 의해 언제 생겼느냐가 아니라 그 절을 유지하고 있는 정신적 바탕이 무엇이냐, 그것을 참으로 종교적 차원에서 믿느냐가 중요하다.

장유화상 사리탑 곁의 가락국사 장유화상 기적비

기문에서 천옥은 절의 규모를 설명하였는데, 기둥이 60개이며, 불전(佛殿)은 순금을 쓰고 주단(朱丹)을 섞었다고 하였으니, 그 규모와 화려함이 천옥의 말대로라면 당시 영남에서 최고였을 것이다.

조선조 말 허훈(1836~1907)은 시간의 진행과 다양한 상황을 반영하여 장유사를 노래하고 있다.

거센 바람 불어 일렁이더니 하늘엔 눈 개이고	長風吹動雪晴天
나그네 외로운 암자에 닿으니 걸음 가볍구나	客到孤菴步步輕
만겁의 바윗돌 부처 기운을 나누었고	萬劫巖軀分佛氣
육시라 소나무 꼭대기 종소리 떠돈다	六時松頂泛鐘聲
동남의 모든 산굴 이리저리 높고 낮고	東南諸峀紛高下
푸른 바다 모든 돛대 보내고 맞이한다	滄海羣檣盡送迎
생학이 천년토록 돌아오고 돌아가니	笙鶴千年如復返
이 몸이 낭풍성에 있는 줄 알겠네	此身知在閬風城

험하던 날씨의 골짜기가 절 가까이 가자 바람도 그치고 눈발도 걷힌다. 절 주변 바윗돌은 부처의 기운이 서린 듯 엄숙하고, 우거진 소나무 위로 염불 시간이라 종소리가 울린다. 저 아래로 겹쳐진 산과 바다를 바라보는 시인은 스스로 곤륜산(崑崙山) 낭풍성(閬風城)의 신선이 되었다.

넉넉한 시상은 허공에 가득하고	悠悠詩思滿虛空
평평한 푸른 바다 사찰과 하나로구나	平壓蒼溟一梵宮
난간에 기대니 모든 하늘의 별 딸 수 있을 듯	憑欄可摘諸天宿
지게문 여니 항상 부는 만리의 바람이로다	開戶常來萬里風

일본의 외로운 연기 밝았다 사라졌다 하는 속 日本孤煙明沒裏

월지의 초상인가 믿거니 의심커니 하는 중　　月支遺影信疑中

동남의 아름다운 빛 이름난 절 많아도　　東南金碧多名刹

뛰어난 풍경은 본디 이와 같은 것 없어라　　勝景元無此與同

　금방이라도 시가 쏟아져 나올 듯한 시인의 눈에 하늘은 별을 쏟아 부을 듯, 흐릿한 바다 저편으로는 일본이 보일 듯, 푸른 바다와 하늘과 절이 한 덩어리를 이루고 있는 풍경이 가득 들어차 있다. 이 풍경 속에 시인은 장유 스님인 듯 아닌 듯 신비한 그림 속의 인물과 함께 하고 있다. 여섯 번째 구절의 월지(月支)는 중국 한(漢)나라 때 감숙성(甘肅省) 서북쪽에 있던 종족 이름이면서 나라 이름이다. 이후 중앙아시아로 옮긴 것은 대월지(大月支), 원래의 자리에 있던 것은 소월지(小月支)라고 한다. 이 절의 창건자인 장유 스님의 고향으로 알려져 있다.

외로운 암자 고요하여라 천년을 지났고　　孤菴寥寂閱千秋

한 고개 높디높아 두 주에 자리 잡았네　　一嶺崔嶢據兩州

바위굴엔 늘어진 젖인 양 나는 흰 박쥐　　石竇乳懸飛白蝠

소나무 그루 옹이엔 검은 토끼 새끼 감추었네　　松槎朧結隱玄貓

이끼가 가늘게 스며 아른거리는 기운 탑을 두르고　　苔痕細潤嵐圍塔

구름 기운은 텅 비고 밝아 해가 누각을 비추네　　雲氣虛明日射樓

나막신 신고 남으로 와 즐거움이 고루 미치니　　兩屐南來行樂遍

절묘한 이 놀음 앞의 어떤 놀음보다 우뚝하다네　　茲遊奇絶冠前遊

〈허훈, 長遊菴〉

천년 세월 창원과 김해 두 고을의 경계인 산꼭대기에 자리 잡은 장유사. 오랜 세월과 깊은 골짜기에 기대어 인간인 양 자연인 양 오묘한 자취를 키웠다. 이때 나그네의 호기심인 양 햇빛이 누각 사이를 비추어 시야에 새로운 세계를 펼쳐준다. 시인은 세 수의 시에서 그윽한 골짜기와 신비로운 절 분위기, 멀리 보이는 바다까지 장유사가 보여주는 모든 것을 노래하였다.

붉은 깃발 사방으로 흩어져 검은 깃발 덮으니	紅旆四散黑旆微
불타는 물결 일렁일렁 안개도 막 걷히네	火浪溶溶霧始稀
한 덩어리 달궈진 수은의 신선 솥이요	一團鍊汞仙人鼎
오색 무늬 비단은 직녀의 베틀로 짰구나	五色文綃帝女機
겹겹 옥빛 쟁반으로 옮겨 잠깐 머물고자 하더니	欲移乍駐瑛盤重
막 나와 둥글게 높아져 진홍빛 바퀴 날아오르네	纔出旋高絳轂飛
오래된 누에고치 부상에서 실을 뽑아내는데	老繭扶桑抽作線
우상이 떠나 도우니 임금의 은택 도움 받았지	虞裳去補末光依

〈허훈, 曉坐鐘閣觀滄海日出〉

제목에서 보듯 이 시는 새벽에 종각에 앉아 푸른 바다 위로 떠오르는 해를 읊은 것이다. 고백하건대 필자는 이 시각에 장유사에 있었던 적이 없어 도무지 그 풍경이 상상되지 않는다. 그러나 해가 뜨기 직전의 모습을 붉은 깃발이 검은 깃발을 덮는다고 하고, 햇빛이 비치는 맑은 바다를 수은과 무늬 비단으로, 떠오른 해를 진홍빛 바퀴로 그려낸 시인의 표현에서 장유사에서 눈을 지긋이 감고 맞이하는 일출을 충분히 상상할 수 있다.

장유사에서 바라본 김해와 장유 왼쪽이 김해고 오른쪽이 장유다. 멀리 흐릿한 산자락은 부산의
백양산이고 그 오른쪽으로는 바다다.

마지막 구절의 우상(虞裳)은 조선조 후기 역관(譯官)이자 시인인 이언진(李彦瑱 : 1740~1766)이다. 그는 1763년 통신사 조엄(趙曮)을 수행하여 일본에 다녀왔다. 27세로 요절하였는데, 죽기 전에 자신의 모든 초고(草稿)를 직접 불살라버려 남아 있는 것이 별로 없으나, 그의 아내가 빼앗아 둔 일부의 유고(遺稿)가 문집인 『송목관신여고(松穆館燼餘稿)』에 전한다. 연암(燕巖) 박지원(朴趾源 : 1737~1805)은 소설 <우상전(虞裳傳)>을 통해 그를 소개하고 있다.

마지막 두 구절의 의미는 이언진이 통신사의 역관으로 부상, 즉 일본에 가서 활약한 것을 말한다.

이제 마지막으로 제목 <臨歸 吟七絶三首 贈菴中釋子 : 돌아갈 즈음 칠언절구 세 수를 읊어 암자의 승려에게 주었다>에서 보듯, 허훈이 그 절의 승려에게 준 세 수의 시를 감상하면서 우리도 마음을 남기고 장유사를 떠나기로 하자.

외로운 암자 멀고멀어 속세와 끊어지고	孤菴迢遞絶塵寰
만리 구름과 물결이 가까운 곳에 있네	萬里雲濤指顧間
검은 안개 멀리 푸른 하늘가에 걸쳤으니	黑霧遙橫空碧際
스님이 말하길 일본 일광산이라 하네	僧言日本日光山
깜빡이던 등불 타올라 그림 깃발 열리는데	殘燈焰焰畫幢開
노승은 제단으로 떠나 아직 돌아오지 않네	老釋醮壇去未回
밤늦도록 산은 텅 비어 풍경소리 고요하고	夜久山空風鐸定
저 하늘의 별이 누각 아래로 떨어지네	九天星斗下樓臺

그림 속 선사는 월지국에서 왔지   畫裏禪師自月支

푸른 바다에 떠서 붉은 깃발 손에 들었네   浮浮滄海手紅旗

일천 오백 년 전 일   一千五百年前事

흐르는 물과 청산에게 내가 물어본다   流水青山我問之

〈허훈, 臨歸 吟七絶三首 贈菴中釋子〉

도요저 都要渚

도요저(都要渚)는 양산시(梁山市) 원동면(院東面) 용당리(龍塘里)의 가야진(伽倻津) 나루로 건너가던 황산강의 나루터다. 삼랑진의 세 물줄기 아래쪽에 형성된 모래톱으로, 바로 건너편이 삼랑진이다. 현재의 행정명은 김해시 생림면(生林面) 도요리다.

동북쪽으로 바라본 도요마을 전경 앞으로 황산강이 흐른다. 건너편은 삼랑진이고, 오른쪽으로 물줄기를 타고 내려가면 원동 가야진에 이른다.

『조선왕조실록』에 김해의 도요저는 본래 배가 있었다고 기록되어 있어 이곳이 나루터였음을 알려주고 있다. 『동국여지승람』을 보면, 도요저는 김해부의 동쪽 30리 지점에 있으며 강을 따라 민가가 거의 2백여 호다. 집들이 빽빽하게 늘어서 울타리가 서로 잇닿아 있는데 농업을 일삼지 않고 오로지 수운(水運)만을 익힌다. 바다에 들어가서 물고기를 잡아 팔아 상류 쪽 여러 고을로 다니면서 재산을 일군다. 풍속이 순박하여 한 집에 손님이 있으면 여러 집에서 각각 술과 음식을 가지고 와서 예를 차리는데, 혼사·초상·제사 때도 모두 그렇게 한다. 만약 어떤 집의 아내나 딸이 음탕한 행동을 하면 모든 집이 모여 의논해서 마을에서 쫓아내버린다. 이웃 지역인 마휴촌(馬休村) 2백여 호의 풍속도 같다고 되어 있다.

그리고 이후 증보된 내용을 보면 주민은 4백여 호다. 마을에서 열심히 공부를 하여 과거에 오른 자가 나오자, 사람들이 모두 앞 다투어 학당을 짓고, 여럿이 모여 글을 읽어 과거에 응시하는 자가 제법 많다고 하였다. 이러한 내용은 1600년대의 학자 권별(權鼈)의 『해동잡록(海東雜錄)』, 조선조 후기 학자 이익(李瀷 : 1681~1763)의 『성호사설(星湖僿說)』에도 거의 같이 기록되어 있으니, 이것이 도요의 전통적 특성임을 알겠다.

그런데 임진왜란(壬辰倭亂)이 일어나던 해 의병장 조경남(趙慶男 : 1570~1641)이 이두(吏讀)로 기록한 일기 『난중잡록(亂中雜錄)』에는 '김해·동래(東萊) 등지의 사람들은 모두 왜적에게 붙어서 사람을 죽이고 재물을 약탈하였으며, 여인을 더럽히곤 하였는데 왜적보다 심하였다. 김해의 경우에 도요저 마을은 낙동강 연변의 큰 고장인데, 왜란

초기부터 왜적에 붙어서 도적질을 하고 혹은 지난날의 원수를 갚기
도 했다. 한 서원(書員)은 일본에 들어가서 전세(田稅)를 마련하느라고
혹 뱀을 잡아다가 그 세미(稅米)에 충당하기도 했으니, 왜인이 천성
적으로 뱀 먹기를 좋아했기 때문이다.'라고 하였다. 인정 많고 예의
바르던 도요 사람들의 특성이 전쟁 와중에 흩어져버렸으니, 참으로
안타까운 일이다. 세상이 변하면 사람도 변하는 세태는 옛날이나
지금이나 한가지인 모양이다.

그러나 현재 도요는 마을을 두르고 있는 비암봉의 산자락과 앞을
휘감고 흐르는 넓은 낙동강을 바탕으로 평화로움과 아름다움을 간
직하고 있으니, 그 옛날 도요의 아름다운 풍속 또한 영원히 간직되
어 갈 것이다.

동쪽 이웃 딸 있으면 서쪽 이웃에 시집보내고	東隣有女西隣嫁
남쪽 배의 생선 오면 북쪽 배에 나누어주네	南舫魚來北舫分
한 조각 강가 살아가는 일 궁색도 하여라	一片江壖生事窄
자손들이 끝내 농사는 꿈도 꾸지 못하네	子孫終不夢耕耘

〈김종직, 都要渚〉

김종직(金宗直 : 1431 ~ 1492)은 시에 주를 달아 '도요저는 김해와 밀
양(密陽)의 경계에 있다. 이곳 주민 수백여 호는 대대로 생선 장사를
생업으로 삼고 농사를 짓지 않는다. 음란한 짓을 한 부녀자가 있으
면 그 집을 파내어 못으로 만들고, 배에 실어 강물에 띄워 내쫓았
다'고 하였다. 다른 기록에서 보았던 도요의 풍습을 더욱 상세히 알
수 있다.

시를 보면 당시 도요는 농사보다는 어업에 의존하는 궁핍한 삶이었으나, 서로서로 사돈을 맺을 정도로 이웃과의 관계가 돈독하였고 인정이 무척이나 깊었던 것을 알 수 있다. 이상의 내용에서 도요는 임진왜란의 소용돌이에서의 불상사를 제외한다면, 대대로 풍속이 아름답고 인정이 넘치는 곳이었음을 알 수 있다.

다음은 조선조 초기 정사룡(鄭士龍 : 1491~1570)의 시다. 그는 48세이던 1539년 대구부사(大邱府使)를 지내고 경상남도 의령(宜寧)에 칩거하였다. 이 당시 그는 본관인 동래에 성묘차 다녀오던 길에 바람이 불어 도요에 배를 대었다.

해질녘 바람이 더욱 심해지더니	向夕風顚甚
모래톱 흐려져 시야가 불분명하네	沙昏眼不分
강물 소리 비스듬히 비탈길에 흩뿌리고	江聲斜濺磴
나뭇길 가느다랗게 구름 속으로 통하네	樵路細通雲
밀물 가까워지니 넓은 물결 빨라지고	潮近溟波迅
비린내가 장삿배에서 풍겨오네	腥從販舶聞
시골 막걸리 사서 편안히 있으려니	村醪賖取便
수심은 사라지고 은근한 취기에 기댄다	愁破倚微醺

〈정사룡, 阻風投泊都要渚〉

정사룡은 시에 주를 달아 '도요저는 김해 땅이다.'라고 하였다. 바람이 불어 도요에 배를 댄 시인의 귀에는 물이 길 위에까지 넘치는 소리가 들리고, 눈에는 구름 덮힌 비암봉이 보이며, 코에는 고깃배에서 풍기는 비린내가 얹힌다. 어쩔 수 없이 머물러 있을 수밖에 없는 상황에 가장 좋은 것은 역시 한 잔 술이다.

　정사룡은 이 외에도 도요에 머물면서 그곳에서 겪은 일을 <都要 渚書事 : 도요저에서 일어난 일을 적다>라는 제목의 다섯 수 시로 남겼다.

내 길을 가다 금화에서 멈추었더니	輒從金華佩竹符
작은 고을 백성과 물자가 본보기에 드네	雷封民物入型模
지난번 일 덜었을 땐 뛰어난 정사 기렸더니	向來省事旌殊政
도시락밥이 나그네의 밥 꾸미었던 적 있었나	簞食何曾飾客廚

　정사룡은 시의 마지막에 '지주(地主)에게 주었다'라고 붙였다. 첫 번째 구절의 금화(金華)는 중국 절강성(浙江省) 중부의 도시로 전당강 (錢塘江)의 지류인 금화강의 북쪽 기슭에 있으니, 여기에서는 도요를 비유한 것이다. 뇌봉(雷封)은 천둥이 치면 그 소리가 100리쯤 진동한 다고 하여 지방의 작은 고을 수령을 뜻한다. 도요는 작은 고을이지 만 백성들의 삶이나 물자의 쓰임이 대단히 모범적이고, 백성들의 일을 덜어주는 사또의 태도도 기릴 만하였다. 이러한 점에서 시인 은 소박한 음식이면 충분하니 굳이 자신을 위해 별다른 음식을 마 련하지 말 것을 부탁하고 있다.

홍수가 산을 덮어 남은 것 다 흩어버리니	淫潦懷襄蕩析餘
쓸쓸한 마을은 당초의 것을 다 바꿔버렸네	蕭條閭井改當初
남은 주민들 괴로워하지 않고 홍안을 노래하고	遺民莫苦歌鴻雁
위로하여 모으니 공 거두어 그 역사 적을 만하네	撫集功收史可書

세 번째 구절의 홍안(鴻雁)은 『시경(詩經)』「소아(小雅)」의 鴻雁之什(홍안지십)으로 혼탁한 정치 때문에 흩어졌던 백성들이, 정치가 제대로 되어 다시 모인 것을 기뻐하며 노래한 것이다. 시인은 홍수가 나서 모두 쓸어가도 이를 극복해가는 도요 사람들의 강인하고도 긍정적인 태도를 기리고 있다.

성대한 모임 그때는 훌륭한 일 많았으니	高會當時勝事繁
정장의 손님 맞는 역과 맹공의 술단지	鄭莊賓驛孟公樽
강 머리 즐거운 곳에 거듭 왔으니	江頭重到懽娛地
지난 물 부르기 어렵거니 혼 부르지 않으려네	逝水難招不返魂

시인은 시의 말미에 '조국언(趙國彦) 사군(使君)을 생각하며'라고 주를 달았다. 세 번째 구절의 정장(鄭莊)은 한(漢) 나라 때 사람인 정당시(鄭當時)로 자(字)가 장(莊)이고, 진(陳) 출신이다. 경제(景帝 : 기원전 188~기원전 141) 때 태자(太子) 사인(舍人)이 되자 닷새마다 하루의 휴가를 얻었는데, 항상 역마를 장안(長安) 교외에 비치해두고, 옛 친구들을 만나거나 빈객들을 초빙해서 밤을 샜다. 태사(太史)가 되었을 때는 손님이 오면 문간에서 기다리는 일이 없도록 했다. 맹공(孟公)은 『한서(漢書)』에 양웅(揚雄)이 지은 주잠(酒箴)의 내용에 나오는 「진준전(陳遵傳)」의 주인공 진준의 자다. 술을 좋아해서 술잔치를 크게 벌이곤 했는데, 손님들이 가지 못하도록 문을 걸어 잠그고 손님들의 수레바퀴 축을 고정시키는 비녀장을 빼내어 우물 속에 던져 넣어 손님이 가지 못하게 했다.

도요에 오자 시인은 정장이나 맹공처럼 그 옛날 자신을 극진히

대접해주었던 조국언에 대한 생각이 났던 모양이다. 마지막 구절을 보면 조국언은 이때 이미 세상을 떠났다는 것과, 시인이 얼마나 절실히 조국언을 그리워하였는지 잘 알 수 있다.

동틀 무렵 새벽밥 하곤 다시 불 때지 않고	蓐食侵晨不再炊
여기저기 아이와 여자 배고픔에 억지로 운다	紛紛兒女強啼飢
늙은이는 사람 놀랠만한 시구를 찾아보려고	老翁要索驚人句
봉창에 바르게 앉아 콧수염만 꼬고 있네	危坐蓬窓只撚髭

　아침을 먹고 난 뒤에는 다시 먹을 것이 없다. 여기저기에서 아이와 여자들은 배고픔에 운다. 그리고 늙은이는 이러지도 저러지도 못하고 배에 앉아 시구나 생각하면서 하릴없이 콧수염만 배배틀고 있다. 궁핍하면서도 자존감은 꿋꿋이 지키는 도요의 모습을 잘 볼 수 있다.

밤새도록 잠 못 자고 옷 입은 채 누웠다가	通宵失睡臥連衣
봉창 활짝 열어젖히고 높이 들어 날려 했네	掀簸孤蓬欲揭飛
바람신이 방자히 모욕과 학대하는 줄 알았으니	始信飛廉肆陵虐
편지 가지고 가 대궐에서 송사하려고 하네	欲將書疏訟天扉

〈정사룡, 都要渚書事〉

　세 번째 구절의 비렴(飛廉)은 바람을 일으킨다는 상상의 새다. 시인은 바람이 불어 움직이지 못하는 상황을 바람신의 모욕과 학대라고 하면서 대궐에 가서 송사를 벌이겠다고 으름장을 놓는 장난스러운 표현을 통해 답답한 마음을 스스로 위로하고 있다.

호계 虎溪

『동국여지승람』에 호계(虎溪)는 부성(府城) 가운데에 있다. 물의 근원이 분산(盆山)에서 나오며, 남쪽으로 강창포(江倉浦)로 들어간다고 하고, 강창포는 부의 남쪽 6리 지점에 있다고 하였다. 1984년 이후 복개가 되어 예전의 아름다운 풍광을 볼 수는 없으나, 여전히 과거 김해의 중심이었던 부원동(府院洞)을 관통해 지나며 김해의 오랜 핏줄로 흐르고 있다.

정조(正祖) 14년(1790)에는 모래가 쌓여 곧게 직천(直川)으로 만들었다가, 순조(純組) 31년(1831)에 곧은 내는 고을의 기운에 이롭지 못하다고 부사 권복(權馥 : 1769-?)이 다시 구불구불하게 고쳤다고 한다. 이의 영향으로 1800년대 초기 『김해읍지』 본문의 설명에는 호계로, 지도에는 곡천(曲川)으로 표기하고 있다. 이제 시를 통해 그 옛날 호계와 그 주변의 모습을 상상해 보자.

호계는 성에 부딪히며 흐르네　　　　虎谿觸城流
동쪽 산비탈에서 발원하였지　　　　發源東山隂
벼랑이라 역 마을 없는 줄 알았더니　崩厓認廢亭

둑 가로 빨래 두드리는 소리 들린다	沿隄聞擊漂
누가 혜원 스님을 따라	誰從惠遠師
함께 와서 세 웃음을 터뜨릴까	同來發三笑

〈이학규, 金州府城古迹十二首 贈李躍沼〉

이학규(1770~1835)는 시에 주를 달아 호계의 물은 '북쪽 성 수문(水門)으로부터 직선으로 남쪽 수문으로 들어가서는 남호(南湖)로 흘러들어간다'고 하였다. 호계가 마지막으로 흘러들어가는 곳은 강창포이니 남호는 이를 말하는 것으로 보인다. 시인은 동쪽 산비탈. 즉 분산에서 시작하여 성의 북쪽으로 흘러드는 호계 주변은 산자락이라 멀리서 보면 마을도 없는 줄 알았다. 그러나 아낙네들의 빨래하는 소리를 듣자 그곳이 바로 김해 사람들이 의지하는 삶의 중심임을 알았다.

1983년 복개하기 전의 호계 예나 지금이나 삶의 현장임에는 다를 바 없다.

마지막 두 구절의 혜원(惠遠) 스님과 세 웃음은 '호계삼소(虎溪三笑)'라는 고사에서 인용한 것이다. 이 내용은 '호계삼소도(虎溪三笑圖)'라는 그림으로 오랫동안 유행하였다. 중국 동진(東晉 : 317~420)의 고승혜원은 중국 정토교(淨土敎)의 개조(開祖)로 알려져 있다. 그는 처음에는 유학(儒學)을 배웠고, 이어서 도교(道敎)에 심취했었다. 그리고 스무살이 지난 뒤에는 중이 되어서 여산(廬山)에 동림정사(東林精舍)를 짓고불경 번역을 하였다. 원흥(元興) 원년(402)에 동림정사에 동지들을 모아 백련사(白蓮寺)를 차렸다. 동림정사 밑에 호계라는 시내가 흐르고있었다. 혜원은 손님을 보낼 때 호계까지 와서 작별하고 내를 건너가는 일은 결코 없었다. 그런데 시인 도연명(陶淵明 : 365~427)과 도사(道士) 육수정(陸修靜 : 406~477)이 찾아왔다 갈 때는 이야기를 나누다보니 그만 냇물을 건너고 말았다. 세 사람은 이 사실을 깨닫고 마주보며 웃음을 터뜨렸다고 한다. 이 이야기는 신라 말기 최치원(崔致遠 : 857~?)이 지은 <지증화상비명(智證和尙碑銘)>에서부터 조선조 말까지의 작가들에게도 인용되고 있어, 과거에는 우리나라 경상북도 문경(聞慶)의 호계나 김해의 호계보다 훨씬 유명한 곳이었다.

시인은 김해의 호계를 사람의 혼을 쏙 빼놓을 수 있는 분위기의선계와 같으면서도, 일상적 삶이 역동적으로 이루어지는 곳으로 그리고 있다. 비록 지금은 주변이 개발되어 복잡하거나 화려하기로는뒤지게 되었지만, 지금도 이학규가 살았던 그때처럼 호계 주변은 김해에서 가장 역동적이고 다양한 삶의 중심으로서 역할을 하고 있다.

김해읍성의 북문인 공진문 분산에서 발원한 호계는 이 문 곁으로 흘러들어 동상동 연화사 옆을
지나 현재의 부원동 중심을 흐르는 김해의 가장 중심에 있는 물줄기다.

호계 한 줄기 성을 꿰고 흐르고	虎谿一道串城流
곳곳에 다리 놓여 저자 누각과 닿았네	在處橫橋接市樓
논에 물대고 모두 남쪽 수문으로 흐르니	灌稻盡從南閘去
빨래소리는 북문머리에서 많이 들리네	漂聲多在北門頭

〈이학규, 金官紀俗詩〉

조선조 초기 김일손(金馹孫 : 1464~1498)의 <임금당기(臨錦堂記)>를 보면 '호계는 분산으로부터 나와 소리를 날리며 콸콸 흘러 북쪽 성곽으로 들어가서는 파사탑(婆娑塔 : 허왕후의 능 앞에 있으나, 원래는 동상동 쪽으로 기울어져 호계 물가 호계사에 있었다)을 지나고, 성을 남북으로 관통하고 남쪽 성곽에서 바다로 들어간다. 그 얕기가 부들을 두르며 흐를 정도지만 대단한 가뭄에도 마르지 않는다.'고 하였다. 부들의 키가 1~1.5m이니 김일손의 설명으로 보면 호계는 당시에도 그다지 깊지 않았던 것으로 보인다. 임금당 뿐만아니라 호계 주변에는 연자루(燕子樓), 함허정(涵虛亭), 청심루(淸心樓) 등 관아의 부속 누정이 집중되어 있었다.

김해의 중심을 곧게 흘러가면서 논에 물을 대고, 그 위에 아름다운 누각과 정자를 얹고, 성 북쪽의 물줄기가 아낙네들에게 빨래터를 제공하던 당시 호계의 모습을 잘 그리고 있다.

다음은 조선조 말 허훈(1836~1907)의 시다.

김해 성 북쪽 호계 물가	金官城北虎溪湄
콸콸 울리는 물결 골골이 기이하네	瀄瀄鳴波曲曲奇
작은 방망이가 산 그림자 속에 오르락 내리락	短杵高低山影裏

알지 못하네 붉은 해가 서쪽으로 넘어간 줄을 **不知紅日己西移**

〈허훈, 虎溪浣砧〉

분산에서 발원한 호계는 성으로 흘러들기 전에는 제법 콸콸 소리
를 내면서 흐른다. 그 물가에 아낙네가 방망이로 두드리며 빨래를
하고 있다. 여기에 저녁노을이 바탕색으로 깔려있다.

임호산 林虎山

다음은 앞에서 보았던 흥부암이 있는 임호산(林虎山)으로 간다. 외동(外洞)·봉황동(鳳凰洞)·흥동(興洞) 사이에 위치한 고도 179m의 나지막한 산이지만 상당히 가파르고 험하다. 이 산은 북동쪽으로 봉곡천(鳳谷川 : 줄띠)이 남쪽을 향해 감아들고, 호랑이 아가리 같은 산의 험한 지세를 누르고 김해부가 흥하도록 세웠다는 흥부암을 머리에 얹고, 김해 시가지의 서쪽에 뾰족하게 솟아 있다.

『동국여지승람』에는 가조산이라고 소개되어 있으며, 1800년대 초의 『김해읍지』에는 유민산으로 적혀 있다. 달리는 호구산·봉명산(鳳鳴山)·악산(惡山)·안민산(安民山)으로도 불린다. 특히 가락국 제9대 겸지왕(재위 492~521) 때 황세와 출여의와 유민 공주의 비극적 사랑 이야기와 관련해서는 유민산이라고 불린다. 이 이야기는 봉황대를 돌아보면서 상세히 언급하였다.

남쪽 고을 옛날 굶주림에 허덕이다	南郡昔阻飢
유랑민이 산기슭을 둘렀네	流民擁山趾
예상에는 살 만한 곳이 없고	翳桑無可居

분산성에서 본 임호산 산의 왼쪽 면이 상당히 가파른 것을 볼 수 있다. 사진의 왼쪽 아래에 있는 아파트 뒤편에 흥부암이 있고, 꼭대기에는 임호정을 조성해두어 김해의 사면을 조망할 수 있다.

부자는 맛난 게 아니라네	鳬茈餐非美
누가 어떻게 계책을 올려	誰將安上圖
한번 궁궐에 바칠까	一獻金宮裏

〈이학규, 金州府城古迹十二首 贈李躍沼〉

　이학규는 전설의 유민 공주나 임호산의 험한 지세를 완전히 배제
하고 유민을 유랑민(流浪民)으로 설정하였다. 세 번째 구절의 예상(翳
桑)은 중국의 지명으로 이름대로 뽕나무가 많이 우거진 곳이다. 춘
추(春秋) 시대 진(晉)의 조순(趙盾 : 기원전 654~601)이 여기에 사냥 갔다
가 영첩(靈輒) 모자(母子)가 굶어 죽어가는 것을 보고 밥을 먹여 살렸
다. 뒤에 진의 영공(靈公 : ?~기원전 607)이 자객을 매복시켜 조순을 죽
이려 할 때, 영첩이 마침 영공의 무사로 있다가 창을 거꾸로 들고
막아 조순이 죽음을 면하였다. 이 이야기는 마치 결초보은(結草報恩)
과 같이 훈훈한 내용이다. 그러나 시 전체를 보면 이 이야기는 김해
지역 유랑민들의 고통을 알고, 제대로 된 제민(濟民) 정책이 이루어
지기를 바란다는 뜻으로 인용한 것임을 알 수 있다. 네 번째 구절의
부자(鳬茈)는 거친 밭에서 나는 것으로 오리가 잘 캐먹기 때문에 붙
여진 이름이라고도 하고 올방개라고도 한다. 손가락이나 탄환 모양
으로 생겼는데 삶거나 날것으로 먹는다고도 한다. 이름이나 모양이
야 어쨌든 이 식물은 고려시대의 이규보(李奎報 : 1168~1241), 조선조
초기의 김종직(金宗直 : 1431~1492), 1900년대 초기 곽종석(郭鍾錫 : 1864~
1919)의 시나 『조선왕조실록』 및 『승정원일기(承政院日記)』와 같은 역
사 기록에 '가뭄이 들어 먹을 것이 없으면 손가락에 피를 흘리면서

캐먹던 것'이라고 공통되게 설명하고 있는 것으로 보아서는, 우리 민중의 배고픔을 마지막까지 지켜주던 생명줄이었던 것은 분명하다. 슬프고도 아름다운 전설과 다른 해석이라 아쉬운 점도 있지만 김해 지역의 오랜 어려움에 대한 시인의 고민을 잘 읽을 수 있어 의미가 크다.

남산 南山

다음은 김해 시청의 뒤편인 남산(南山)으로 가보자. 원래는 분성산에서 활천(活川) 고개로 이어져 있던 곳이었으나, 지금은 도로 개설로 인해 고개가 잘려 나가고 주변은 옹벽으로 둘러싸인 공원으로 개발되어 있고, 정상에는 남산정(南山亭)이라는 정자를 조성해두었다.

김해시청 쪽에서 본 김해 남산 꼭대기에 남산정이 보인다.

한 많은 남산의 흙무덤들이지만	萬萬南山土饅頭
거친 구릉에 향불 하나 피우는 이 다시 없네	更無香火到荒邱
죽으면 물한 가고 살아서는 죽도이니	就死勿韓生竹島
인간 세상 복지를 다시 어디서 구하리오	人間福地更何求

〈이학규, 금관기속시〉

이학규는 시에 주를 달았으니, '남산은 고을 사람들의 북망산이
다. 남명 조식 선생이 김해의 지세를 논하면서, '살았을 때는 죽도(竹
島)에 살고, 죽은 뒤에 물한(勿韓)에 장사지내면 유감이 없을 것이다.'
라고 하였다. 물한리는 부의 동쪽 20리에 있다.'고 하였다. 안미정
선생은 그의 논문 「이학규의 금관죽지사·금관기속시 연구번역」에
서 여기에 대한 설화를 소개하고 있다.

죽도의 어떤 사람과 물안의 어떤 사람이 같은 날에 죽었는데, 죽
도 사람을 먼저 장례지내자, 그 영혼이 물한 사람의 시체로 옮겨가
다시 살아났다. 몸은 물한 사람이지만 영혼은 죽도 사람이어서, 살
아난 그 사람은 '나는 죽도 사람이다.'라고 하며 죽도로 가려하니,
물한의 식구들이 못 가게 하였다. 이 사실을 죽도의 식구들이 전해
듣고 그 사람을 모셔가려 하여, 결국 사또의 심판을 받게 되었다.
사또는 숙고 끝에 판결하기를 '살아서는 죽도에 머물고, 죽어서는
물한에 머물러라.'라고 하였다고 한다.

지금도 남산에는 수많은 무덤들이 남아 있어, 이곳이 오래 세월
김해인들의 영원한 안식처였음을 말해준다.

김해 남산 꼭대기의 남산정 정자 아래로 무덤이 보이는데, 이 주변은 김해의 오래된 공동묘지다.

활천 活川

호계는 오랜 세월 김해의 중앙을 적시는 생명줄이었다. 이와 함께 동쪽은 활천(活川), 즉 신어천(神魚川)이, 서쪽은 해반천(海畔川)이 그역할을 해주었다. 활천은 신어산 서쪽 산기슭에서 발원하여 남쪽으로 가야저수지를 지나고 활천동(活川洞)과 삼방동(三芳洞)의 경계를 이루며 흐르다 초현대를 지나 불암동의 시만교 부근에서 서낙동강으로 들어간다.

초현대 옆을 흐르는 활천

다음 조선조 말 허훈(1836~1907)의 시를 보자.

해동문 밖 북풍이 차가운데	海東門外北風寒
나막신 끌고 길을 가니 오랜 절이 보인다	攜屐行將古寺看
역정의 나무 우거지고 들의 연기 일어나고	驛樹蒼沈野煙起
꿈틀대는 구름 붉은 빛 강의 해가 저문다	蜒雲紅暎江日闌
북극까지 높은 하늘 고개 돌리니 아득하고	天高北極回頭杳
남쪽 바다에 닿은 땅 바라보니 광활하구나	地接南溟縱眼寬
미친 놀음 인연을 타고 빼어난 경치 찾으니	狂劇祇緣探勝境
날리는 눈 의관을 때려도 아랑곳 않는다	任他飛雪撲衣冠

〈허훈, 活川途中〉

『동국여지승람』에 '활천은 남쪽으로 처음이 5리, 끝이 15리다'라고 하였다. 신어산에서 시작한 활천의 처음 물줄기는 가야저수지를 지나면서는 평평한 들판을 완만하게 흘러가며 아득한 김해평야의 벌판을 적신다.

시인은 이러한 활천의 흐름을 따라 시선을 이동하고 있다. 첫 번째 구절의 해동문(海東門)은 김해읍성의 동문(東門)이다. 참고로 서문은 해서문(海西門), 남문은 진남문(鎭南門), 북문은 공진문(拱辰門)이다. 읍성의 동쪽인 활천고개에서 김해의 경관을 바라보는 시인의 눈에 신어산 자락의 사찰들이, 뿌옇게 보이는 해질녘 역정의 나무와 강물이, 멀리 바다로 이어지는 김해평야가 펼쳐진다. 활천은 한자로 보면 살 활(活)자를 써서 역동적이거나 생동감이 대단한 물줄기인 것처럼 느껴지지만, 사실은 화살을 얹어 쏘는 활 모양처럼 길게 휘면서 흐르는 물줄기라는 뜻이며, 대부분 평야를 완만하게 흐른다. 신어산에서 시작해 활 모양으로 김해평야를 빙 돌아 흐르는 활천의 흐름을 따라 시선을 옮겨보면 허훈이 시에서 표현한 모든 것이 눈에 들어온다.

해반천 海畔川

해반천은 김해시의 삼계동(三溪洞)과 화목동(花木洞), 장유면(長有面)을 적시며 흐른다. 신어산의 서쪽이며 나전리(羅田里)로 넘어가는 삼계동 나밭고개[羅田嶺, 羅田峴, 나전티, 羅田峙, 露峴]에서 시작해 주변에 작은 습지를 이루면서 흘러내려 김해시의 서쪽 시가지 중심을 남쪽으로 흐르다 화목동과 장유면 응달리(應達里)의 경계부에서 조만강(潮滿江)으로 들어간다.

옛날 대동(大東)이나 녹산(菉山)의 수문이 없어 삼차수의 물이 아무런 걸림 없이 흘러들거나, 남쪽의 바닷물이 서낙동강을 밀고 올라왔을 때는 배를 타고 오르내릴 수 있는 물이었음은 지금 현재의 넓이나, 주변 봉황대 주거유적과 연지공원(蓮池公園) 등 습지의 존재를 보아서도 알 수 있다. 군이 이렇게 상상하지 않아도 해반, 즉 바닷가라는 물 이름이 왜 붙었는지를 생각해보아도 이 물줄기의 옛 모습을 충분히 상상할 수 있을 것이다.

다음은 조선조 말 허훈과 이종기(1837~1902)의 시다.

해반천의 하류 이곳을 지나면 남포들을 지나 조만강으로 들어간다.

해마다 애가 끊기는구나 하방회는 　　　　年年腸斷賀方回
흐릿한 초원 하나같이 마름질 되었네 　　煙縷平蕪一樣裁
아직 육조의 화려한 기운이 남아 있어 　猶有六朝金粉氣
떨어지는 꽃 무수히 붉은 꽃잎 날리네 　落花無數襯紅來

〈허훈, 海畔芳草〉

　첫 구절의 하방회(賀方回)는 중국 송(宋)나라 때의 하주(賀鑄 : 1052~
1120)로, 사(詞)의 대가다. 그의 작품에 〈청옥안곡(靑玉案曲)〉이 있는데,
그는 님과 이별한 찢어지는 마음을 "색칠 붓을 가지고 애끊는 시구
를 새로 짓는다[彩筆新題斷腸句]"라고 표현하였다. 그리고 세 번째 구
절의 육조(六朝)는 금릉(金陵 : 지금의 중국 남경 부근, 建康)에 도읍했던 여
섯 나라인 오(吳)·동진(東晉)·송(宋)·제(齊)·양(梁)·진(陳)을 말한다.
시인은 마름질한 듯 해반천 주변에 가지런히 펼쳐진 초원과, 그 위
로 흩날리는 꽃잎의 아름다움을 중국 왕조 최고의 수도 가운데 하
나였던 금릉의 그것과 하주의 시 구절에 비유하여, 해반천을 중심
으로 이루어졌던 옛 가락국의 영광과 아름다운 풍광을 다시 보듯
생생하게 그리고 있다.

풀 우거진 해반 어지러운 풀꽃 　　　　萋萋海畔迷芳草
아득한 들 밖 자라난 기장과 벼 　　　漠漠郊原長黍稻
해질녘 사람들 흩어져 돌아가고 　　　日暮烟橫人散歸
산 앞길 소 몰고 가는 삿갓 쓴 사람 　驅牛荷笠山前道

〈이종기, 海畔芳草〉

위 허훈의 시와 같은 제목인 이 시 또한 해반천 주변의 아름다운 풍광을 한 폭의 그림처럼 읊은 것은 한가지다. 그러나 허훈의 그것과는 달리 소박하고 생활에 밀착된 표현이 무척 정겹다. 허훈의 시가 가지런히 펼쳐진 초록 풀밭에 흐드러진 꽃을 중심 소재로 하였다면, 이종기는 이를 배경으로 펼쳐진 논밭과, 삿갓을 쓰고 소를 몰고 가는 농부를 중심 소재로 해반천 주변 사람들의 소박한 삶을 그리고 있다.

덕교 德橋

　다음은 해반천을 건너 조만강의 상류 조만천을 끼고 형성된 주촌면(酒村面) 천곡리(泉谷里)로 가자. 이곳에는 자연마을로 떳다리(뜻다리, 득교, 덕교, 부교)가 있는데, 이는 조선시대의 돌다리 덕교(德橋)에서 유래된 지명이다.

　『동국여지승람』에 '덕교는 덕포(德浦)에 있다. 배들이 그 밑을 지나 주촌지(酒村池)에 정박한다'고 하였다. 그리고 주촌지는 부 남쪽 15리 지점에 있으며 둘레가 4천 2백 30척이라고 하였다. 1800년대 초 『김해읍지』에는 '덕교포는 부의 서쪽 10리에 있으니 바다 물결이 드나든다'고 하였다. 이를 볼 때 덕교는 김해 남쪽의 바다 및 서낙동강 등과 주촌 지역을 연결하던 중요 뱃길에 놓인 다리였음을 알 수 있다.

항구에 아른아른 가로 누운 무지개　　　依依港口臥晴虹
소금 말과 나무꾼 한 길로 지나가네　　鹽駱樵蘇一路通
밝은 달밤 어찌 저리 서령과 같을까　　何似西泠明月夜
계수나무 연꽃 속 붉은 난간이 삼백　　紅欄三百桂荷中

〈허훈, 德橋行人〉

떳다리 마을 덕교가 있던 아래편으로 왼쪽 길가 둑 아래로 물이 흐른다. 현재는 잡초가 우거져 물이 거의 보이지 않을 정도다.

첫 구절의 가로 누운 무지개라는 표현에서 보듯 덕교는 아래로 배가 지나갈 수 있는 둥그런 모양의 다리였음을 알 수 있다. 두 번째 구절에서는 덕교의 기능을 표현하고 있으니, 오랜 세월 김해의 남쪽 바다인 명지동과 녹산동 일대는 경상남북도 일대까지 소금을 공급하던 유명한 염전이었다. 따라서 이곳으로부터 바다를 통해 실어온 소금을 배에서 내려 경남 내륙 쪽으로 실어 나르던 소금 실은 말이 덕교를 지나가는 것은 당시에는 아주 흔한 풍경이었을 것이다. 이와 함께 나무꾼이 지게 하나 가득 나무를 지고 지나가는 모습을 얹은 시의 묘사는 그 옛날 덕교 주변을 가장 적절히 상상할 수 있도록 한다. 세 번째 구절의 서령(西泠)은 중국의 대표적인 물의 도시

항주(杭州)의 서계(西溪)·서호(西湖)와 함께 삼서(三西)라고 불리는 유명한 물줄기로, 덕교 주변의 풍광을 그곳에 비유하고 있다.

다리 위에 오는 사람 또 가는 사람　　橋上來人復去人
작은 배가 갈대 물가에 버티고 있네　　小舟撑在荻蘆濱
성스러운 시대 서호는 막혀 뚫리지 않고　聖代西湖湮不得
들녘 물결 길게 보내니 물결 속 꽃 피는 봄　野潮長送浪花春

〈이종기, 德橋行人〉

　호수처럼 넓게 펼쳐진 조만천으로 쉼 없이 밀려오는 꽃피는 시절 봄 물결과, 잔잔한 물결 위에 꿈쩍없이 버티고 있는 작은 배, 그 위에 걸쳐 있는 덕교 위로 오가는 행인들의 모습에서 옛 덕교 주변의 생동감을 잘 느낄 수 있다.

덕교가 있던 조만천 하류 저쪽 오른편의 다리는 남해고속도로의 주촌교다.

첨성대 瞻星臺 · 자암 子菴

이제 조금 더 서쪽으로 가서 가락국 시대 중심지의 하나였던 진 례성(進禮城) 풍경을 보고 돌아오자. 시인 이학규(1770~1835)는 '진례촌 (進禮邨)은 부의 서쪽 30리에 있다. 수로가 그의 아들 하나를 봉하여 진례성주(進禮城主)로 삼고 왕궁(王宮)과 태자단(太子壇), 첨성대(瞻星臺)를 건설하였으니, 터가 아직 남아 있다. 자암(子菴)과 모암(母菴)도 수로 때에 건설한 것인데, 지금은 없다'고 하였다. 다음은 그의 시다.

첨성대 옛날 터엔 돌이 층층 쌓여 있고	瞻星舊址石嶙岣
자그마한 경성은 차가운 달만 떠있네	小小京城冷月輪
한결 같이 자암도 겁화를 겪게 되어	一例子菴隨劫火
왕손의 봄풀만이 해마다 새롭구려	王孫春草逐季新

〈이학규, 金官紀俗詩〉

안미정 선생은 그의 석사 논문에서 1900년대 초기『김해읍지』등 의 기록과 현재의 흔적들을 참고로 하여, 첨성대의 터는 지금 진례 면 송정리(松亭里)에 있다고 하였다.

세 번째 구절의 자암(子菴)은 지금의 김해시 진영읍(進永邑) 본산리

(本山里) 봉화산(烽火山)에 있었다. 이와 함께 모암(母菴)은 생림면(生林面) 생철리(生鐵里) 무척산(無隻山)에 있었던 모은암(母恩菴)이라고 하며, 이는 밀양시(密陽市) 삼랑진읍(三浪津邑) 안태리(安泰里) 주산(主山)의 부암(父菴)과 함께 가락국 왕실의 기원처[願堂]였다고 한다. 『김해읍지』의 지도에는 자암봉(子菴烽)이라는 봉수대가 표시되어 있는데, 바로 이것이다.

전설에 임진왜란 때 중국인이 자암의 산 기운을 싫어하여 바위를 뚫고 맥을 끊었다 한다. 바위틈에 구리를 녹여 부은 흔적이 아직 남아 있고, 바위를 뚫자 붉은 피가 솟아 나왔다 한다. 세 번째 구절의 겁화(劫火 : 인간세계를 태워 재로 만들어 버리는 큰 불)는 임진왜란을 말한다.

가락국 정치의 근간 첨성대와 호국의 상징이었던 이 암자들은 아주 이른 시기에 사라져 가락국과 함께 전설의 한 조각이 되어버린 지 오래였음을 알 수 있다. 이제는 무심한 달빛만 그 옛날의 영화를 감추고 있는 그 황폐한 터를 비출 뿐이다.

진례성 進禮城

『동국여지승람』에는 진례성(進禮城)에 대해 '서쪽 35리다'라고만
적어두었다. 오히려 앞에 인용하였던 이학규(1770~1835)의 '진례성은
김해부 서쪽 35리에 있다. 세상에 전하기를 수로가 그의 아들 하나
를 진례성주로 삼고 왕궁과 태자단과 첨성대를 세웠는데, 터가 아
직도 남아 있다. 거주민들은 경성내(京城內)라고 부른다'라는 기록이
훨씬 상세하다.

진례성의 흔적

그의 시를 보자.

가소롭구나 가야의 아들은	可笑伽倻子
누가 진례군으로 삼았던가	誰爲進禮君
둘레 팔 구리에	方圓八九里
이곳도 경성이라고 하네	是亦京城云

〈이학규, 京城內〉

시에서 둘레 8~9리라고 한 것으로 보아, 이학규가 당시에 확인한 진례성은 성벽이 둘러쳐진 안이었던 것으로 보인다. 그는 이 조그마한 성의 성주가 무슨 의미가 있었겠으며, 경성이라고 부르는 것이 우습다고 표현하고 있다.

그러나 필자의 생각으로는 북쪽을 제외하고 무릉산(武陵山)·비음산(飛音山)·용제봉(龍蹄峯) 등의 산으로 둘러싸인 진례는, 북쪽이 산으로 남쪽이 바다로 막혀 있는 김해 시내보다 요새로서의 역할을 하기에 더욱 유리하였을 것으로 보인다. 더구나 수로가 아들을 성주로 삼고, 왕궁과 첨성대 등 중요 시설을 두었다면, 그가 얼마나 이곳의 중요성을 크게 생각하였던가를 잘 알 수 있는 근거이며, 1700년대 김해 사람들이 그때까지도 이곳을 경성 내, 즉 서울 안이라고 불렀다는 것은 이곳이 오랜 세월 마치 산성처럼 서울의 안쪽 요해처였던 곳임을 알 수 있도록 해주는 대목이다.

관해루 觀海樓・서영지 西影池

이제 다시 김해 시내로 돌아가서 옛 가야의 흔적을 찾아보자.

관해루 앞에서 바다를 바라보니	觀海樓前望海時
산밭 보리이삭 정녕 늘어졌구나	山田麥穗正離離
또렷이 그해 일을 보여주는 것은	分朗照見當秊事
오직 방죽 따라 작은 영지로구나	惟有沿隄小影池

〈이학규, 金官紀俗詩〉

이학규는 시에 주를 달아 '관해루(觀海樓) 및 내외(內外) 영지(影池)는 세상에 전하기를 수로 때의 옛 것이라고 하는데, 누각 터가 부의 서쪽 2리 높은 언덕 위에 있고, 못은 누각 터 아래에 있다.'고 하였다. 안미정 선생은 그의 논문에서 '관해루는 지금의 김해시 봉황동에 있었던 누정으로 추정된다.'고 하였다. 그리고 '소영지(小影池)는 내영지(內影池)로 봉황동에 있었다.'고 하였다.

1800년대 초 『김해읍지』에는 '내영지는 부의 문 2리에 있고 둘레는 93척이며, 외영지는 부의 남쪽 5리에 있고 둘레는 146척이다.'라고 하였다. 시와 이러한 내용을 살펴보면, 시인이 이 시를 읊을 당시에 관해루는 이미 사라져, 터로 추정되는 곳만 남았고, 못은 남아 있었던 것을 알 수 있다.

남아 있던 못 가운데 읍성 서문의 서쪽에 있었던 내영지, 즉 서영지를 읊은 허훈(1836~1907)과 이종기(1837~1902)의 시가 있다. 이종기는 시에 주를 달아 '군 서쪽에 유민산이 있는데, 험악하여서 못을 파 그 그림자를 담궜다.'고 하였다. 가야 시대에 이미 비보(裨補)의 의미로 못을 팠는지에 대해 정확히 알 수는 없으나, 김해 사람들의 마음에 있어 이 못은 김해를 해롭게 하는 기운을 막는 것이었음은 틀림없다. 앞의 흥부암에서 이와 관련된 내용을 본 적이 있으니 참고하기 바란다.

거울 속 푸른 산 빛 서로 어울리니　　鏡裏靑峯色相移
옛 서문 밖 연못이 하나　　　　　　古西門外一方池
당시 왕업은 헛된 그림자 이루었고　當時王業成虛影
해지는 궁궐 터 들풀이 시들었네　　落照宮墟野草衰

〈허훈, 古西影池〉

시인은 연못 속에 비친 주변 산 그림자에서 가락국의 창업과 멸망을 파노라마처럼 보고 있다. 가락국 왕업의 영광은 연못 속에 비친 헛된 그림자 같아, 이제는 그 터에 시든 영광을 기억하는 풀만 쓸쓸히 돋아 있다.

연못 위 푸른 산이요 산 아래 연못　池上靑山山下池
산 빛 못 그림자 모두가 들쑥날쑥　山光池影共參差

흥망은 흐름과 솟음에 관계되지 않는데   興亡不係流峙事
공연히 뾰족한 산이 맑은 잔물결에 찍히네 枉把巑岏印淸漪

〈이종기, 古西影池〉

이종기는 그가 시의 주에서 적은 것처럼 임호산의 거센 기운을 담그기 위해 서영지를 팠다는 이야기에 충실하면서 가락국의 멸망을 노래하고 있다. 연못에 비친 산 그림자는 인간이 만들었다고 하여도 천지의 움직임에 의해 이루어지는 자연스러운 것이고, 한 나라의 흥망은 인간의 일이기에 관계가 없다. 그런데도 산의 기운을 못 속에 가두면 멸망하지 않을 것이라는 생각은 어디에서 나온 것일까?

순지 蓴池

이제 지금은 공원으로 조성되어 있는 옛날의 연지(蓮池)로 가보자. 그 옛날 연지는 순지(蓴池)라는 이름이었다. 순(蓴)은 수련(睡蓮) 과에 속하는 여러해살이 수초인 순채(蓴菜)로 연꽃이 피는 못 연지를 조성한 것은 이를 바탕으로 한 것이다.

송이송이 연꽃이 얕은 잔물결에 솟아   柄柄荷花出淺漪
어여쁜 붉은 꽃 담백하니 서시를 취하게 하네   嬌紅淡白醉西施
오나라 궁궐 고운 수는 지금 어디에 있나   吳宮綺繡今安在
연못은 사라져버리고 모란이 경국지색이로다   廢澤空淪國色姿

〈허훈, 題七翫亭 蓴池荷花〉

『동국여지승람』에 '순지(蓴池)는 부 서북쪽 6리 지점에 있다'고 한다. 이 시는 구산동(龜山洞)과 주촌면(酒村面) 원지리(元支里) 사이에 있는 경운산(慶雲山 : 운점산(雲岾山))에 있던 허훈 집안의 정자 칠완정(七翫亭)에서 읊은 것으로, 이릉양류(二陵楊柳 : 김수로왕과 허왕후릉의 버들), 순지하화(蓴池荷花 : 순지의 연꽃), 구봉낙조(龜峯落照 : 구지봉의 저녁놀), 고도성시(故都城市 : 옛 가락국성의 저자), 삼차귀범(三叉歸帆 : 삼차수로 돌아오

김해 연지공원 저 앞으로 분산성이 보인다. 이 부근이 조선시대 순지가 있었던 곳으로 보인다.

는 배), 칠점선대(七點仙臺 : 칠점산 신선의 대), 죽도어화(竹島漁火 : 죽도의 고깃배 불) 등 일곱 수다. 모두 경운산에서 가까운 김해 시내로부터 멀리 낙동강으로 시선을 옮기면서 읊은 것이다. 그 가운데 이 시는 순지를 읊은 것으로 시각적으로 보면 가장 가까운 곳이다. 그러니 연꽃 한 송이 한 송이가 눈에 쏙 들어왔던 듯 표현하였던 것이리라.

시인은 순지의 아름다움을 중국 최고의 미인 가운데 하나인 오나라의 서시(西施)가 흠뻑 취하도록 만들 정도라고 하였다. 그러나 조선조 말에는 순지가 상당히 황폐해졌던 듯 그는 그 아름답던 연꽃은 사라져버리고 이제는 부귀를 상징하는 모란이 그 자리를 차지하고 있다고 한탄하고 있다. 이는 순지의 황폐에 빗대어 순수한 인간적 면모를 멀리 하고 부귀만을 탐하던 당시의 세태를 풍자한 것으로도 보인다.

타고봉 打鼓峯

이제는 김해를 요새로 만들어 가락국의 옛 도성을 지켜온 주변의 봉우리들을 둘러본다. 처음으로 가 볼 곳은 고조산(顧祖山)의 타고봉(打鼓峯)이다.

높은 봉우리가 왜놈 가로막고	高峯障東倭
북 울린 게 어느 해였던가	打鼓何秊歲
빙 두른 담엔 봄 나무가 자라고	繚垣春樹生
황폐한 대에는 저녁 안개 가렸네	荒臺夕霧翳
지금 산 구릉 안은	祇今山阿中
이끼 꽃이 짙푸르게 묻었네	苔花綠沈瘞

〈이학규, 金州府城古迹十二首 贈李躍沼, 打鼓峯〉

이학규(1770~1835)는 시에 주를 달아 '타고성(打鼓城)은 고조산에 있는데, 꼭대기에 봉수대가 있다.'고 하였다. 고조산은 분산의 지맥이 힘차게 내리뻗다가 왼쪽으로 자리를 잡아 바다와 맞닿으면서 시내 쪽을 획 돌아보는 형국이다. 이곳은 고조산보다는 주로 남산(南山)으로 불리고 있다. 이곳의 꼭대기는 오랜 세월 타고봉, 즉 북을 두드려 외적의 침입을 알리는 봉우리로 불려왔다.

　그러나 시에서 보듯 이 봉우리는 이학규가 시를 읊을 당시에는 봉수대로서의 역할이 끝나고 방치되어, 잡나무가 우거지고 바위마다 이끼가 덮인 황폐한 모습이었던 것으로 보인다.

분산성 盆山城

　『동국여지승람』과 『김해읍지』 등을 종합하여 보면, 분산(盆山)은 부 북쪽 3리 지점에 있으며 김해의 진산(鎭山)이다. 여기에 분산성(盆山城)이 있었는데, 돌로 쌓았으며 둘레는 1,560척이었다. 지금은 모두 무너졌고 봉수대를 두었다. 성안에 우물 둘이 있는데, 겨울이나 여름에나 마르지 않는다고 하였다. 이 기록으로 보아 조선조의 대부분 시기 봉수대인 만장대(萬丈臺)가 중요한 군사시설이었지, 분산성은 거의 황폐한 상태였음을 알 수 있다. 그러나 고종 연간인 1871년에 다시 수축을 하였으니, 오히려 조선조 말에야 성이 모양을 제대로 갖추었던 것이다.

　고대 국가 시기에 쌓았던 이 산성은 고려 우왕 때 다시 제대로 쌓는다. 정몽주(鄭夢周 : 1337~1392)는 이를 축하하고 사실을 기록하기 위해 「김해산성기(金海山城記)」를 썼다. 그 내용을 보면 '박위(朴葳 : ?~1398)가 옛 산성을 수축하여 넓히고 키우게 하였다. 돌을 쌓아 굳히고 산을 따라 높였는데, 일이 끝나고 밑에서 바라보니 성벽이 천 길이나 높이 서서, 한 사람이 문을 담당하더라도 만 사람이 열 수 없도록 되었다. 장차 김해의 백성으로 하여금 평소에 무사하면 산에서 내려와 농사를 짓게 하고, 봉수(烽燧)를 보면 처자를 거두어 성으로 들어가게 한다면 베개를 높이고 누울 수 있을 것이다.'라고 하였다.

지금 분산성은 새로 수축을 하여 웅장하고 아름다운 모양을 자랑하고 있으며, 봉수대인 만장대 또한 잘 단장되어 있다. 조선조 말 허훈(1836~1907)은 성이 수축되고 난 뒤 김해를 찾아 당시의 분산성을 여덟 수의 시로 읊었다. 이 가운데 당시 성의 모습과 역사적 사실을 잘 담고 있는 몇 수를 감상하여 보도록 하자.

신발 밑에 만 리의 바람 부니	舃底吹回萬里風
쓸쓸한 나뭇잎 저 허공에 떨어지네	蕭蕭木葉下長空
거등왕 한 조각 돌은 강물 소리 속에	居登片石江聲裏
서복의 푸른 산은 희뿌연 안개 속에	徐福靑山霧氣中
하늘과 땅은 동남쪽으로 형세 넓으니	天地東南形勢曠
간성의 뛰어난 꾀 예나 지금 한 가지	干城籌策古今同
떠도는 인생 밝은 해에 날개 돋은 듯	浮生白日如生翰
구슬 궁궐 은대까지 소식 통하겠네	瓊闕銀臺信息通

허훈은 시에 주를 달아 '고려 장군 박위가 여기에 성을 쌓았는데, 우리 조정에서 버려두고 고치지 않았다. 사또 정현석(鄭顯奭 : 1817~1899)이 남은 터를 따라 새로 쌓고 관청 건물을 갖추고 군교(軍校)를 두어 비상사태에 대비하였다.'라고 하였다. 정현석은 1870년 김해부사로 와서 1871년까지 분산성을 수축하였다.

세 번째 구절 거등왕의 한 조각 돌은 초현대를, 네 번째 구절의

분산성의 봉수대인 만장대

서복은 중국 진시황(秦始皇)의 사자로 불로초를 찾아나섰다는 전설의 인물이며, 푸른 산은 그가 중국으로 돌아가지 않고 머물러 살았다고 알려진 일본을 말한다. 그리고 여섯 번째 구절의 간성은 고려 장군 박위와 김해부사 정현석이며, 마지막 구절의 은대(銀臺)는 임금에게 문서로 보고를 올리는 비서실 역할의 승정원(承政院)의 별칭이다. 시인은 분산성에서 바라보는 동남쪽의 탁 트인 풍광과, 이 성을 이루어낸 두 인물의 공적을 칭송하고 있다.

아득한 봉우리 꼭대기 광막한 바람	縹緲峯頭曠漠風
허공에 흐르나니 징과 피리 소리	雲璈象管響流空
누대는 하늘 위로 높이 솟았고	樓臺高出三淸上
일월은 중생들 속을 낮게 배회한다	日月低回九道中
살마주 축주 봉우리로 외로운 새 가라앉고	薩筑羣巒孤鳥沒
동래 양산 만호가 점점이 연기와 한 가지	萊梁萬戶點煙同
오창의 백마가 천 년이 흐른 뒤	吳閶白馬千秋後
오늘 날 아득하게 눈앞이 열린다	此日悠悠眼力通

두 번째 구절의 운오(雲璈)는 원(元)나라 때 궁중에서 쓰던 구리로 만든 조그만 징으로, 열세 개의 작은 징을 자루가 긴 틀에 달고 쳤다. 여기서는 분산성을 지키는 군사들이 경계하는 악기 소리를 비유한 것이다. 네 번째 구절의 구도(九道)는 구류(九類)와 같은 말로 난생(卵生)·태생(胎生)·습생(濕生)·화생(化生)·유색(有色)·무색(無色)·유상(有想)·무상(無想)·비상비비상(非想非非想) 등 아홉 종류의 중생으로 여기서는 분산성에서 내려다본 김해의 삶을 표현한 것이다. 다섯

번째 구절의 살축(薩筑)은 일본 구주(九州)에 있는 살마주(薩摩州)와 축주(筑州), 여섯 번째 구절의 내량(萊梁)은 동래(東萊)와 양산(梁山)이다. 일곱 번째 구절의 오창(吳閭)은 중국 강소성(江蘇省) 오현(吳縣) 성의 서북문인 창문(閶門)으로 보인다. 이 문은 춘추시대 오나라 왕 합려(闔閭)가 세운 것으로 서쪽 지역에 대운하가 있고, 서북쪽문인 창문은 상업 지역의 핵으로 발달했다. 여기서는 김해의 자연과 번화한 삶을 비유한 것이다. 분산성에 선 시인의 시야에는 가까이 김해의 자연과 삶의 모습이, 왼쪽으로는 낙동강 건너 동래와 양산의 모습이, 멀리로는 일본 동부의 구주가 들어오고 있다.

한번 휘파람에 오르니 바람에 떨어지는 기러기	一嘯登臨落鴈風
돌아보니 저 아래 세계가 허공으로 바뀌었네	回看下界轉成空
석양 속 흐르는 강물은 허리띠 같고	江流似帶斜陽裏
안개 속 나무 빛은 부들과 같구나	樹色如萍斷靄中
여기부터 온갖 형상이 다를 바 없어	自是衆形無所異
평지와 비교하자니 서로 같지 않구나	較諸平地不相同
여기 오니 비로소 기이한 곳이라 할 것 있네	此來始有叫奇處
인간 세상이 멀리멀리 열려있구나	南瞻之洲遠遠通

분산성에서 내려다본 낙동강 주변의 풍경을 읊은 것이다. 마지막 구절의 남섬(南瞻)은 불교 용어인 남염부제(南閻浮提)의 준말로, 수미산(須彌山) 사대주(四大洲)의 남주(南洲)에 있기 때문에 이름 붙었다고 한다. 남염부주(南閻浮洲) 혹은 남섬부주(南瞻部洲)라고도 한다. 원래는 인도 지역을 가리키는 말이었으나, 나중에는 인간 세상의 총칭으로

쓰이게 되었다. 여기서도 평지와는 다른 분산성에서 내려다본 세계,
즉 김해를 뜻한다.

취해 높은 누각에 기대니 초목에 바람 일고	醉倚高樓草木風
대륙으로 눈 옮기니 석양이 하늘에 떴네	流眄大陸夕陽空
넓고 아득한 세계 더 이상 밖이 없으니	茫茫世界無餘外
때때로 영웅이 이 속에서 늙는다	往往英雄老此中
땅은 긴 강으로 문호가 만들어졌고	地以長江門戶作
하늘엔 늘어선 날카로운 산 칼날 같구나	天留列嶂劍鋩同
두남 한 점이 평안히 불타오르니	斗南一點平安火
천리 떨어진 서울에 밤마다 통하네	千里京師夜夜通

해질녘 분산성 누각에서 바라본 김해를 천하의 요새로 표현한 것
이다. 따라서 주로 주변에 벌여선 방어선인 산과 평야를 묘사하였
다. 일곱 번째 구절의 두남(斗南)은 남두성(南斗星)으로 인간의 삶을 관
장한다고 믿고 있다. 그러나 여기서는 다만 남쪽 하늘에 뜬 저녁별
을 묘사한 것으로 보이는데, 이 남쪽의 별빛이 결국은 서울까지 통
하여 나라를 지키는 빛이 되리라는 표현이다.

연오의 큰 문장이 굳센 바람 일으키더니	延烏大筆動勍風
이에 의지하여 천년동안 산이 비지 않았네	藉此千秋山不空
벼랑 위 쇠뇌 활은 저 아래를 막아내었고	陸壁礧弓堪禦下
층층의 봉우리엔 군량과 갑옷 감추었네	層峯糧鎧可藏中
꽂혀진 산 베어진 솔은 검은 원숭이 같고	倒嶂槎松玄玃似
구름 걷힌 성가퀴 흰 무지개 같구나	排雲粉堞素霓同

김해의 단단한 진영 천혜의 험요 더하였고	金寧鉅鎭加天險
만장의 높은 대는 사방을 압도한다네	萬丈高臺壓四通

첫 번째 구절의 연오(延烏)는 연일(延日)과 오천(烏川)을 합한 말로, 경상북도 포항(浦項)의 영일(迎日)이다. 영일의 유명한 성씨로 정(鄭)씨가 있는데, 이를 연일 정씨 혹은 오천 정씨라고도 한다. 여기에서 연오의 큰 문장은 정몽주를 말한다. 앞에서도 잠시 언급했듯 정몽주는 「김해산성기」를 썼다. 시인은 정몽주가 이 글에서 김해산성의 위용을 언급한 이후로 이것이 축복인 양 주문인 양 수많은 세월이 흘렀어도 변하지 않고 우뚝하게 서서, 사방을 압도하며 변방을 지키는 모습에 감탄을 금하지 못하고 있다.

이제까지 우리는 허훈의 <분산진성(盆山鎭城)> 여덟 수를 통해 조선조 말 분산성의 모습과 분산성에서 바라본 주변의 풍광, 분산성의 의의 등을 느껴보았다. 허훈은 밝은 낮에 도착해 밤이 되기까지 계속 성에서 내려오지 않았던지 전체 시에서 낮부터 밤까지 펼쳐지는 분산성과 주변의 분위기를 잘 느낄 수 있도록 하였다.

이제는 분산성의 수루(戍樓)에서 읊은 이종기(1837~1902)의 시를 감상하고 분산성에서 내려가기로 하자.

아득한 분산에 수루를 올리고	縹緲盆山起戍樓
사또가 조치하여 변방을 웅장하게 했네	使君措置壯邊陬
그건 그렇고 오랑캐 새끼 돛을 펄럭이는데	遮莫蠻兒飄海颺
은혜 믿음이 남쪽 고을에 펼쳐지기만 못하지	不如恩信殿南州

〈이종기, 盆城戍樓〉

수루는 주변을 경계하기 위해 지어진 누각이다. 분산성을 새로 수축하고 수루를 지은 것은 고려 사또 박위와 조선조 말의 사또 정현석이다. 이들이 분산성에 수루를 지어 주변을 경계하였던 것은 일본의 침략을 막기 위함이다. 참으로 오랜 악연이다. 가까이에서 서로 믿음을 주고 은혜를 베풀면서 지낸다면 이 산성과 수루가 무엇 때문에 필요할 것인가? 그런데 지금도 저 오랑캐들은 침략의 돛을 펄럭이고 있으니 안타깝기 그지없다.

동헌 東軒

이제는 김해의 가장 중심이었던 김해읍성 안으로 간다. 처음 만날 곳은 김해 행정의 중심으로서 부사가 고을의 일을 처리하던 김해부 동헌(東軒)이다. 동헌은 김해읍성의 서문에 가까운 지금의 서상동(西上洞)에 있었다. 지금 정확한 위치를 확인하기는 힘든 상황이다. 다음은 조선조 전기 시인 홍성민(洪聖民 : 1536~1594)의 것이다.

산빛은 예로부터 푸르렀으니	山色古來碧
숲속의 꽃은 몇 번이나 붉었던가	林花幾度紅
바람과 안개 일부러 그런 것 아닌데	風烟非作意
처연한 마음 속에서 저절로 일어나네	悽感自由中
삼차강과 칠점산은 저쪽 밖	三叉與七點
둘러진 산천에 붉은 누각 하나	襟帶一樓紅
생학이 때때로 목매고	笙鶴時時咽
저 아득한 속에 구름 어린 창	雲窓縹緲中

〈홍성민, 次金海東軒 高祖韻〉

홍성민은 한때 경상도도사(慶尙道都事)를 지냈던 고조부 홍경손(洪敬孫 : 1409~1481)의 시를 차운하고 있다. 첫 번째 시에서 그는 고조부를 추억하고 있다. 고조부가 왔던 이 자리에 오랜 세월이 흐른 지금 오니 자연스럽게 그에 대한 감회가 떠올라 처연해진다는 표현이다. 그리고 두 번째 시에서는 김해의 대표적인 경관인 삼차수와 칠점산을 배경으로 솟아 있는 동헌의 풍경을 그리고 있다.

남쪽 나라 산하는 형승을 모았구나	南國山河摠勝形
높은 성 흐릿한데 탑은 우뚝하여라	高城隱隱塔亭亭
가야금과 제비는 자줏빛에 빛나고	繞梁語燕光飜紫
밝은 들 흐릿한 꽃은 푸른빛에 비치네	照野烟花暈倒青
연못 풀에 빠진 혼 봄비 흐리고	塘草迷魂春雨暗
옥매에 놀란 피리 해질녘 강에 걸쳤네	玉梅驚籟暮江橫
석 잔 술에 씻어질 듯 맑은 시름 다하니	三盃擬洗淸愁盡
석양에 한껏 취하여 깨고 싶지 않구나	沈醉斜陽不願醒

〈홍성민, 次東軒韻〉

동헌에서 바라보는 김해의 역사와 풍경을 읊고 있다. 직접 보이는 것은 김해의 가장 오래된 상징 가운데 하나인 제비루, 즉 연자루(燕子樓)이며, 가야를 상상하는 시인의 시청신경에 느껴지는 것은 가야금이다. 옥매화(玉梅花)가 피고 피리 소리가 저 멀리 황혼의 강 너머까지 울리니 술에 취한 듯, 가락국의 역사와 풍광에 취한 듯 시인은 깊이 젖어들고 있다.

객사 客舍

　다음은 지금의 김해시 동상동(東上洞)의 연화사(蓮華寺) 자리에 호계 주변의 아름다운 누정들과 함께 자리하고 있었던 김해객사(金海客舍)로 간다. 『동국여지승람』에 객관은 정통(正統) 계해(癸亥 : 1443)년에 부의 관청 건물과 함께 화재로 소실되자 당시의 김해 부사 박눌생(朴訥生 : 1374~1449)이 중건하고 안숭선(安崇善 : 1392~1452)이 기문을 지었다고 하였다.

　고려 말 전녹생(田祿生 : 1318~1375)은 그의 문집 『야은일고(埜隱逸稿)』에 '정당(政堂) 김득배(金得培 : 1312~1362)가 김해 객관에서 시를 읊어'라고 하였는데, 다음의 시가 그것이다.

분성에 와서 관리 노릇한 지 스무 해 전	來管盆城二十春
당시의 어른들은 반이나 티끌 되었네	當時父老半成塵
서기로부터 시작해 원수가 되었나니	自從書記爲元帥
손가락 꼽아보자 지금까지 몇 명이었나	屈指如今有幾人
	〈김득배, 題金海客舍〉

동상동 연화사 전경 이곳은 객사의 후원이었다고 하니, 이 앞에 객사가 있었던 것으로 볼 수 있
다. 이를 중심으로 함허정, 청뢰각, 분성대, 연자루 등이 있었다. 외래객들의 숙소 겸 연회 장소로
쓰였던 곳들이다.

김득배는 20년 전 김해에서 관리로 근무하였다고 했으니, 1337년 경 그는 전녹생이 그러했듯이 마산 합포(合浦)에서 근무하였다. 이후 그는 원수(元帥)인 도첨의찬성사(都僉議贊成事)가 되었으나, 마지막에는 간신 김용(金鏞 : ?~1363)의 모함에 연루되어 효수(梟首)를 당하였다.

시인은 20년 전 당시 만났던 많은 이들이 돌아가신 것에 대해 안타까워하는 한편 원수가 된 사실에 스스로도 놀랍다는 듯이 표현하여 세월과 인생의 무상함을 표현하였다. 그의 인생을 보면 이것은 김해의 당시 사람들에게만 해당되는 것은 아닌 듯하다.

다음은 이보다 500년이 지난 조선조 말 허전(許傳 : 1797~1886)의 시다.

김해는 옛 수도요	盆城自是舊京華
수로 신령께선 우리 집안 선조	首露神靈肇我家
연대가 선통기와 같고	年代有如禪通紀
후손은 무수하여 항하사 같구나	雲仍無數恒河沙
구산의 진산 북쪽 하늘이 험요처 마련했고	龜山鎭北天成險
명해가 남쪽을 경계 지어 땅이 끝 닿았네	鳴海經南地盡涯
회로당과 초선대 남은 터가 있고	會老招仙遺址在
지금은 가을 대가 봄꽃과 더불어 있네	秖今秋竹與春花

〈許傳, 次盆城舘板上韻〉

허전은 김해 객관의 모습보다는 김해에 들어서서 느낀 자신의 감회에 대해 읊고 있다. 김해는 가락국의 수도였으며, 그의 선조인 김수로왕과 허왕후가 탄강한 곳이다. 그는 이들이 이루어낸 가락국의 역사가 대단히 깊음을 선통기와 같다고 하고, 후손들이 대단히 번성하였음을 항하사(恒河沙)라고 하였다. 선통기는 중국 역사서 『춘추(春秋)』의 위서인 『춘추위(春秋緯)』에서 중국 고대의 역사를 구두기(九頭紀), 오룡기(五龍紀), 섭제기(攝提紀), 합락기(合雒紀), 연통기(連通紀), 서명기(序命紀), 수비기(脩飛紀), 회제기(回提紀), 선통기(禪通紀), 유흘기(流訖紀) 등 열 개로 구분한 시대 가운데 하나다. 항하사는 인도 갠지스강의 모래라는 뜻으로 헤아리기 힘들 정도로 많은 수다. 시인은 주를 달아 '회로(會老)는 당의 이름이고, 초선(招仙)은 대의 이름이다.'라고 하였는데, 이 두 곳을 강조한 것 또한 초선대 또는 초현대가 김수로왕의 왕통을 이은 아들 거등왕(居登王)과 관련되어 있고, 회로당 역시 김수로왕의 제례(祭禮)와 관련되어 있기 때문이다.

회로당 會老堂

『동국여지승람』에 회로당
은 '성의 북쪽에 있다고 하였
으며, 홍치(弘治) 신해(1491)년
에 고을 원로들이 건립하였
다.'고 하였다. 원래 유향소(留
鄕所)로서의 기능을 하였던
곳으로, 향안(鄕案)을 보관하
고 삼향임(三鄕任 : 좌수·좌별
감·우별감)이 상시근무하던
청사이기도 하였다.

이에 대해서는 역시 김수
로왕의 후손이기도 한 김일
손(金馹孫 : 1464~1498)의 「회로

김수로왕을 비롯해 조상의 제의 때 마을 원로들
이 모여 음복하던 부속건물 회로당

당기」를 보면 잘 알 수 있다. 워낙 긴 글이라 여기서는 전체를 모두
인용하지 않고 요약해서 살펴보자.

이 당의 이름을 회로라고 한 것은 고을 원로들의 모임이라는 뜻

이다. 지역의 원로들은 이곳에 모여서 술을 마시거나 활을 쏘고 법도를 강습하는 한편, 고을의 옛 풍습을 이어나가고 고을 사람들의 풍속을 순후하게 하는데 앞장서는 노력을 하였다. 아울러 김수로왕을 비롯한 조상의 제의(祭儀) 때 모여서 음복하는 등 부속 건물로 사용하기도 하였다. 당은 성의 북쪽에 있는데, 10년 동안 김순손(金順孫)이 오래 전에 빈 집으로 남아있던 것을 옛날에 있던 곳에 새로 세웠다.

김일손은 기문의 끝에 당시 모인 원로들과 함께 불렀던 연신가(延神歌)를 얹어두었다.

붉은 끈 땅에 드리워	紫纓墮地兮
그 전통이 면면하였소	垂統綿綿
구간이 주장 없어	九干無主兮
하늘에서 떨어졌다오	有隕自天
바다 위에 나라 정하여	海上定鼎兮
4백 년을 드리웠소	垂四百年
편호에 사는 백성	編戶居民兮
모두가 그 자손들	昴雲遠孫
세시되면 제사 올려	歲時報事兮
부로들이 모여들었소	父老駿奔
신령한 까마귀 울어 흩어지자	神鴉啼散兮
거친 언덕엔 고목 뿐	古木荒原
변두는 고요하고 아름답고	籩豆靜嘉兮
서직은 향기롭소	黍稷其芬
퉁소와 북 울리니	簫鼓鳴兮

보도 듣도 못하건마는	不見不聞
신은 구름인 양 오시리다	神之來兮如雲
술 취하고 배불러 양양히 내리시니	醉飽洋洋兮
어찌 우리 백성에게 복을 아끼리오	何不福我元元
우리 백성 복을 받아	我民受賜兮
즐기고 평안하였다오	於以樂康
학발이 삼삼하고	鶴髮鬖鬖兮
구장이 장장할 제	鳩杖鏘鏘
춤과 노래 해마다	歌舞年年兮
길이길이 쉬지 않으리	其永無疆

김수로왕신의 내력을 소개하고, 원로들이 모여 회로당을 새로이 결성한 것에 대해 고유(告由)하는 한편 후손들이 누릴 만대의 복을 기원하는 뜻이 잘 표현되고 있다. 지금 김해 사람들이 모여서 함께 불러도 전혀 어색하지 않을 듯하다.

김수로왕릉 앞에 있는 연신루

청뢰각 晴䨓閣

이학규(1770~1835)의 『금관죽지사』와 『금관기속시』를 새롭게 번역하고 연구한 안미정 선생은 청뢰각(晴䨓閣)에 대해 '지금의 김해시 동상동(東上洞)에 있었다.'고 하고, 『읍지』의 내용을 통해 '객관 중문(中門) 밖에 있었으며 기축(己丑 : 1649)에 부사 이상경(李尙敬 : 1609~1674)이 창건하였다.'고 하였다. 그리고 1830년대 읍지에는 '객사의 정문 밖에 있다.'고 하였다. 또한 이를 시로 읊은 이학규는 '청뢰각은 부성의 동쪽, 객관의 남쪽에 있다.'고 하였다.

이상의 설명을 종합하여 보면 청뢰각은 현재의 동상동 연화사 남쪽에 있던 객관의 정문 앞에 있었던 것으로 이해된다. 그리고 1649년 창건된 이후 이학규가 시를 읊을 당시인 1800년대까지도 이 집은 튼튼하게 자리 잡고 있었음을 알 수 있다. 이제 이학규의 시를 보자.

사찰에서 북을 만드는데	製鼓本禪宮
만 전이나 들여 장식을 하네	粧餙萬錢費
강에 흘러가나니 8월의 떼배	江流八月槎

나그네가 천 근 짜리 소를 드리네	客獻千斤犦
돌아오니 군 성 안에	歸來郡城中
우레 소리에 물과 구름이 끓어오르네	晴雷水雲沸

〈이학규, 金州府城古迹十二首 贈李躍沼, 晴雷閣〉

　이학규는 1809년부터 1810년에 걸쳐 김해에서 본 일을 읊은 〈기경기사시(己庚紀事詩)〉에 북을 치는 행사인 '격고(擊皷)'를 노래하고 있는데, 여기에 설명을 붙여 '격고는 가뭄을 걱정하는 것이다. 부의 풍속에 큰 가뭄을 만나면 부 안에 나무를 꽂아 시렁을 만들고, 풀을 묶어 용을 만들고, 장육존상(丈六尊像 : 1장 6척으로 만든 불상)의 그림을 걸고, 악사(樂師)와 승려·무당이 잡다하게 악기를 연주하며 노래하고 춤을 추어 어지럽고 소란스럽기 그지없다. 그런데 준비물은 모두 백성에게 요구하니, 백성들은 명을 감당하지 못하여 가뭄을 걱정하기는 커녕 기도하고 제사지내는 것을 걱정한다.'고 하였다.

　세 번째 구절의 팔월의 떼배[八月槎]는 기이한 이야기를 모아둔 중국의 『박물지(博物志)』에 설명되어 있기를 '해마다 8월이면 떼배가 바닷가에 떠 왔다가 가는 시기를 결코 놓치지 않는데, 어떤 사람이 그 위에다 집을 지은 뒤 양식을 싣고 타고 가더니, 10여 일만에 은하수에 이르러 견우(牽牛)와 직녀(織女)를 보았다.'고 하였다. 네 번째 구절의 '위(犦)'는 덩치가 엄청나게 커서 고기가 수천 근이나 나오는 소로 중국 촉(蜀) 땅에서 난다고 알려져 있는데, 이 소는 주로 제사의 희생으로 많이 쓰인다.

　이 시는 당시의 사정을 풍자한 것으로 하늘에 기도를 드린다기에

견우에게 가서 기도하며 제사지낼 큰 소를 얻어다가 희생으로 바치
려고 했더니, 기다리지 못하고 벌써 우레[청뢰 : 晴靐]처럼 요란하게
북소리가 울리고 있더라는 표현이다.

분성대 盆城臺

조선조 말 송병선(宋秉璿 : 1836~1905)은 '고을에 들어가면 연자루를 보게 되는데, 뒤에 함허정이 굴곡진 못에 떠있고, 그 옆에 분성대(盆城臺)가 있으니 사람들은 가락국의 궁궐터라고 한다.'고 적고 있다.

대가 구름과 이어져	臺與雲氣連
아득하게 바다 위로 보이네	蒼茫見海表
처음 빛이 사람의 얼굴에 비치더니	初暉射人顔
높은 바람에 나무 끝으로 흩어지네	高颷散木杪
가만히 앉아 성 안의 사람 살펴보니	坐視城中人
아침이고 저녁이고 절로 여유롭구나	悠悠自昏曉

〈이학규, 金州府城古迹十二首 贈李躍沼, 盆城臺〉

대(臺)는 물가에 있는 언덕이다. 분성대 역시 호계 가에 있던 언덕이다. 지금은 이 대가 있었다고 알려진 연화사 주변에 언덕은 전혀보이지 않고, 가락국의 옛 궁궐터라고 새겨진 비석만 남아 있어 이곳이 그곳인지 정확히 알기는 어렵다. 그러나 여기에 있었던 연자루, 함허정, 청뢰각, 객관 등과 분성대를 하나로 그려보면 당시의 모습을 상상할 수도 있겠다.

시인은 대가 상당히 높았던 것으로 묘사하고 있는데, 처음에 빛이 사람의 얼굴에 비치더니 대 위의 바람에 흔들리는 나무 끝으로 빛이 흩어진다는 표현에서 언덕 위로 지나는 해의 궤적을 그려볼 수 있다. 그리고 대 주변의 평온한 분위기 또한 느낄 수 있다.

함허정 涵虛亭

　다음은 함허정(涵虛亭)을 보자.『동국여지승람』에는 '함허정은 연자루(鷰子樓)의 북쪽에 있으며 부사 최윤신(崔潤身)이 건축(1497)한 것이다. 호계 물을 끌어들여 연못을 만들고 그 복판에다 정자를 지었는데 매우 조촐하고 시원하다.'라고 하였다. 조선조 초기의 김일손(金馹孫 : 1464~1498)은 함허정을 처음 지었을 때의 기록인「함허정기(涵虛亭記)」를 남겼다. 내용을 줄여서 보도록 하자.

　부사 최윤신이 파사탑(婆娑塔) 남쪽에 네모난 못을 파고 호계의 물을 끌어들여 가두었다. 물속에 섬을 쌓아서 점대(漸臺 : 물이 차면 잠기는 언덕)를 만들고 그 위에 띠풀로 이엉을 이어 정자를 지었다. 물을 가로질러 다리를 놓고, 고기도 기르고 연도 심고 또 물새와 해오라기 등을 길러서 떴다 잠겼다 하게 하였다. 그 넓이는 반 이랑에 지나지 않지만 물이 멎고 어리어 하늘과 뒤섞였다. 최윤신이 좌의정 어세겸(魚世謙 : 1430~1500)에게 이름을 청했더니, 함허라고 지었다. 정자 이름인 함(涵)은 잠긴다는 뜻이고, 허(虛)는 비었다는 뜻이니, 비어 있으므로 모든 것을 잠기게 하고, 받아들일 수 있다는 말이다.

　1800년대 초의 『김해읍지』에는 1547년 김해부사 김수문(金秀文 :

?~1568)이 무너진 것을 증축하였다고 하였다. 다음에 볼 황준량(黃俊良 : 1517~1563)의 시에서 읊은 그것이다.

물그림자 하늘하늘 아름다운 다리에 비치고	水影離離映畫梁
팔괘 나뉜 붉은 기둥 원과 모를 본떴네	卦分丹柱體圓方
구름 뜬 하늘 푸른 빛 품고 예나 지금 한가지	雲天涵碧自今古
솔과 대 찬 기운 일어 눈과 서리에 남았네	松竹生寒留雪霜
맑은 은하수 갈래 돌 틈으로 부서지고	淸漢孤分石齒碎
둥근 연잎에 이슬 쏟아지니 시흥이 맑아지네	圓荷露瀉吟魂凉
산 위로 솟아나는 사경의 달 보니	待看山吐四更月
한 정자 허공의 밝은 빛을 마시고 있네	吸得一亭虛白光

〈황준량, 涵虛亭 次曹建中〉

황준량은 시에 주를 달아 '정자의 모양은 모나고 둥글어 팔괘(八卦)를 본떴다.'고 하였으니, 팔각정이다. 황준량이 차운을 한 조건중(曹建中) 조식(曺植 : 1501~1572) 또한 '교룡의 집 신기루 오르니 제비는 들보가 없고, 허공에 무엇인가 잠겼으니 보이나니 곧고 모나네'라고 읊고 있다. 이러한 팔각정 주변으로는 호계의 물이 흘러들었다가 돌 틈을 맑게 장식하곤 흘러나가고, 연잎에 맺힌 이슬 또한 맑은 풍경을 보탠다. 더구나 달이 둥실 떠오른 새벽의 함허정은 그 풍취를 더하였다.

하월재 荷月齋

함허정은 정유재란(丁酉再亂 : 1597~1598) 때 무너졌던 것이 1801년 부사 심능필(沈能弼)에 의해 하월헌으로 거듭 났으나, 다시 퇴락하는 등 여러 변화를 겪었던 것으로 기록되어 있다. 1800년대 『김해읍지』에 하월헌은 고을 원이 선비를 기르던 양사재(養士齋)로 소개되어 있는데, '경신(庚申 : 1800)년 초에 성내의 함허정 옛 터에 세웠다. 빼어난 아름다움의 극치였다. 신사(辛巳 : 1821)년에 북쪽 성 밖에 다시 세웠다.'고 되어 있다.

높은 집이 잔 물결을 베게 삼으니	高軒枕漣漪
돌아 흘러 난간 그림자를 지나네	周流步欄影
연잎은 옥정의 뿌리에 이어지고	荷連玉井根
밝은 달은 문고리에 차갑게 비치네	月皎銅鋪冷
집 앞에서 희미한 종소리 듣자니	齋頭聞微鐘
외로운 마음에 깊은 깨달음 일으키네	孤懷發深省

〈이학규, 金州府城古迹十二首 贈李躍沼, 荷月齋〉

세 번째 구절 옥정의 뿌리는 중국 당나라 시인 한유(韓愈 : 768~824)

의 '태화봉 꼭대기 옥정의 연꽃, 열 길 높게 피었으니 연밥도 배만하구나. 어찌하면 긴 사다리로 열매 따다가 칠택(七澤)에 심어 뿌리를 연이을 수 있을까?'라고 한 시에서 인용한 것으로 세상에 쓰이지못한 자신을 암시한 말이다. 한유와 마찬가지로 이학규 또한 선비를 양성한다는 하월재에서 유배된 자신의 처지를 돌아보는 마음을 읊고 있다.

하월헌의 창가가 온종일 비었으니	荷月軒窗鎭日空
어찌 구태여 사내들 언덕 위에 모이리오	何須子國聚邱中
은동곳 상투에다 누런 삼베옷 걸치고서	銀釘髻子黃麻裯
분성대에 올라서 바람을 쏘인다네	去灑盆城臺上風

〈이학규, 금관기속시〉

이학규는 시에 주를 달아 '하월헌은 객관의 북쪽이며 분성대의 동쪽에 있다. 고을의 원이 선비를 양성하는 곳이다. 집은 오랫동안 내버려두어 고을의 불량배들이 모여서 음탕한 짓을 하는 곳이 되었다.'고 하였다.

1801년 10월에 김해에 온 이학규가 이미 그 기능을 제대로 하지 못했다고 하는 것으로 보아서 이 집은 세우고 그리 오래지 않아 선비 양성의 기능을 잃어버리고 주변의 여타 정자처럼 유흥의 장소로 활용되었던 것으로 보인다. 이러한 상황이 되자, 선비 양성의 새로운 기대를 안고 하월헌은 1821년 성밖으로 나갔다. 그러나 이후 이 또한 제대로 운영되지 않다가 성재(性齋) 허전(許傳 : 1979~1886)이 김해 부사로 와서 이를 개탄하고 서당을 열어 김해 주변의 학문을 일으킨 이래로 학문의 전당으로서의 역할을 하였던 것으로 보인다. 지금은 향교 입구 유림회관 옆에 1927년 새로 지은 취정재(就正齋)가 그 역할을 대신하고 있다. 취정재에는 허전의 <철명편(哲命篇)> 목판이 보관되어 있기도 하다.

취정재

연자루 燕子樓

연자루(燕子樓)는 가락국의 아픈 추억과 빼어난 풍광을 간직한 채 오랜 세월 김해의 상징이 되었다. 그러나 아쉽게도 현재는 조그마한 기둥 받침돌 한 개만 남기고 이리저리 흩어져 버렸다.

연자루가 언제 지어졌는지 정확히 알 수는 없다. 그런데 금관가야 구형왕(仇衡王 : 구해왕) 9년(531) 겨울에 연자루가 울며 흔들려 김해 사람들이 모두 놀랐는데, 임자년(壬子年 : 532)에 나라가 망하리라는 것을 예언하는 것이라고 해서 왕이 없애도록 명했다고 한다. 이 이야기를 믿자면 연자루는 가야의 마지막 왕인 구형왕 이전부터 있다가 구형왕 9년에 한 번 사라졌었다고 보아야 한다. 그런데 분명한 문헌이나 실체의 자료가 부족한 상황에서 이것을 그대로 믿기는 어렵고, 김해를 상징하는 건물이다 보니 가락국과 관련시켜 이러한 신비한 이야기가 전해온 것으로도 보인다.

연자루의 위치에 대해서는 함허정 문 앞이며 객관의 후원이라고 하는데, 앞에서 보았던 객관 주변 다른 건물의 위치와 비교한다면 그곳을 추측할 수 있을 것이다.

연화사 마당에 보관되어 있는 연자루의 기둥 석재 나무 기둥 아래를 바치고 있던 것으로 보인다.

이곳은 김해의 상징이니만큼 수많은 시인들에게 시의 소재가 되었으므로, 시의 편수가 대단히 많다. 편의상 가장 이른 시기에 형성된 것으로부터 보되 시대별로 뽑아서 보도록 하자.

다음은 고려시대 주열(?~1287)의 시다.

연자루 사라진지 물어보자 몇 년인지	燕子樓亡問幾春
푸른 깁과 구슬 발은 이미 티끌 되었네	碧紗珠玉已成塵
호계는 울며 흐르나니 언제나 다할까	虎溪鳴咽何時盡
구름 흩어져 천 년토록 사람 볼 수 없구나	雲散千年不見人

주열은 원종(元宗)과 충렬왕(忠烈王) 때 경상도 일대 안렴사·계점사로 파견된 적이 있었다. 이 시 또한 당시에 지었던 것으로 보인다. 그러나 첫째 구에서 보듯 연자루는 주열이 이 시를 읊을 당시에는 이미 없어진 상태였다. 이 시기는 여원연합군의 일본 정벌 준비, 왜구의 준동 등 복잡한 시기였으나 전란이 그렇게 심한 것은 아니었다. 그런데 『동국여지승람』에 '삼별초(三別抄)가 군사를 나누어 경상도 방면으로 향하였는데, 금주(金州)가 변방에 있었으므로 적의 침공을 먼저 받았다.'고 기록되어 있는 것으로 보아서는 삼별초가 김해로 들어왔던 원종 11년(1270)의 전란에 불탔던 것으로 보인다. 그러므로 이 시는 주열이 경상도 안렴사로 파견되었다가 교체되었던 원종 12년(1271)에서 13년(1272) 사이나, 경상도 토점사로 파견되었던 충렬왕 4년(1278)에서 5년(1279) 사이에 지었던 것으로 보인다. 그런데 원종 12년에서 13년 사이로 보기에는 연자루가 사라진 것이 1~2년 정도 밖에 되지 않았기 때문에 '연자루가 사라진지 몇 해나 되었는

가'라는 구절과 어울리지 않는다. 그러므로 이 시의 창작 연대는 연자루가 사라지고 난 뒤 8~9년이 지난 충렬왕 4년과 5년 사이로 보는 것이 옳겠다.

이로 보아 연자루는 1270년 이전에 세워졌다가 삼별초의 침공으로 불탔던 것이 다시 세워졌고, 『동국여지승람』의 '객관은 정통(正統) 계해년(1443)에 부의 관청 건물의 화재로 소실되었는데, 부사 박눌생(1374~1449)이 중건하고 안숭선(1392~1452)이 기문을 지었다.'는 기록과, 조선조 김일손(1464~1498)의 함허정 기문에 '지금의 부사 최윤신이 이미 연자루를 중수하였고'라는 내용에서 보듯이 1443년 관청 건물들이 불탈 때 함께 다시 소실되었다가 15세기 후반 부사 최윤신에 의해 중수되었던 것으로 보인다. 연자루는 뒤에도 여러 차례 새로 짓거나 수리되었으나 일제강점기인 1932년에 철거되었고 건물의 일부는 서울 방면으로 매각되었다고 한다.

다음은 정몽주(1337~1392)의 시다.

옛 가야 찾아오니 봄 풀빛이로다	訪古伽倻草色春
흥망이 몇 번 변해 바다가 티끌 되었나	興亡幾變海爲塵
당시에 애끊으며 시를 남긴 나그네들	當時腸斷留詩客
마음 맑기 물과 같은 사람으로부터라네	自是心淸如水人

이 시는 제목이 대단히 길다. 풀이해서 보면 '옛날 재상(宰相) 야은(埜隱) 전(田) 선생이 계림판관(鷄林判官)이 되었을 때 김해 기생 옥섬섬(玉纖纖)에게 준 시가 있는데,

바닷가 신선의 산 일곱 점이 푸르고   海上仙山七點青
거문고 가운데 흰 달 하나 밝구나   琴中素月一輪明
세상에 섬섬의 손이 있지 않았으면   世間不有纖纖手
누가 태고의 정을 탈 수 있으리   誰肯能彈太古情

〈전녹생, 贈金海妓玉纖纖〉

이라고 하였다. 10여 년 뒤에 야은이 합포(合浦)로 와서 지킬 때 옥섬
섬은 이미 늙었는데, 그녀를 불러 곁에 두고 날마다 가야금을 타게
했다. 내가 그것을 듣고 그 운에 화답하여 벽에 네 개의 절구를 적
는다'이다.

제목에서 보이는 야은은 전녹생(田祿生)으로 그는 1364년 감찰대부
(監察大夫)로서 원나라에 다녀와 계림윤(鷄林尹)이 되었는데, 이상의 이
야기에서 보면 그가 옥섬섬을 만나 시를 준 것은 바로 이때다. 그리
고 1367년 경상도도순문사(慶尙道都巡問使)로 왔을 때 다시 그녀를 만
나 사랑을 나누었던 것으로 보인다.

그리고 시의 마지막 구절 '마음 맑기 물과 같은 사람'은 앞에서
보았던 주열이다. 이에 대하여서는 『고려사』에 다음과 같은 일화가
전해온다.

주열은 용모가 추하고 코가 썩은 귤 같아서 제국공주(齊國公主 : 고
려 충렬왕비)가 처음 와서 많은 신하들에게 잔치를 베풀었는데, 주열
이 일어나서 축수(祝壽)하니 공주가 놀라면서 "어찌 갑자기 늙고 추
한 귀신으로 하여금 가까이 오게 하십니까?"라고 하였다. 왕이 말하
기를 "이 늙은이가 용모는 귀신같이 추하지만 마음은 물과 같소."라
고 하였더니 공주가 공경하고 귀하게 여겨 잔을 들어 마셨다.

고려 말 조선조 초의 시인 권근(權近 : 1352~1409)은 주열과 전녹생의 시에서 운(韻)을 빌어 연자루를 노래하였다. 그는 1389년(창왕 1) 윤승순(尹承順)의 부사(副使)로 명나라에 다녀올 때 가져온 예부(禮部)의 자문(咨文)이 문제가 되어 우봉(牛峯)에 유배되었다가 영해(寧海)·흥해(興海)·김해(金海) 등으로 옮겨지게 되었다. 그가 김해에 온 것은 이듬해 윤 4월이었고, 5월에는 청주(清州)로 다시 옮겨졌으니 김해에 머문 것은 겨우 한 달 남짓이다.

그는 연자루에서 세 수의 시를 남겼는데, 제목은 '김해 연자루 시 세 수를 차운하여'다. 제목처럼 첫 번째 시는 평성(平聲) 경(庚)자 운을, 두 번째의 것은 진(眞)자, 마지막의 것은 침(侵)자 운 등 앞선 시인들의 세 개 운을 이어 쓰고 있다.

가락국 옛터엔 풀 나무 푸르고	駕洛遺墟草樹青
바다 하늘 드넓어 눈이 활짝 트인다	海天空闊眼增明
이 날 누각에 올라간 나그네	樓中此日登臨客
나라 떠난 연연한 정 견디기 어렵구나	去國難堪戀戀情

임금이 있는 서울을 떠나 변방 김해까지 온 나그네의 마음은 안타깝기 그지없다. 그러나 연자루에 오른 시인의 눈앞에 펼쳐진 옛 가락국의 수도 김해의 풍광이 이를 달래주는 듯하다.

곱디 고운 옥같은 손 이팔이라 청춘	玉手纖纖二八春
춤추는 비단 치맛자락에 향기가 인다	舞衫羅襪動香塵
글 잘하는 야은은 거문고에 취미 있었지	文章埜隱琴中趣

높은 풍류 이어받은 이 몇이나 되는고 　　　能繼高風有幾人

　여기에 전설처럼 전해지는 야은 전녹생과 옥섬섬의 사랑 이야기
는 오늘도 거문고 소리인양 시인의 귓전에 생생하게 들려오니, 이
것이 눈 앞에 펼쳐진 김해의 풍광을 더욱 아름답게 장식한다.

해변에 귀양 온 나그네 머물러 있나니 　　　海邊逐客方留滯
하늘가 높은 누대 오를 만하여라 　　　天畔高樓可上臨
한 시대의 풍운은 옛일 되었는데 　　　一代風雲成太古
천년의 능묘만 지금껏 남았구나 　　　千秋陵墓至如今
제비 나는데 주렴에는 장맛비 내리고 　　　燕飛簾幕黃梅雨
앵무 지저귀는 동산 수풀엔 녹음 짙어라 　　　鶯囀園林綠樹陰
적막하여라 웅대한 뜻도 계절에 놀라 　　　寂寞壯心驚節序
몇 번 서쪽 바라보며 헛되이 시 읊조렸나 　　　幾回西望費長吟

〈권근, 次金海燕子樓詩三韻〉

　그러나 옛 가락국은 유배된 자신의 신세마냥 오랜 세월의 풍파
속에 사라져버리고 무덤으로만 남아 웅대한 뜻보다는 옛 추억만을
되새기도록 하고 있다.
　고려말 조선조 초기 시인 조준(趙浚 : 1346~1405)은 다음과 같이 연
자루를 읊었다.

거울 같은 바다와 산은 맑기도 하고 　　　烟鬟鏡面海山青
아름다운 물결머리로 석양이 밝구나 　　　雲錦波頭夕照明
고맙구나 가야 그 옛날의 달빛이 　　　多謝伽倻舊時月

밤 깊어 누각에 기댄 마음 두루 비춰주니　　　夜深偏照倚樓情

〈조준, 次金海燕子樓韻〉

연자루는 가락국의 정서를 가슴에 품고, 김해의 아름다운 풍광을 눈에 가득 펼치고 있다. 특히 달이 비치는 밤이면 연자루에 오르는 사람의 감성 속에 더욱 짙게 물든다. 그 옛날 호계 주변의 아름다운 풍광과 어울린 연자루의 모습이 무척이나 그리워진다.

연자루는 고려 시대의 주열(?~1287)이 시로 읊은 이래 정몽주(1337~1392), 권근(1352~1409), 조준(1346~1405) 등 고려조 시인들이 이를 이었다. 이제는 조선조 초기 시인 이원(李原 : 1368~1430)의 시를 보자.

앵무주 가에 방초는 푸르고　　　　　　鸚鵡洲邊芳草靑
등왕각 위 저녁놀이 밝구나　　　　　　騰王閣上落霞明
이 가운데 당시의 흥이 있어　　　　　　箇中亦有當時興
술 들고 바람 맞으니 탈속의 마음　　　　擧酒臨風物外情

〈이원, 次燕子樓詩二首〉

중국 당(唐)나라 때의 시인 최호(崔顥 : ?~754)는 중국 강남의 3대 누각 가운데 하나로, 호북성(湖北省) 무창부(武昌府) 강하현(江夏縣) 서남쪽 양자강(揚子江) 가에 있는 황학루(黃鶴樓)에 올라가서 <등황학루(登黃鶴樓)>라는 시를 읊었는데, 그 시에

봄풀은 앵무주를 무성하게 덮었네　　　　春草萋萋鸚鵡洲

라는 구절이 있다. 그리고 중국 강서성(江西省) 남창현(南昌縣)에 있는 등왕각(騰王閣)은 황학루와 함께 그림과 시에 자주 묘사되는 아름다운 곳이다. 시인은 연자루에서 느낀 흥취를 이 중국 최고의 누각에서 느낀 중국 시인묵객들의 그것에 비유하며, 마치 세속을 벗어나 신선의 세계에 있는 듯 표현하고 있다.

다음은 이원보다는 거의 100년 뒤의 시인 성현(成俔 : 1439~1504)의 시다.

천 그루 초록빛 나무 속 그림 누각 깊고	綠樹千章畵閣深
감귤나무가 아득하구나 누각에 올라본다	木奴邈我一登臨
호계 흐르는 물은 아침이나 저녁이나	虎溪流水朝還暮
분산의 덧없는 구름은 예나 지금이나	盆嶺浮雲古又今
수로왕릉 황폐하니 세월이 많이 흘렀네	首露陵荒多歲月
초현대 무너졌으니 그 세월은 얼마인가	招賢坮廢幾晴陰
금관의 지난 일 찾아도 찾지 못하고	金官往事尋無覓
시인에게 주어져 마음껏 시 읊게 하네	付與騷人謾苦吟

〈성현, 次金海燕子樓韻〉

연자루 주변은 숲이 잘 조성되었던 듯 시인은 누각이 숲 속 깊숙이 있다고 하고, 우뚝하게 높은 모양을 감귤나무가 아득하다고 표현하고 있다. 연자루 밖에서는 아름다운 연자루의 모습이 눈에 들어왔다. 그러나 연자루 위에 오르자 연자루의 아름다움보다는 안타까운 세월 속에 사라져버린 가락국에 대한 감상이 시인의 모든 감각을 지배하게 된다.

성현은 이 외에도 자신의 선친(先親) 성염조(成念祖 : 1398~1450)가 경상도 관찰사로 왔을 때 지은 연자루시에서 운을 빌어 선친에 대한 그리움을 절실하게 읊었다.

선친께서 말고삐 잡은 지 몇 봄이 지났나   家君攬轡幾經春
시판 위 성명은 있는데 자취는 사라져버렸네   板上名存跡已塵
요아를 다 읽고는 자주 눈물 훔치니   讀罷蓼莪頻收淚
뜰을 지나갈 때 예를 묻던 건 그 누구였나   趨庭問禮是何人

〈성현, 奉次燕子樓先君韻〉

세 번째 구절의 '요아(蓼莪)'는 『시경(詩經)』 소아(小雅)의 한 편으로 돌아가신 부모를 그리는 자식의 절절한 마음이 담겨 있다. 그 내용은 '아버지 날 낳으시고 어머니 날 기르셨네. 그 은덕을 갚으려 해도 하늘은 넓고 끝이 없구나.'이다. 그리고 마지막 구절의 뜰을 지나갈 때 예를 묻던 것은 공자(孔子)가 아들 백어(伯魚)를 가르칠 때 특별히 많은 교육을 시키거나 편애하지 않고, 뜰을 지나다 몇 마디 가르침을 준 데서 나온 이야기다.

시인은 『시경』의 내용에서는 아버지가 계셨던 곳에 와서 뵙지 못하는 마음을, 공자의 이야기에서는 아버지의 그윽한 사랑을 경험하지 못한 안타까움을 표현하고 있다.

앞의 이원이나 성현보다 100여 년 뒤에 김안국(金安國 : 1478~1543)은 포은 정몽주의 시를 차운하여 다음과 같이 연자루를 읊고 있다.

제비가 짝지어 난 것이 몇 날이었던가   燕子雙飛日幾回

강남길 가던 나그네 봄을 쫓아 왔었지	江南行客逐春來
봄바람에 매화는 모두 떨어져버리고	東風落盡梅花樹
동백꽃만 빗속에 피어있을 뿐	唯見山茶帶雨開

〈김안국, 次燕子樓圃隱先生韻〉

그는 시에 설명을 붙여 '내가 왔을 때가 마침 늦봄이었다. 포은의 시를 정중하게 읽었는데, '매화는 이미 다 떨어져버렸네'에서는 오랫동안 슬퍼했다. 매화수(梅花樹)와 강남행(江南行)은 포은의 시 속에 있는 것이다.'라고 하였다.

정몽주는 외교의 임무를 맡고 중국 강남을 자주 드나들었다. 이때 읊었던 시 <강남류(江南柳)>에는

| 강남의 나그네 어느 때나 돌아가리 | 江南行客歸何時 |

라는 구절이 있어 고향을 떠나 먼 길을 나선 나그네의 시린 가슴을 표현하고 있다. 그리고 <寄李獻納詹 按行時金海燕子樓前手種梅花故云 [헌납 이첨에게 보낸다. 김해를 살펴보러 다닐 때 연자루 앞에 손수 매화를 심었다고 하기에 일컫는다]>라는 시에서는

연자루 앞에 제비는 돌아왔어도	燕子樓前燕子回
낭군께선 한번 떠나 다시 오지 않네	郎君一去不重來
그때 손수 심었던 매화나무야	當時手種梅花樹
물어보자 봄바람에 몇 번이나 피었더냐	爲問春風幾度開

라고 읊었다. 김안국은 정몽주의 나라를 위한 충정과 언양으로 유

배되었을 때의 심경 및 연자루에서 느꼈던 감회를 표현하면서, 정몽주에 대한 회고의 감정과 봄이 지나가는 시기의 쓸쓸한 감회를 이입하고 있다.

다음은 김안국보다 약 50년 뒤 연자루를 찾은 홍성민(1536~1594)의 시다.

수많은 전쟁 거처 왔어도 옛 성은	百戰經來只古城
겁회가 다 날아가 한 언덕 평화로울 뿐	劫灰飛盡一丘平
산하가 성곽을 끌어안아 남쪽이 견고하고	山河擁郭南維固
바람과 이슬 창문을 침노하니 북쪽 나그네 놀란다	風露侵窓北客驚
봉화가 저녁 연기 비추니 차갑게 번쩍이는 그림자	烽照暝烟寒閃影
뿔피리 바다를 뒤집으니 차갑게 들려오는 물결 소리	角飜溟海冷傳聲
하늘 가 물색은 남의 마음 끄는 것 대단하여도	天涯物色撩人甚
얻은 것은 쓸쓸하여라 구레나룻만 빛나는구나	嬴得蕭蕭鬢髮明

〈홍성민, 金海燕子樓韻〉

시는 연자루의 아름다움이나 역사보다는 연자루에서 보이는 김해의 분위기에 집중되어 있다. 남쪽 변방인 김해는 오랜 세월 전쟁의 소용돌이 속에 쉽게 노출될 수밖에 없었다. 그러나 굳센 김해인들의 성격만큼이나 단단한 방어는 평화로운 김해를 유지하는 원동력이 되었다. 이러한 김해는 시인에게는 새로운 경험으로 귀중한 것이다. 그러나 멀리 떠나온 나그네에게는 쓸쓸함을 더해주는 타향일 뿐이며, 벼슬아치에게는 언제나 근심만 안겨주는 변방일 뿐이다. 홍성민은 두 차례 경상도 관찰사로 내려온 적이 있었으니, 이 시는 당시에 썼던 것으로 보인다.

다음은 홍성민과 거의 같은 시기 김륵(金玏 : 1540~1616)의 시다.

평생 꿈속에서 한 높은 누각 생각했다가	平生夢想一高樓
높은 난간에 기대니 마음이 한가로워지네	試倚危欄意轉悠
만리의 나그네길 못가의 집 밤이 들고	萬里羈遊池館夜
천 겹 변방의 관문 바다와 산 가을이라네	千重關戍海山秋
차가운 성 돌은 묵었고 인민들은 순박하고	寒城石老人民朴
옛 나라 구름 거칠고 세월이 흐르네	古國雲荒歲月流
청산에 흥망을 물어보지 말라	莫向靑山問興廢
창주 한번 바라보니 마음 근심하게 한다	滄洲一望使人愁

〈김륵, 金海燕子樓韻 三首〉

　오랫동안 김해 연자루의 소문을 들었던 듯 시인은 누각에 오른 기쁨과 주변 경관에 대한 감탄을 표현하고 있다. 평온하면서 소박한 김해의 모습과 백성들의 태도는 시인의 마음조차 평화롭게 한다. 그러나 지금은 사라진 옛 가락국을 생각하면 김해 주변의 산하는 무심하게도 변함없이 아름답다. 시인은 김해를 동쪽 바다 가운데 신선이 사는 곳인 창주(滄洲)로 묘사하고 있는데, 이렇듯 아름답기에 더욱 옛 나라에 대한 감회가 깊어지는 것이다.

　연자루는 김해 풍광의 대표적 상징이었으며, 가락국의 옛 추억 또한 누각의 그윽한 정취 속에 녹아들어 김해의 역사 또한 그곳에 스며있었다. 그러나 일제강점기라는 참으로 어처구니없고 답답한 시대를 만나 흔적조차 찾을 길 없게 되었으니, 이곳을 찾아 시를 읊고 정신의 휴식처로 삼았던 수많은 시인들의 시 속에서 자취를 찾을 수밖에 없었다. 아쉽고 불편한 마음이야 이루 말할 것이 있겠는가.

필자는 연자루를 마지막으로 김해의 풍광과 정서를 읊은 한시 여행을 마감하고자 한다. 김해는 바다와 산과 강과 사람이 어우러져 한 점도 버릴 것이 없는 곳이다. 다만 지속적으로 이루어지고 있는 역사 유적 및 유물의 유지, 복원 등에도 불구하고 도시화의 과정 속에서 이와는 전혀 반대되는 현상들도 나타나게 된다. 필자는 마지막으로 김해가 역동적이면서도 아름답고, 역사와 문화가 살아있는 도시로 성장하길 바란다.

저자 소개

엄 경 흠

1959년 경상북도 예천군에서 태어나 동아대학교에서 학사, 석사, 박사를 마치고, 현재 신라대학교 사범대학 국어교육과 교수로 재직하고 있다. 이 외에 한시를 통한 시공간의 여행에 대한 저서로 『한시와 함께 시간여행』(도서출판 전망, 1996), 『한시에 담은 신라 천년의 향기』(도서출판 전망, 2000)가 있다.

한시(漢詩)에 담은 김해(金海)의 서정(敍情)

초판 인쇄 2014년 12월 17일
초판 발행 2014년 12월 24일

지은이 엄경흠
펴낸이 이대현
편 집 이소희
펴낸곳 도서출판 역락
　　　　서울 서초구 동광로 46길 6-6 문창빌딩 2층
　　　　전화 02-3409-2058(영업부), 2060(편집부)
　　　　팩시밀리 02-3409-2059
　　　　이메일 youkrack@hanmail.net
　　　　등록 1999년 4월 19일 제303-2002-000014호

I S B N 979-11-5686-138-6 03810
정 가 15,000원

* 파본은 구입처에서 교환해 드립니다.

이 도서의 국립중앙도서관 출판예정도서목록(CIP)은 서지정보유통지원시스템 홈페이지(http://seoji.nl.go.kr)와 국가자료공동목록시스템(http://www.nl.go.kr/kolisnet)에서 이용하실 수 있습니다. (CIP제어번호 : CIP2014036743)